무한투

無限鬪

무한투 9

류진 新무협 판타지 소설

초판 1쇄 찍은 날 § 2002년 6월 20일
초판 1쇄 펴낸 날 § 2002년 6월 30일

지은이 § 류진
펴낸이 § 서경석

편집장 § 문혜영
편집책임 § 김희정
편집 § 장상수 · 박영주 · 권민정 · 이종민
마케팅 § 정필 · 강양원 · 김규진 · 안진원

펴낸곳 § 도서출판 청어람
등록번호 § 제1081-1-89호
등록일자 § 1999. 5. 31
어람번호 § 제2-0104호

주소 § 경기도 부천시 원미구 심곡1동 350-1 남성B/D 3F (우) 420-011
전화 § 032-656-4452 팩스 § 032-656-4453
http://www.chungeoram.com
E-mail § eoram99@chollian.net

값 7,500원

ISBN 89-5505-281-2 (SET)
ISBN 89-5505-400-9 04810

무한투

無限鬪

류진 新무협 판타지 소설

9

삶 위의 인생

완결

도서출판
청어람

CONTENTS

제67장

탈출

제67장 탈출

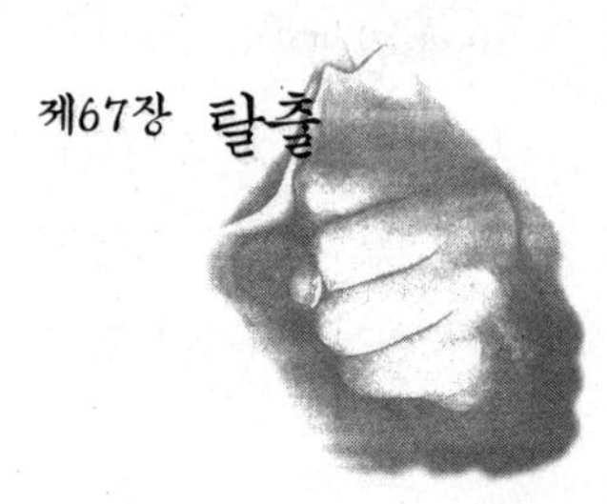

"잠깐!"

주적자는 제로나의 외침에 나가려던 몸을 황급히 세웠다. 그녀는 두 동생을 번갈아 보더니 자신이 쓴 투구 가운데를 문질렀다. 그러자 그곳에 작은 공간이 생기며 호두알 크기의 파란 구슬이 나타났다. 제로나는 그곳으로 손가락을 집어넣어 구슬을 뺐다.

"언니!"

트로나와 코로나가 동시에 소리쳤다. 제로나는 씁쓸한 웃음을 지으며 말했다.

"진작 이렇게 했어야 하는데."

아쉬움이 묻은 목소리를 뱉은 제로나는 구슬을 주적자에게 던졌다. 엉겁결에 구슬을 받아 든 그에게 제로나가 말했다.

"삼켜라."

"이게 뭔데?"

그의 물음을 뚫고 단탈리안의 외침이 들렸다.

"프로켈! 녀석이 그걸 먹지 못하게 막아!"

말이 떨어지자마자 프로켈이 땅을 박찼다. 그러자 제로나가 황급히 소리쳤다.

"빨리 삼켜!"

쓰와앙—!

허공을 가른 얼음칼이 주위를 한겨울로 만들었다.

"빨리 먹어요!"

트로나와 코로나가 동시에 소리를 질렀다. 주적자는 몸을 날리며 구슬을 입 안에 털어 넣었다. 그러자 갑자기 전신이 얼음으로 변한 듯한 한기가 밀려들었다. 프로켈의 공격 탓이 아니라 제로나가 준 구슬 때문이었다.

주적자는 내려서자마자 바닥을 뒹굴었다. 얼음으로 변해 버린 것처럼 손가락 하나 움직일 수 없었다.

"정신 차려요!"

코로나가 소리쳤지만 이상한 것은 정신이 아니라 육체였다. 꿈틀거릴 수조차 없을 정도로 몸이 굳어버렸다. 이빨만이 반사적으로 부딪칠 뿐이었다.

"당신의 의지에 달렸어요! 제발 움직여요!"

대기 가르는 소리가 귓가를 때렸다. 이것은 프로켈이 공격할 때 나는 특유의 소리였다.

"움직여요!"

코로나의 절규가 후두부를 강타했다. 주적자가 움직인 것은 의지가 아니라 본능이었다. 그가 튕겨 올라간 자리로 프로켈이 펼친 한기가 부딪쳤다.

콰아앙!

하얀 얼음 가루가 허공으로 치솟으며 땅이 쩍쩍 갈라졌다. 주적자는 등부터 땅에 떨어져 가까스로 일어섰다. 여전히 한기는 그의 몸을 지배하고 고통을 불러왔다.

"최대한 많이 움직이세요! 그것만이 언니가 준 베틀레이크를 빨리 흡수하는 길이에요!"

주적자는 코로나의 말대로 움직이려 애썼지만 뜻대로 되지 않았다. 프로켈의 이어지는 두 번의 공격을 피한 것만도 기적이었다.

"좋아요! 몸이 풀리고 있어요!"

확실히 점점 나아지고는 있었다. 철판을 둘러놓은 듯 움직이지 않던 관절이 차츰 부드러워졌고, 몸을 부숴 버릴 것 같던 한기도 많이 약해진 상태였다.

"어서 녀석을 없애!"

단탈리안이 발악하듯 외쳤다. 그 때문인지 프로켈의 공격이 훨씬 강력하고 피할 수 없을 정도로 빨라졌다. 얼음칼의 한기에 부딪치면 어떻게 된다는 것을 알면서도 주적자는 검으로 공격을 막았다.

쩌정!

한기와 기파가 부딪친 주변은 온통 얼음으로 변했다. 하얀 눈가루가 날리고 사방 십 장 근처의 풀에는 서리가 덮였다. 주적자는 검을 타고 오는 한기를 떨쳐 내려 했지만 프로켈이 그런 여유를 주지 않았다.

키이이잉!

한기는 마치 돌풍처럼 그를 향해 쇄도했다. 피할 기회를 놓친 주적자는 위에서 아래로 검을 내리그었다. 다시 부딪친 두 개의 기운은 근처의 땅을 모두 헤집어놓았다. 사방으로 비산하는 얼음덩이를 피해 물러서던 주적자는 한기가 검을 지나 손으로 올라오는 것을 느꼈다.

'젠장!'

이제 저번처럼 몸이 얼어 가루로 부서지는 것을 막을 방법이 없었다. 유일한 길은 얼어붙고 있는 팔을 자르는 것뿐이었다. 주적자는 지체없이 왼손을 수도(手刀)로 만들어 어깨를 향해 내려쳤다.

퍽!

어깨 근처의 옷이 먼지로 변해 흩어졌다. 하지만 정작 팔은 잘려 나가지 않았다. 손을 어깨 한 치 위에서 멈춘 것이다.

'왜?'

주적자는 검을 든 팔을 보며 의문을 느꼈다. 팔을 타고 올라오던 하얀 서리가 중간에서 멎더니 스르르 사라져 버렸다. 그는 의문 어린 시선을 제로나에게 던졌다.

"내가 준 베틀레이크는 프로켈이 내뿜는 한기에 뒤지지 않아."

그녀의 말대로라면 차가움으로 차가움을 제압한 것이었다. 주적자는 프로켈을 향해 검끝을 돌렸다. 한기에 영향을 받지 않는다면 해볼 만한 싸움이었다.

"아바돈, 사르가타나스, 네비로스. 너희들도 모두 합세해서 녀석을 죽여라!"

단탈리안의 말에 프로켈이 버럭 소리를 질렀다.

"상관하지 마! 이것은 내 싸움이야!"

셋은 움찔했을 뿐 감히 움직이지 못하고 단탈리안을 보았다.

"정말 못 말릴 녀석이군. 네가 그렇게 자신했으니 기필코 녀석을 죽여야 한다, 무슨 일이 있어도!"

단탈리안은 그 말로 셋에게 내린 명령을 철회했다. 프로켈은 주적자를 향해 씨익 웃음을 지었다.

"네가 아무리 베틀레이크를 먹었다 하더라도 아직 내 상대가 되지 않아. 발키리아가 너를 붙잡고 시간을 더 보낸다면 모르지만."

"부딪쳐 보면 알겠지."

주적자는 검끝을 아래로 내려뜨리고 숨결을 가다듬었다. 굳이 깊은 숨을 삼키고 짧은 숨을 뱉을 필요가 없었지만 그는 분광뇌풍검법을 펼칠 때의 몸 상태를 그대로 유지했다.

흡혈귀로 변한 후 검강과 검파를 시전하고부터 분광뇌풍검법의 초식은 사실상 무용지물이 되어버렸다. 검강과 검파는 모든 검로(劍路)를 뛰어넘는 최상의 것이었기 때문이다. 하지만 백 장 높이의 벽을 쌓더라도 가장 처음 놓여지는 것은 단 한 장의 벽돌이었다. 그에게 분광뇌풍검법이 없었다면 아무리 막강한 힘을 가졌던들 어찌 검강과 검파가 생겨날 수 있었겠는가?

프로켈과의 싸움에서 처참하게 패한 후, 그는 비로소 초심(初心)으로 돌아가야 한다는 것을 깨달았다. 검강과 검파에 대한 맹신에서 벗어나 처음과 끝이 만나야만 비로소 그 본연의 위력을 찾을 수 있는 것이다.

무림에서 무공을 펼치며 싸웠다면 훨씬 예전에 터득했을 진리(眞理)였다.

촤르르륵—!

프로켈의 등에서 날개 나오는 소리가 요란하게 울렸다. 저것은 곧 상상할 수 없이 빠른 속도로 움직이겠다는 뜻이었다. 이미 한번 경험한 위협은 훨씬 크게 다가왔다. 하지만 주적자는 위축되지 않았다.

고성에서 강찬충과 싸울 때도 녀석은 그가 쫓아갈 수 없는 속도로 움직였었다. 그러나 싸움이란 빠르다고 이길 수 있는 것이 아니었다. 그는 그것을 알고 있었고 싸워 이기기도 했다. 싸움에서 가장 중요한 것은 적을 이기는 방법, 바로 그것이었다.

주적자는 그것을 분광뇌풍검법과 그의 본능으로 잡았다. 어려운 싸움이 될 것이 분명하지만 반드시 이길 것이다. 프로켈을 없앤다고 삶의 확률이 높아지지는 않겠지만 최소한 녀석만은 이기고 싶었다. 그것은 무사로서의 자존심이었다.

"너무 싱거운 싸움이 되지 않았으면 좋겠군."

프로켈은 여유있는 웃음을 지었다. 주적자는 검을 내려뜨린 채 미동도 하지 않고 프로켈을 보았다. 빠른 적을 상대로 먼저 움직이는 것만큼 불리한 것은 없었다. 그는 신체의 모든 감각을 프로켈에게 맞추고 공격해 오기를 기다렸다.

"겁먹은 강아지 같군."

말과 함께 프로켈의 신형이 흐릿하게 변했다. 주적자는 육감을 총동원해서 프로켈을 찾았다. 시각이나 청각은 이 싸움에서 거의 필요가 없었다. 프로켈이 사라진 그 짧은 시간이 지루하다 싶을 정도로 길게 느껴졌다.

갑자기 머리 위에서 날카로운 기운이 떨어졌다. 느껴진 순간 주적자는 몸을 틀며 검을 횡으로 그었다. 적의 공격을 피함과 동시에 공격을 하는 방법이었다.

치익—!

어깨를 스치는 한기가 불에 데인 듯한 아픔을 가져다 주었다. 그리고 그의 손에 느껴지는 감촉은 없었다. 소득없이 부상만 입은 주적자는 황급히 검으로 프로켈의 얼음칼에 상처 입은 부위를 잘라냈다. 베틀레이크를 먹었기 때문에 괜찮을지 모르지만 위험은 미리 제거하는 것이 좋았다.

잘려진 살덩이가 땅에 떨어지기도 전에 뒤에서 또 살기가 덮쳤다. 주적자는 몸을 돌리며 검을 휘둘렀다.

쩌엉—!

굉음과 함께 팔이 안쪽으로 휘청 꺾였다. 주적자는 물러서려는 팔을 억지로 끌어들이며 흐릿하게 보이는 프로켈을 공격했다. 뇌전교격의 수법은 빠름과 파괴력을 함께 가지고 있었고 검강과 검파를 그 속에 담아 엄청난 위력을 쏟아냈다.

마치 천둥이 치는 듯한 굉음을 만든 뇌전교격은 이번에도 프로켈을 맞히지 못했다. 하지만 녀석이 뒤로 피하며 남긴 잔상을 봤기 때문에 다음 동작을 예상할 수 있었다.

주적자는 땅을 박차며 분광뇌풍검법을 연이어 펼쳤다. 처음 것은 프로켈을 향한 것이었고, 그 공격 여파가 채 미치기도 전에 왼쪽을 점했다. 사방을 동시에 공격할 수 있으면 좋겠지만 프로켈의 빠름을 감안할 때 한쪽은 포기할 수밖에 없었다.

운이 나빴는지 아니면 프로켈이 그의 공격을 읽었는지 주적자의 검파는 허공만을 갈랐다. 그러나 효과가 전혀 없었던 것은 아니다. 프로켈은 눈에 띠게 당황했고, 주적자는 녀석이 움직이는 길을 어느 정도 알 수 있었다.

프로켈이 피하는 것을 확인하기도 전에 주적자는 이미 오른쪽으로 움직이고 있었다. 녀석이 빠르다고는 하지만 그도 같은 방향으로 이동했기 때문에 육안으로 확인하며 검을 휘두를 수 있었다.

횡으로 휘두른 그의 검파에 프로켈은 피하지 못하고 결국 막을 수밖에 없었다. 찰나의 순간 프로켈의 움직임이 멎었다. 주적자는 다시 뇌전교격으로 녀석의 어깨 어름을 비스듬히 쓸었다.

"젠장!"

프로켈은 욕설을 뱉으며 뒤로 훌쩍 물러서 칼을 휘둘렀다. 두 개의 기운이 부딪친 순간 주적자는 한 걸음 뒤로 물러섰고 프로켈은 바람에 날리는 가랑잎처럼 허공으로 치솟았다. 주적자는 프로켈을 쫓기 위해 발끝에 힘을 주었지만 몸을 날리지는 못했다.

프로켈이 있는 곳은 절벽의 뒤쪽, 허공이었다. 날개가 달리지 않은 이상 저곳에 있는 프로켈을 어떻게 할 수는 없는 노릇이었다. 프로켈은 허공에 둥둥 떠서 사나운 얼굴로 그를 노려보았다.

"정말 이상한 녀석이야. 대체 동쪽은 어떤 곳이기에 당과나 너 같은 흡혈귀가 이토록 강할 수 있는 거지?"

"패배를 인정하는 것이냐?"

"흥! 네가 비정상적이라는 것뿐이지 나보다 강하다는 의미는 아니야!"

프로켈은 말과 함께 도를 위에서 아래로 내리그었다. 허공에 장막이 생겨나듯 하얀 기운이 그를 향해 뻗어왔다. 몸을 빙글 돌려 피한 주적자는 프로켈에게 시선을 던졌다. 그런데 녀석은 어느새 절벽 위에서 자취를 감춰 버렸다.

제자리에서 돌며 찾았지만 보이지 않았다. 주적자는 다시 육감으로 온 신경을 집중했다. 프로켈을 찾을 방법은 공격해 들어오는 순간 감지해 내는 것밖에 없었다.

"뒤쪽이에요!"

화백의 경고가 들리기 전에 주적자는 느낄 수 있었다. 그는 몸을 뒤로 돌림과 동시에 철판교의 수법으로 넘어졌다. 날카롭게 느껴지는 차가운 기운이 코끝을 스치고 지나갔다. 주적자는 등을 거의 땅에 대다시피 한 자세로 발끝에 힘을 줬다.

기운이 먼저 가고 프로켈은 나중에 따라오기 때문에 주적자는 녀석과 한순간이라도 어깨를 나란히 할 수 있었다. 그 상태로 주적자는 프로켈의 앞을 향해 분광뇌풍검법을 펼쳤다.

퍼억!

그의 검은 둔탁한 소리를 내며 프로켈의 옆구리에 부딪쳤다. 하얀 먼지와 함께 피가 튀어 오르는 것이 보였다. 그 충격으로 프로켈이 주춤했고, 주적자는 조금의 틈도 없이 뇌전교격을 연이어 퍼부었다.

비스듬히 날아간 뇌전교격은 돌아서는 프로켈의 가슴으로 파고들었다.

"크윽!"

처음으로 프로켈 입에서 비명이 터졌다. 녀석의 가슴 쪽 옷은 먼지로 부서졌고 찢어진 피부 아래로 피 먹은 갈비뼈가 드러났다. 이런 호기를 놓칠 주적자가 아니었다.

그가 몸을 바로 세우며 땅을 박차는데 열기가 확 밀려들었다. 아바돈이 내뿜은 머리통만한 불덩이는 정확히 그의 얼굴을 향해 날아왔다. 프로켈을 확실히 죽일 수 있다는 보장도 없는 상태에서 머리가 날아갈 위험을 감수할 수는 없었다.

판단이 섬과 동시에 주적자는 검을 허공에 돌려 첨막밀밀을 시전했다. 검에 부딪친 불덩이는 수백 개의 분신으로 산산이 흩어졌다. 그가 아바돈의 공격을 막고 다시 몸을 날리려 하는데 코로나의 목소리가 뇌리에 울렸다.

"그만 하고 빨리 이쪽으로 오세요!"

주적자는 뒤쪽을 돌아보았다. 먼저 보인 것은 아까와 같은 자세로 있는 발키리아와 일행들이었고, 그 뒤쪽에 같은 모습을 한 일행이 또 있었다. 일행들은 모두 발키리아와 같이 트로이가에 탄 상태였다. 똑같은 인물들이 하나씩 더 생겨난 상황은 주적자를 어리둥절하게 만들었다.

'뭐지?'

그의 의문 사이로 다시 코로나의 목소리가 파고들었다.

"어서 와요! 프로켈은 언제든지 죽일 수 있지만 지금이 아니면 우리는 빠져나가지 못해요!"

주적자는 비로소 둘 중 하나는 환영(幻影)이 분명하다는 결론을 내렸다. 실체는 뒤쪽에 있는 저들일 터였다. 그는 가슴의 상처를 내려다본 후 인상을 우그러뜨리는 프로켈을 일별하고 뒤쪽으로 몸을 날렸다. 언제나 그렇듯 살아남는 것이 가장 중요했다.

"이놈! 도망칠 셈이냐!"

주적자는 쫓아오려는 프로켈을 향해 뇌전교격을 날렸다. 프로켈이 마주 쏘아낸 한기와 검파가 부딪치며 생겨난 반탄력은 주적자의 속도를 더욱 빠르게 만들었다.

"서라!"

그는 프로켈의 외침을 들으며 제로나가 탄 트로이가로 몸을 날렸다. 십여 장을 날아간 주적자는 무사히 트로이가에 올라탈 수 있었다. 힐끔 돌아본 뒤쪽에는 어느새 생겨난 그의 환영이 프로켈과 싸움을 시작했다.

생김새뿐만 아니라 움직임이 그와 똑같았다. 주적자와 프로켈의 싸움에 정신이 팔려 있던 나머지 녀석들도 일제히 발키리아와 일행들 환영을 덮쳤다. 허깨비들이 싸우는 사이 그들은 절벽을 넘어 멀리 떨어질 수 있었다.

"어떻게 된 거지?"

반 시진을 쉬지 않고 날아간 후 주적자가 던진 질문에 제로나가 대답했다.

"시뮬라토나라는 마법이야. 우리의 정신력으로 만들어낸 환상은 실체를 안 보이게 함과 동시에 일정 시간 동안 너희들과 똑같은 능력을 발휘할 수 있지."

"이해할 수 없군. 우리들을 제대로 알지도 못하면서 그런 것을 만들어낼 수 있다니."

"우리가 알 필요는 없어. 시뮬라토나는 적이 느끼는 그대로 반응하게 되어 있으니까. 만약 네가 보인 능력이 하찮았으면 상대가 너를 그렇게 보고 환영 또한 그렇게 움직였을 거야. 화백도 적정한 능력을 보여줬기 때문에 그나마 시간을 벌 수 있었지."

"결국 속임수로군."

"속임수는 마법의 기본이야."

그들이 멈춘 곳은 잡목과 바위가 뒤엉킨 야트막한 산이었다. 주변에는 고만고만한 산들이 키 재기를 하듯 자리해 있었다.

"일단 우리를 숨길 수 있는 마법진을 펼칠 마땅한 자리를 찾아야겠어."

그들은 근 한 시진을 헤맨 끝에 동굴 하나를 발견할 수 있었다. 깊이가 삼 장 정도 되는 바위굴은 트로이가까지 들어갈 수 있을 정도로 충분히 넓었다.

발키리아는 동굴 앞에 막대를 세우고 검으로 뭔가를 그리며 분주하게 움직였다. 한참 동안 작업(?)을 한 그녀들은 안도의 한숨을 쉬며 동굴 안으로 들어왔다.

"이제 당분간 그들에게 발각당할 염려는 없어요."

코로나의 말이 끝나자 동굴은 침묵에 휩싸였다. 딱히 할 말도 없었기 때문에 당연한 일인데 굉장히 어색하게 느껴졌다. 소소자가 헛기침과 함께 입을 열었다.

"험! 이제부터 어떻게 해야 하지? 우리보다 월등한 전력을 가진 저들에게서 당과를 빼내오는 것은 거의 불가능하잖아."

소소자의 말을 제로나가 받았다.

"지금 중요한 것은 당과가 아니라 루시퍼의 부활을 막는 것이다."

"당신한테는 루시퍼가 중요할지 모르지만 우리에게는 당과가 더 중요해."

그들 사이에 코로나가 끼어들었다.

"현재는 둘 모두 떼어놓고 생각할 수 없어요. 저들에게 당과가 잡혀있고 엘릭서 또한 있으니 결국 같이 해결해야 하지 않겠어요?"

그녀의 말에 일리가 있다고 해도 당과를 구할 방법도, 엘릭서를 빼앗을 묘책도 없었다.

"난감하군, 난감해. 도대체 타개책이 보이지 않으니."

소소자는 중얼거리고 한숨을 길게 내쉬었다. 일단 당과 있는 곳까지 가고 보자는 생각은 어느 누구도 하지 않는 것 같았다. 저들과 부딪쳐본 결과 이대로 간다는 건 섶을 지고 불로 뛰어드는 것과 마찬가지였다.

"방법이 전혀 없는 것은 아니에요."

모든 시선이 코로나에게 쏠렸다. 그녀는 제로나와 트로나를 본 후 말을 이었다.

"우리가, 아니, 정확히 말하면 주 보표님이 저들보다 강해지면 돼요."

"내가?"

주적자는 문득 아까 제로나가 줬던 파란 구슬이 생각났다. 먹었던 당시 찾아왔던 갑작스런 한기 외에는 아무 변화가 느껴지지 않았다. 그렇다고 베틀레이크가 단순히 프로켈의 한기를 이기기 위한 용도일 리는 없었다. 당시 단탈리안과 발키리아의 반응을 볼 때 그의 생각이 틀리지 않을 것이다.

제로나의 목소리가 계속 동굴 안을 울렸다.

"우리의 이름 발키리아는 사람들이 아는 것처럼 '전사자를 선택하는 여자' 라는 뜻도 있지만 '용자를 선택하는 여자' 라는 뜻이기도 하지요."

"용자라면……."

소소자는 주적자를 힐끔 보고 말했다.

"싸우는 사람을 뜻하는 거잖소."

"그래요. 만약을 대비해서 가장 완벽한 인간을 선택해서 신의 역할을 대신하게 하는 것이지요. 신들이 잠들 때 만일의 사태를 대비해서 우리를 준비해 놓은 거에요."

"그렇다면 당신들은 주적자를 그 용자로 선택한 것이오?"

코로나는 또 두 언니에게 시선을 던졌다. 잠시 눈빛을 교환하던 코로나는 고개를 끄덕였다.

"그래요. 인간을 선택하는 것이 원칙이지만 지금 완벽한 인간을 찾는다는 것은 시기적으로 너무 늦었어요."

"결국 꿩 대신 닭이란 소린가?"

"그런 뜻으로 해석하지 말아요. 저희들과 마찬가지로 루시퍼의 머리나 마찬가지인 부쿠브 카키슈도 인간만을 선택하는데 주 보표님께 반응을 했잖아요. 비록 주 보표님이 흡혈귀라고 하지만 인간과 다름없다는 것을 뜻해요. 부쿠브 카키슈는 몸보다는 정신을 우선하니까요. 물론 우리도 그렇고."

"하지만 그렇지 않은 분도 계시지."

제로나의 차가운 말에 코로나가 걱정스러운 표정을 지었다.

"물론 그렇지만 현재로써는 어쩔 수 없잖아요."

"그래, 우리에게는 선택의 여지가 없으니까. 그렇다고 해도 주적자를 선택하는 것은 너무 큰 모험이야. 만약 그분께서 거부하신다면 그동안 들인 공은 모두 수포로 돌아가 버리니까."

"잘 설득해 봐야죠. 그분도 루시퍼의 부활을 원치는 않으실 테니까."

주적자가 그녀들의 대화에 끼어들었다.

"대체 무슨 말을 하는 거요?"

제로나는 무언가 말을 하려다 고개를 저었다.

"나중에 가면 자연히 알게 될 거예요."

주적자는 그것에 관해 더 이상 캐묻지 않고 다른 물음을 던졌다.

"용자가 되면 얼마나 강해지는 것이오?"

"정확히 '얼마나'를 말씀드릴 수는 없어요. 지금까지 한 번도 나타난 적이 없으니까요."

"다시 묻죠. 프로켈보다 강해질 수 있소?"

주적자가 프로켈을 궁지에 몰아넣었었다고 하지만 그보다 강하다는 의미는 아니었다.

코로나는 크게 고개를 끄덕였다.

"물론이에요. 두 명의 프로켈이 와도 당신을 이길 수 없다는 것을 보장하죠."

주적자는 곰곰이 생각하다 다시 물었다.

"내가 잃는 것은 무엇이오?"

얻는 것이 있으면 뭔가를 잃는 것이 당연한 이치였다. 코로나의 얼굴에 당혹감이 스쳐 갔다. 그녀가 머뭇거리자 제로나가 말했다.

"네가 그토록 바라는 사람이 될 수 없을지도 몰라."

"뭐야? 사람이 될 수 없을지도 모른다구? 왜?"

소소자가 먼저 나서서 묻자 코로나가 대답했다.

"확실한 것은 아니에요. 다만 하나의 가능성이죠."

주적자는 흥분하지 않고 차분한 목소리로 물었다.

"그러니까 그 가능성을 말해 보시오."

"주 보표님을 흡혈귀로 만든 당과리라는 여인은 분명 당신을 다시 인간으로 되돌려놓을 수 있다고 했죠?"

"그렇소."

"하지만 우리의 힘이 개입되는 순간 당신의 몸은 완전히 변하게 돼요. 즉, 당과가 알고 있는 당신 신체와는 전혀 별개의 것이 되어버리죠. 사실 우리는 당신을 염두에 두고 많은 의견을 나누었어요. 이건 그 속에서 얻은 결론이구요."

주적자가 말이 없자 코로나가 덧붙였다.

"우리 예상이 빗나갈 수도 있어요."

"그러나 맞을 확률이 더 높겠죠?"

그녀는 천천히 고개를 끄덕였다. 주적자는 벽에 등을 기대고 동굴 천장을 보았다. 돌을 뚫고 나온 나무의 잔뿌리에 시선을 두고 생각을 가다듬으려 했지만 자꾸 '사람이 될 수 없을지도 몰라요' 라는 코로나의 음성이 뇌리를 어지럽게 했다.

'용자가 되지 않으면 당과를 만날 방법조차 없잖아.'

그런 생각을 해도 선뜻 마음이 그쪽으로 기울지 않았다. 모든 위험을 감수하고 당과를 구한다고 해도 결국 그가 원하는 것은 이룰 수 없기 때문이다. 그 씁쓸함 뒤로 소소자와 나인현이 걸렸다.

'그래, 최소한 그들만이라도 살 수 있겠군.'

그의 생각 속으로 소소자의 목소리가 파고들었다.

"당신들 세계에서는 엘릭서가 모든 것을 가능하게 만드는 힘이 있는 것처럼 말을 하는데, 그 엘릭서로도 주적자를 사람으로 만들 수 없소?"

"그것도 생각해 봤지만 역시 가능성은 크지 않아요. 엘릭서와 우리의 힘은 전혀 상반된 것이기에 효력이 발생하지 않을 확률이 높아요."

"무엇 하나 확실한 것이 없군."

소소자는 불만 어린 목소리를 내뱉고 주적자를 보았다. 차마 어떻게 할 거냐고 물어보지도 못하는 소소자의 심정을 알 수 있었다.

"날 용자로 만들어주시오."

"주 가가……."

화백이 걱정스러운 목소리로 그를 불렀다. 주적자는 그녀에게 작은 웃음을 건넸다. 억지 웃음은 아니었다. 최악이 아닌 차악이라도 남아 있는 데 대한 안도라고 해도 좋았다. 그 때문인지 가슴이 차분하게 가라앉았다.

엘릭서가 있으니 사람이 될 수 있는 가능성이 완전히 막힌 것은 아니었다.

"주적자……."

소소자는 그를 불렀을 뿐 아무 말도 잇지 못했다. 그는 소소자를 향해 엷은 웃음을 지어 보였다.

"당과를 구해야만 그 다음의 가능성도 생각해 볼 수 있잖아."

"하지만……."

주적자는 소소자의 말을 막았다.

"괜찮아. 난 사람으로 돌아올 수 있어. 당과가 안 되면 엘릭서라도 그렇게 만들어줄 거야."

확신이 있을 리 없었다. 다만 그랬으면 하는 바램일 뿐.

"어떻게 하면 내가 용자가 되는 것이오?"

*　　　*　　　*

찌직—!

드디어 수갑에 금이 가는 소리가 들렸다. 하지만 육체의 힘만으로 부수기에는 아직 부족했다. 열기를 끌어올리자 현기증이 찾아왔다. 알 수 없는 술법으로 몸이 약해진 상태에서 무리하게 힘을 끌어올린 탓이었다.

금방이라도 맥이 탁 풀리며 힘이 흩어져 버릴 것 같았다. 당과가 몸 안에서 끌어 모으는 힘은 가는 실만큼이나 약하게 이어지고 있었다. 불안하게 끌어올려지는 그 힘이 끊기는 순간, 다시는 힘을 모을 수 없을 것이다.

수갑이 달궈지는 속도도 현저하게 느려져 일각 이상이 걸렸다.

'앞으로 세 번 정도만 더 하면…….'

* * *

튜리핀은 산 초입에서 초조한 심정으로 서성거렸다. 루시퍼의 십이호위 가운데 아홉이 온다는 소식을 듣고 기다리고 있는 중이었다. 그는 십이호위의 모습이 어떨까 몹시 궁금했다. 대략의 능력이나 외모는 알고 있었지만 실제로 본다는 것에 대한 기대와 두려움은 그를 자못 설레게 만들었다.

튜리핀은 산 너머로 사라져 가는 태양을 보며 중얼거렸다.

"이상하네. 올 시간이 지났는데. 근 이천 년 만에 나온 세상이니 어디서 한바탕 휘젓고 있는 것은 아닐까?"

사실 십이호위의 능력은 칠십이마신에 결코 뒤지지 않았다. 오히려 어떤 마신보다는 훨씬 뛰어난 능력을 지니고 있었다. 단지 그들이 루시퍼의 호위대로 나중에 합류해서 칠십이마신보다 서열이 떨어지는 것뿐이었다.

주위를 둘러보며 한참을 서성이던 튜리핀은 곁에 있는 바위에 앉았다. 아무래도 곧바로 오지는 않을 모양이다. 지루해진 그가 발끝으로 땅을 콕콕 찍고 있을 때였다.

"네가 단탈리안님의 페밀리어냐?"

바로 머리 위에서 들린 목소리에 그는 황급히 일어서며 고개를 들었다. 마치 그의 머리를 밟고 서 있는 듯 자리한 마족은 분명 메피스토펠

레스였다. 인간의 모습을 하고 이마에는 두 개의 작은 뿔을 달았으며 턱에는 염소수염을 기르고 있었다. 등에 달린 박쥐 날개는 폼인 듯 날고 있음에도 전혀 움직이지 않았다.

"네… 네! 제가 단탈리안님의 종 튜리핀입니다."

그가 서둘러 대답하자 뒤쪽에서 다른 목소리가 들렸다.

"쳇! 맛 좋은 페밀리어를 먹을 수 있는 기회였는데."

튜리핀은 이 끔찍한 대사를 읊은 주인을 찾아 뒤로 돌아섰다. 그곳에는 열두 개의 날개를 펄럭이는 뱀이 자리해 있었는데 크기가 족히 십 야드는 넘어 보였다.

'사마엘!'

머리 바로 아래쪽에 인간의 팔을 가지고 있는 사마엘은 검은색 창을 들고 있었다. 갑자기 우측에서 피부를 태울 것 같은 열기가 밀려들었다. 튜리핀은 옆으로 물러서며 고개를 돌렸다. 사람 크기의 불덩이가 이글이글 타오르며 다가오고 있었다. 저것은 우코바치가 분명했다.

"칠십이마신전으로 우리를 안내해라."

새로운 목소리가 뒤쪽에서 들렸다. 십이호위는 그를 놀래키려는 듯 한 번도 정면에서 나타나지 않았다. 이번에 나타난 마족은 인간의 몸에 염소머리를 하고 있었다. 저 괴상한 생김새로 여성을 종속시키는 능력을 가진 푸트 사타나치아였다.

"저… 다른 분들은 함께 안 오셨나요?"

그의 물음에 또 새로운 목소리가 들렸다.

"넷은 베리알님의 성에 가서 일을 처리하고 있으니 좀 있으면 올 것이다."

튜리핀은 또 돌아서서 새로 나타난 마족을 보았다. 연기처럼 하얗게 일렁이는 마족은 분명 언제 어디서나 우박을 내릴 수 있는 플래우레티였다.

"어서 안내해라."

푸트 사타나치아가 그를 재촉했다.

"네!"

튜리핀은 행여 불똥이 떨어질까 힘차게 대답하고 산 위로 걸음을 옮겼다. 뒤늦게 찾아온 십이호위에 대한 두려움이 살을 떨리게 했다.

끼리릭—!

다시 한 번 수갑에서 금 가는 소리가 들렸다. 당과는 더 이상 한기가 끌어올려지지 않는 것을 느끼고 열기로 바꾸려 했다. 그런데 미약하게 흐르던 힘의 가닥이 힘없이 뚝 끊겨 버렸다.

'안 돼!'

그녀는 황급히 가닥을 잡으려 했지만 한 번 끊긴 힘은 다시 잡히지 않았다. 이제는 순수한 육체의 힘만으로 수갑을 깨는 수밖에 없었다.

손목을 비틀자 관통한 침이 더욱 큰 고통을 안겨줬다. 이를 악물고 이리저리 움직여 봤지만 수갑은 조금 헐거워졌을 뿐 깨질 기미가 보이지 않았다. 그녀의 입에서 신음이 나오자 왕족쌍이 물었다.

"안 되는 건가요?"

"될 거야."

그녀는 대답을 하고 팔에 더욱 힘을 줬다. 심하게 움직이자 멈췄던 피가 수갑 사이로 흘러나왔다. 갈수록 커진 고통의 부피는 등을 가로지른 척추까지 뻐근하게 만들었다.

"으읍!"

당과는 팔을 힘껏 앞쪽으로 잡아당겼다. 손목뼈 사이에 박힌 침이 마찰하는 것이 느껴졌다. 그만큼 헐거워졌다는 뜻이었는데, 수갑은 좀처럼 부서질 기미가 보이지 않았다. 하지만 그녀는 팔을 앞으로 당기는 것을 포기할 수 없었다. 만약 여기서 멈추고 쉰다면, 육체의 힘마저 다시 끌어올릴 수 없을 것 같았기 때문이다.

우두둑!

어금니가 부러지는 듯한 소리가 울렸다. 그리고…

쩌겅!

팔의 자유는 갑작스럽게 찾아왔다. 몸을 앞으로 휘청 꺾은 당과는 허리를 숙이고 한참 동안 기운을 가다듬어야 했다. 수갑에 연결된 침이 빠지자 손목에서 피가 솟구쳤다. 당과는 양쪽 팔을 문지르며 상처를 회복시키려 했지만 잘 되지 않았다.

몸 상태가 정상으로 돌아오려면 시간이 제법 걸릴 모양이다. 그렇다고 그때까지 기다릴 수만은 없었다. 지금 하지 않으면 영원히 하지 못하는 일이 있기 마련이었고, 이곳에서의 탈출이 그것이다.

당과는 피를 멈추게 한 후 손을 털어 힘을 모았다. 침이 빠지자 서서히 돌아오는 힘을 느낄 수 있었다. 그녀는 족쇄의 양쪽을 잡고 힘을 주었다. 물리적인 힘에는 여느 쇠와 다름없는지 족쇄는 쉽게 부서졌다.

두 개의 족쇄를 모두 깨뜨린 당과는 침에서 발목을 뺐다. 역시 피가 터져 나왔지만 이번에는 금세 상처를 아물게 할 수 있었다. 그녀는 나인현과 왕족쌍을 풀어주고 상처를 치료한 후 석문을 옆으로 밀었다.

다행히 문은 쉽게 밀려났다. 그녀는 고개를 내밀어 지하 광장에 아무도 없음을 확인하고 소지품을 챙긴 나인현과 왕족쌍을 껴안았다. 둘이 뛰는 것보다 그녀가 안고 가는 것이 훨씬 빨랐다.

"꽉 잡아라."

그녀는 말을 하고 바닥을 박찼다. 셋의 몸은 곧 어둠을 품은 계단으로 빨려 들어갔다.

"여깁니다."

튜리핀은 거대한 떡갈나무 앞에서 가슴으로 손을 집어넣어 토르틱을 꺼냈다. 고통 때문에 안면이 일그러졌지만 십이호위의 눈길이 따가워 신음조차 뱉지 못했다. 토르틱으로 문을 연 튜리핀은 안으로 손짓을 했다.

"이곳이 칠십이마신전입니다."

메피스토펠리스가 말했다.

"먼저 들어가라."

전설로 내려오는 성격 그대로 메피스토펠리스는 모든 것을 의심하는 마족이었다. 떡갈나무 안으로 들어가는 튜리핀을 향해 푸트 사타나치아가 물었다.

"안에는 아무도 없느냐?"

염소머리를 하고 있으면서 용케 정확한 발음이 나왔다.

"프로켈님이 잡아오신 흡혈귀 일당이 갇혀 있습니다."

당과는 우뚝 걸음을 멈췄다.

"왜 그러……?"

"쉿!"

그녀는 왕족쌍의 입을 다물게 한 후 귀를 기울였다. 분명 계단 저쪽에서 무슨 소리가 들렸었다. 그녀는 경사가 급한 계단을 올려다보았다. 원형으로 빙글빙글 도는 형태 때문에 보이는 거리는 짧을 수밖에 없었다.

'누가 온 것일까?'

당과는 그 상태로 귀를 기울였다. 한참을 올라왔기 때문에 조금만 더 가면 입구가 나올 테지만 그녀는 섣불리 움직이지 않았다. 좁은 계단에서 마신이나 마족과 마주친다면 지금 그녀의 몸 상태로는 절대 이길 수 없었다.

잠시 기다려도 이어지는 소리는 들리지 않았다. '잘못 들은 것일까?' 라는 생각을 하며 막 걸음을 떼려는데 계단을 울리는 발자국 소리가 들렸다. 나지막하게 울리는 소리는 점점 커지며 그녀를 압박했다.

여러 개로 갈라진 소리는 거리를 짐작할 수 없게 만들었다.

'젠장!'

그녀는 다시 몸을 돌려 계단을 내려갔다. 상대가 누군지도 모르는 상태에서 싸울 수는 없는 노릇이었다. 그녀는 지하 광장으로 내려와 가장 가까운 문으로 들어갔다. 문 위쪽에 불꽃이 타오르는 칼을 든 까마귀가 양각되어 있었다.

조심스럽게 문을 닫았지만 열은 소리가 나는 것은 어쩔 수 없었다. 그녀는 나인현과 왕족쌍을 내려놓고 문에 귀를 댔다. 청각을 최고조로 끌어올리자 계단을 내려오는 발자국 소리가 들렸다. 소리로 추측컨대 셋은 넘지 않는 것 같았다.

"이곳입니다."

처음 목소리는 두어 번 들은 적이 있었다.

"단탈리안님께서 고생하셨군."

유리가 깨지는 듯 날카로운 목소리 뒤로 탁한 음성이 뒤따랐다.

"이곳이 천년암흑왕국을 시작하는 출발점이 되겠군."

'저 셋인가?'

그런데 또 다른 목소리가 들려왔다.

"우리를 가둔 신들에게 복수할 날이 멀지 않았어. 흐흐흐흐……."

당과는 난감함을 느꼈다. 저들이 누군지, 숫자가 얼마나 되는지조차 모르니 설사 그녀의 힘이 완벽하더라도 나가 싸울 수 없었다. 자신이 최고라는 그녀의 자부심은 어느새 겨울 속 낙엽처럼 부서져 버렸다.

"프로켈님이 잡아오셨다는 그 흡혈귀 좀 구경해 볼까?"

전혀 새로운 목소리였다. 지금까지 파악된 인원만도 다섯이었다. 전혀 기척을 내지 않고 움직이는 녀석들이 또 있을지도 모른다.

'어떻게 할까?'

그들의 탈출이 알려지는 것은 시간문제였다. 잠시 망설이던 당과는 이 자리에 머무르기로 했다. 지금 저들의 이목을 속이고 나가는 것은 불가능하니 빈틈을 노리는 수밖에 없었다. 잠시 후 익숙한 목소리가 들렸다.

"없습니다! 흡혈귀가 없어졌어요!"

"도망쳤다는 말이냐?"

"네! 분명 마법이 걸린 카투칠라나로 묶어놓았었는데……."

"빨리 찾아보아라! 어딘가 도망친 흔적이 있을 것이다!"

소가 우는 듯 굵은 목소리 뒤로 날카로운 목소리가 뒤따랐다.

"우리가 굳이 그 흡혈귀를 잡는 수고를 할 필요가 있을까?"

"무슨 소리야! 칠십이마신전이 세상에 알려질 수도 있어!"

"하긴 그렇군."

"자, 빨리 밖으로 나가서 흔적을 찾아보자!"

세 개의 기척이 빠르게 멀어졌다. 기척을 내지 않는 녀석들이 남아 있을지도 모르지만 대화의 내용으로 봐서는 함께 간 것 같았다.

잠시 더 시간을 보낸 당과는 문을 열었다. 다행히 지하 광장에는 아무도 보이지 않았다. 그녀는 나인현과 왕족쌍을 옆구리에 끼고 계단을 향해 몸을 날렸다. 지금으로써는 녀석들이 밖으로 나갔기를 바라는 수밖에 없었다. 그래야만 그들도 밖으로 나갈 수 있기 때문이다. 넓은 곳이라면 어떻게든 녀석들의 손아귀에서 빠져나갈 수 있을 것이다.

당과는 기척을 살피지 않고 최대한 빨리 계단을 올라갔다. 녀석들과 부딪치는 문제는 운에 맡기기로 했다.

나선형의 계단은 거의 반 각을 올라가서야 끝이 났다. 계단 끝에 작은 문이 있었고, 그곳을 통과하자 두 평이 채 안 되는 공간이 나왔다. 하지만 어디에도 출입구는 보이지 않았다. 유일하게 멀쩡한 정신으로 붙잡혔던 왕족쌍이 말했다.

"거대한 떡갈나무를 막대기로 두드리자 문이 생겨났어요."

왕족쌍의 말대로라면 결국 부수고 나가는 수밖에 없었다. 당과는 곡선을 이룬 벽에 귀를 대고 밖의 동정을 살폈다. 아무 기척도 들리지 않았지만 그것이 녀석들의 부재를 의미하는 것은 아니었다. 기척을 내지 않는 녀석들도 몇 있었기 때문이다.

'이곳에 계속 있을 수는 없으니 모험을 할 수밖에.'

그녀는 맞은편 벽을 부수기 위해 주먹을 말아 쥐었다. 그때 밖에서 익숙한 목소리가 들렸다.

"흔적을 찾을 수 없습니다."

"나도 마찬가지야. 땅을 디딘 흔적이 없어."

잠시의 사이를 두고 탁한 목소리가 이어졌다.

"혹시 안에 그대로 숨어 있는 것이 아닐까?"

"그럴 수도 있지."

당과는 마음이 다급해졌다. 이대로 있다가는 꼼짝없이 저들과 마주칠 수밖에 없었다. 다시 지하 광장으로 돌아간다는 것도 좋은 방법이 아니었다.

'어떡한다?'

그녀의 뇌리에 몸을 숨길 수 있는 방법이 떠올랐다. 당과는 나인현의 팔을 두드린 후 입 모양으로 장신부라는 말을 만들었다. 다행히 나인현은 말을 알아듣고 부적 세 장을 꺼내 그녀와 왕족쌍의 가슴에 붙인 후 입술만 달싹거려 주문을 외웠다.

탁! 탁! 탁!

밖에서 벽을 때리는 소리가 울렸다. 왕족쌍의 말대로라면 문을 열려고 하는 것이 틀림없었다. 그녀는 나인현에게 위쪽을 가리킨 후 왕족쌍을 옆구리에 끼고 뛰어올랐다. 워낙 좁았기 때문에 팔과 다리를 쭉 펴서 양쪽 벽을 딛고 몸을 고정시킬 수 있었다. 그녀들 모두 몸 전면을 땅으로 향한 자세였다.

그그긍—

낮은 마찰음과 함께 문이 열리며 옅은 달빛이 들어왔다. 뒤이어 긴 그림자가 드리우고 곧 실체가 나타났다. 모두 괴상하게 생긴 그들은 총 여섯이었는데, 불덩이 모양을 한 녀석 때문에 열기가 확 밀려왔다. 희뿌연 안개처럼 뭉친 녀석은 그림자조차 없었다.

그들은 문 안으로 들어서 꼼꼼하게 주위를 살폈다. 녀석들의 머리와 그녀들 사이는 불과 두 자도 떨어지지 않았다. 몸을 숨겨주는 장신부가 아니라면 숨결까지 느낄 수 있는 거리였다.

"한 명은 이곳을 지키는 것이 좋지 않을까?"

사람 얼굴에 박쥐 날개를 단 마족의 말을 염소머리 마족이 받았다.

"어차피 출구는 하나뿐이니 아래에 내려가서 지켜도 상관없잖아."

"하긴 그렇군."

박쥐 날개 마족이 위쪽을 힐끔 쳐다봤다. 마치 그녀의 존재를 아는 듯 한순간 눈이 마주쳤지만 이내 비켜 나갔다. 속으로 한숨을 쉬던 당과는 시야 끝에 걸린 왕족쌍 때문에 깜짝 놀랐다.

이글거리며 타오르는 마족은 닿은 물건을 태우지는 않았지만 제법 뜨거운 열기를 뿜어냈다. 그 때문에 왕족쌍의 얼굴에 송골송골 땀이 맺히기 시작했다. 저 땀이 떨어지는 것은 시간문제였다.

왕족쌍도 그것을 느꼈는지 안색을 굳힌 채 꼼짝하지 않았지만 그렇다고 땀이 떨어지지 않을 리 없었다. 땀 때문에 불안한 것은 나인현도 마찬가지였다.

왕족쌍은 땀이 떨어지는 것을 조금이라도 늦추기 위해 고개를 들었다. 이마에 맺혀 있던 땀이 콧등을 타고 주르륵 흘러내렸다.

'안 돼!'

그녀의 강한 바램 때문인지 땀은 코끝에서 동그랗게 걸렸다. 왕족쌍의 바로 아래에는 박쥐 날개의 마족 머리가 자리해 있었다. 당과는 코끝에 걸린 땀방울을 뚫어지게 보았다. 금방이라도 떨어질 듯 불안하게 흔들렸다.

"잘 살피면서 들어가."

염소머리의 마족이 앞장선 안개 마족에게 말했다. 그들은 하나씩 문으로 들어갔다. 녀석들은 지루하도록 느리게 움직였다. 이윽고 왕족쌍의 얼굴 아래 있던 박쥐 날개 마족이 걸음을 옮겼다.

그 순간 땀방울이 무게를 못이고 떨어졌다. 땀방울은 박쥐 날개 마족의 뒷덜미를 스치고 바닥에 충돌했다. 충돌이라는 표현이 적당할 정도로 툭! 하는 소리는 크게 울렸다. 당과가 들었는데 마족이 못 들을 리 없었다.

박쥐 날개 마족은 흠칫 놀라며 빠르게 돌아섰다. 곁에서 같이 가던 염소머리 마족이 물었다.

"왜 그래?"

땀방울 떨어지는 소리를 못 들은 것을 보면 녀석은 그리 귀가 밝지는 않은 모양이다.

"방금 무슨 소리 못 들었냐?"

"아니."

박쥐 사내의 시선이 사방을 살피다 이윽고 아래를 보았다. 그녀들에게는 천만다행인 것이 바닥은 고운 흙으로 덮여 있어서 땀의 흔적조차 찾을 수 없었다. 박쥐 날개 사내는 고개를 갸웃한 후 문 안으로 들어섰다.

그들이 사라지고 한참 후에야 당과는 바닥으로 내려왔다. 이제부터 서두를 이유가 없었다. 녀석들이 지하 광장으로 완전히 내려간 후 밖으로 나가야 했다.

"장신부의 효력이 어느 정도 가지?"

"한 시진 정도입니다."

그 정도면 충분했다. 몸만 숨길 수 있다면 잡히지 않을 자신이 있었다.

'이곳에서 빠져나간다 해도 엘릭서를 어떻게 찾는담?'

프로켈만 해도 버거운 상대인데 새로운 마족들까지 가세했으니 불가능하게 느껴졌다. 그녀는 애써 암담함을 떨쳐 냈다.

'일단 빠져나간 후 차근차근 생각해 보자.'

당과는 주먹으로 벽을 힘껏 때렸다.

제68장

그들의 위기

제68장 그들의 위기

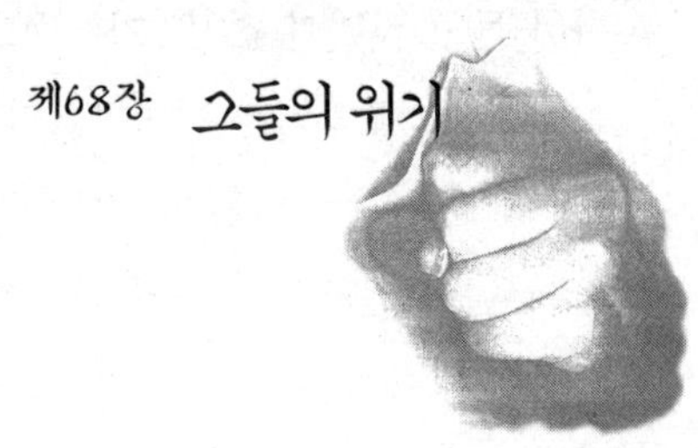

단탈리안의 장담대로 성은 베리알을 주인으로 맞을 준비가 되어 있었다. 주적자와 발키리아를 잡지 못한 것이 못내 아쉬웠지만 사실 그것은 베리알과 그다지 상관없었다.

그에게 중요한 것은 밤베르크의 성주가 된다는 것이었다. 베리알은 성문에서부터 성안으로 들어가는 입구까지 길게 도열한 병사들 사이를 지나갔다.

창을 들고 완전무장을 한 그들은 베리알이 성안으로 들어갈 때까지 미동도 하지 않았다. 붉은 페르시아 산 카펫이 깔린 실내로 들어서자 뒤에서 우렁찬 함성이 들렸다.

"베리알 성주님 만세! 만세! 만세!"

우렁찬 병사들의 함성에 비로소 성주라는 것을 실감할 수 있었다.

베리알 성주!

얼마나 듣고 싶었던 호칭인가!

그는 바로 곁에서 따라오는 단탈리안에게 물었다.

"어떻게 날 성주로 만든 것이오?"

"베리알님이 원하시면 무엇이든 할 수 있습니다. 우리에게 이만한 일은 아무것도 아니죠."

단탈리안의 대답이 그의 물음에 대한 답은 아니었지만 더 이상 묻지 않았다. 중요한 건 지금 그가 성주가 되었다는 그것뿐이었다.

"아버님과 동생들은 어디 있소?"

"그분들은 별채에 모셔놓았습니다. 하지만 후계자였던 지그문트는 아쉽게도 죽어버렸습니다."

이복 동생의 죽음을 들었음에도 이상할 정도로 담담했다. 애석하거나 안타까운 감정 따위는 느껴지지 않았다.

'원래 싫어했던 놈이니까.'

그는 폭이 십 피트나 되는 넓은 계단을 올라가며 물었다.

"샤를롯트에 대한 소식은 알고 있소?"

"곧 이리로 모셔올 테니 기다리시기만 하면 됩니다."

단탈리안은 마치 그의 마음속에 들어앉아 있는 것처럼 일을 진행시키고 있었다. '성주가 된다면' 이란 가정을 세워놓은 후 가장 마음에 걸렸던 질문을 던졌다.

"내가 밤베르크의 성주가 되었다는 것을 국왕은 알고 있는지 모르겠구려."

정실의 작은아들도 아니고 서자의 신분으로 성주 자리를 찬탈했다는 것은 분명 국왕의 노여움을 살 만한 일이었다.

"그들이 어떻게 생각하든 상관없습니다. 원하신다면 신성로마제국의 국왕이라도 되실 수 있습니다."

불현듯 '그것도 좋겠군' 이란 생각이 들었다. 한 도시의 성주보다는 국왕이 훨씬 나은 자리임에는 분명했다.

'왕이 되어버릴까?'

그 생각만으로 가슴 한 켠이 뜨겁게 달아올랐다. '내가 무슨 생각을 하는 거지?' 라는 생각이 잠깐 스쳤지만 곧 사라져 버리고 욕망의 구름이 무럭무럭 피어 올랐다.

"신성로마제국의 국왕이라… 괜찮군. 후후후……."

베리알은 성주의 처소로 향했다.

"집정관에 밤베르크의 귀족들과 기사들이 기다리고 있는데 안 만나볼 생각이십니까?"

단탈리안의 말에 베리알은 씨익 웃음을 지었다.

"기다리라고 하지요. 아주 오래 기다려야 할 겁니다."

왠지 모르게 가학적인 마음이 들었다. 집정관에 모여 있는 자들이 누구인지는 대충 짐작이 갔다. 그들 모두 그에게 악의적으로 대했던 사람들은 아니었다. 하지만 못난 지그문트 대신 그를 성주에 앉혀야 한다고 주장한 사람은 단 한 명도 없었다.

물론 성주의 지위가 정실의 장자에게 가는 것은 너무도 당연했지만 그런 것 따위는 상관없었다.

"모두 멍청한 놈들이야."

붉은색 양탄자가 깔린 십오 피트 넓이의 긴 복도 끝에 성주의 처소가 보였다. 페더본 가의 문양인 독수리가 새겨진 문은 천국으로 들어가는 출입구처럼 보였다.

익히 안면이 있는 두 명의 시녀가 문을 열어주었다. 예전에는 그를 힐끔거리며 얼굴을 붉히기 일쑤였는데 웬일인지 얼굴조차 들지 못했다. 그녀들의 하얀 목덜미를 보자 느닷없이 욕정이 치솟았다. 그는 애써 시선을 돌리고 방 안으로 들어갔다.

두 개의 원형 탁자가 놓인 응접실을 지나자 침소가 보였다. 그를 환영하는 듯 문이 활짝 열려 있었다. 베리알은 분홍색 휘장이 드리워진 엄청나게 큰 침대 앞에 섰다.

"이곳이 아버지의 잠자리였군."

그는 한 번도 이곳에 들어와 본 적이 없었다. 공작 부인이 아버지와 결혼한 후 이 성은 그에게 수많은 성역을 만들어놓았고, 이곳도 그 장소 중 하나였다.

"어머니를 성당으로 쫓아버리고 이곳에서 밤마다 공작 부인과 뒹굴었겠지?"

아버지에 대한 증오는 갑작스럽게 찾아왔다. 어머니에 대한 사랑의 반대급부가 아니라 순수하게 증오를 위한 증오였다. 그는 허리에 찬 검을 빼서 침대를 향해 휘둘렀다.

퍽! 퍽!

침대가 갈라지며 하얀 거위 털이 허공으로 치솟았다. 그는 미친 듯이 검을 휘둘렀다. 가슴이 답답해서 견딜 수가 없었다. 침대가 아닌 사람을 향해 검을 꽂아 넣고 싶었다. 상대가 누구든 상관없었다. 이제껏 한 번도 느껴본 적이 없는 맹목적인 살인 충동이었다.

"샤, 샤를롯트 아가씨께서 오셨습니다."

시녀의 목소리는 모기의 날갯짓 소리만큼이나 작았는데 샤를롯트라는 이름만으로 천둥처럼 크게 들렸다. 베리알은 검 휘두르는 것을 멈추고 돌아섰다.

시녀와 함께 서 있는 그녀는 여전히 아름다웠다. 얼굴을 딱딱하게 굳힌 채 얼어붙은 듯 서 있었지만 어떤 표정을 지어도 그녀의 아름다움은 바래지 않았다.

"오오… 샤를롯트!"

그는 양팔을 쫙 벌리고 샤를롯트를 향해 다가갔다. 베리알이 가까이 가자 그녀는 주춤 뒤로 물러섰다. 하지만 그의 걸음만큼이나 큰 폭은 아니었기에 베리알은 그녀를 품에 안을 수 있었다.

"너무나 보고 싶었소, 샤를롯트."

열렬한 그의 말에도 그녀는 나무토막처럼 뻣뻣하게 서 있었다. 그의 등을 끌어안고 뜨거운 키스를 퍼부을 줄 알았는데 그녀는 미동도 하지 않았다. 베리알은 그녀의 볼을 어루만지며 말했다.

"왜 그러시오?"

"다, 당신, 베리알 리 페더본이 맞나요?"

그는 짐짓 어리둥절한 표정을 지었다.

"내가 베리알이 아니면 누구겠소?"

"하지만… 하지만……."

그녀는 주위에 둘러선 단탈리안과 세 마족을 둘러보았다. 모두 선량한 얼굴의 인간 모습을 하고 있었기 때문에 이상할 것이 없는데도 그녀의 표정은 두려움으로 변했다. 그녀는 다시 베리알을 보고 말했다.

"당신… 예전하고 너무 많이 달라졌어요."

"내가 달라졌다고?"

그는 자신의 얼굴을 문질렀다.

"더 준수해졌다는 뜻이오?"

농담이라고 했는데 웃기지 않은 모양이다. 그녀는 여전히 불안한 표정으로 서 있었다. 그녀의 모습이 베리알을 짜증스럽게 만들었다.

"내가 어떻게 변했든 상관없소. 지금 당장 가서 결혼 준비를 하시오. 일주일 안에 식을 올릴 수 있도록. 알겠소?"

그녀는 흔들리는 눈동자로 그를 올려다볼 뿐 대답하지 않았다.

"알았냐고 물었잖소!"

버럭 소리를 지르자 그녀는 흠칫 몸을 떨었다. 샤를롯트는 입술을 몇 번 달싹거리다가 말했다.

"당신과의 결혼… 조금 더 생각해 봐야겠어요."

"뭐, 뭐라구? 왜?"

"당신은 내가 사랑했던 베리알이 아니에요."

그는 샤를롯트의 어깨를 움켜쥐며 소리쳤다.

"무슨 소리야! 난 베리알이야! 페더본 가의 장남 베리알 리 페더본이라구!"

그녀는 어깨가 아픈 듯 이마를 찡그렸지만 신음 같은 것은 뱉지 않았다.

"외형은 그럴지 몰라도… 당신은 내가 사랑했던 베리알과는 달라요. 당신은 변했어요."

샤를롯트의 마지막 말이 귓가를 계속 맴돌며 머리를 어지럽혔다.

'내가 변했다구?'

물론 변했다. 그는 천덕꾸러기 서출에서 성주로 화려하게 변한 것이다. 그녀가 말한 것이 그 뜻이 아니더라도 베리알은 애써 진실을 외면했다. 그는 팔을 당겨 샤를롯트의 얼굴을 가까이 놓았다.

"어쨌든 상관없어. 우리는 곧 결혼하게 될 거야."

그렇게 되어야 한다. 그는 진정으로 샤를롯트를 사랑했다. 항상 곁에 두고 싶은 사람, 그것이 사랑이 아니고 무엇이겠는가?

그녀가 고개를 젓자 베리알은 힘주어 그녀의 양쪽 뺨을 잡았다.

"넌 싫다고 말할 권리가 없어. 이미 내 여자니까."

그는 샤를롯트의 입술에 긴 키스를 했다. 감미롭고 달콤한 느낌. 또 성욕이 치밀었다. 사랑하는 샤를롯트만을 향한 것이 아니라 단지 동물적인 본능이었다. 그녀를 취할 수도 있었지만 첫날밤은 결혼 당일이고 싶었다. 베리알은 그녀를 놓고 돌아섰다.

"빨리 가서 결혼 준비해."

그녀는 머뭇거리다 도망치듯 방을 나갔다. 베리알은 샤를롯트의 뒷모습을 힐끔 보고 두 시녀에게 말했다.

"침실로 들어가라."

그녀들은 한마디도 하지 못하고 그가 시키는 대로 했다. 누군가를 마음대로 부릴 수 있는 힘은 더없이 달콤하게 다가왔다.

"저희는 나가 있겠습니다."

단탈리안이 눈치 빠르게 자리를 비켜주었다. 단탈리안의 모습이 사라지기도 전에 베리알은 침실로 들어갔다. 시녀 둘이 비 맞은 새처럼 오돌오돌 떨고 있었다. 성욕을 풀 수 있다는 것보다 누군가에게 두려움의 대상이 된다는 것에 대한 즐거움이 먼저 찾아왔다.

"옷 벗어."

*　　　*　　　*

단탈리안은 성의 지하로 향하는 긴 계단을 밟아 내려갔다. 그의 뒤로 제 모습을 찾은 아바돈과 네비로스가 따라왔다.

"모두 몇 명이냐?"

단탈리안의 물음에 네비로스가 대답했다.

"스물두 명입니다."

"확실히 열두 살짜리들이겠지?"

"그렇습니다."

그는 흡족한 표정으로 고개를 끄덕였다. 네비로스의 장담이니 틀림없을 것이다.

"지금 마법을 실행하실 겁니까?"

"그래. 이왕이면 서두르는 것이 좋겠지."

단탈리안은 아바돈을 보았다.

"넌 외모를 바꾸도록 해라. 행여 어린아이들이 놀라서 죽어버리면 곤란하니까."

그의 명령이 떨어지자마자 아바돈의 얼굴이 꿈틀거리더니 이내 젊은 사내의 모습으로 바뀌었다. 마족이나 마신 모두 젊은이의 외형을 좋아하는 이유를 알 수 없었다. 젊음에 대한 것은 살아가는 모든 것들의 본능인지도 모른다.

벽에 군데군데 횃불이 걸린 지하실은 깨끗하게 치워져 있었다. 사방 이십 야드 길이의 정사각형 지하실 구석에 스물두 명의 소년 소녀들이 잔뜩 웅크리고 있는 것이 보였다. 그들은 단탈리안이 다가오자 서로 몸을 껴안고 두려움에 벌벌 떨었다.

"무서워할 것 없다. 곧 편안해질 테니까."

그는 쓸데없는 위로의 말을 던지고 아바돈과 네비로스를 향해 눈짓을 했다. 그러자 그들이 아이들에게 다가가 소년과 소녀를 분리시켜 놓았다.

"서로 손을 맞잡고 둥그렇게 앉아라."

아이들은 멈칫거리다가 이내 그가 시키는 대로 했다. 소년들과 소녀들이 각각 손을 잡자 둘레가 십이 야드 정도의 원이 두 개 생겼다. 단탈리안은 원과 원이 만나는 접점 부분에 자리를 잡았다.

아바돈과 네비로스가 원 중앙에 가서 서는 것으로 준비는 완벽하게 끝났다. 그는 두 손을 왼쪽 가슴에 가지런히 모으고 주문을 외우기 시작했다.

"알로바 사바나타, 구스타트 나비로스타로나, 알로바 콘드라칸, 사하비누 라부샤, 알로바……."

주문을 외워감에 따라 왼쪽 가슴이 뜨겁게 달아올랐다. 그의 양쪽에서 아바돈과 네비로스의 주문이 시작되었다.

"칸드로카 샤라탄트로, 아비사이라 오를롯카, 쿤데라탄 쿤데라토, 보르바타 카라칸칸……."

셋이 외우는 주문이 높아질수록 아이들은 무아의 상태로 치달았고, 단탈리안의 왼쪽 가슴은 점점 부풀며 붉게 변했다. 단탈리안은 가슴에 모아두었던 손을 아랫배 쪽으로 가져간 후 입을 크게 벌렸다.

숨을 들이쉬자 소녀들의 음기와 소년들의 양기가 흡수되는 것이 느껴졌다. 열두 살의 소년 소녀들은 양기와 음기가 모두 완성됨과 동시에 오염되지 않은 기운을 가지고 있었다. 그래서 이런 마법 주술을 펼치기에 가장 좋은 나이였다.

아이들의 양기와 음기가 왼쪽 가슴에 쌓여갈수록 붉은색은 더욱 짙어져서 갈색에 가까워졌다. 이 프앵쯤 되었을 때 더 이상의 기운이 빨려 들어오지 않았다. 주문을 마무리하자 차츰 가슴의 붉은색이 옅어졌다.

단탈리안은 긴 호흡을 뱉고 눈을 떴다. 주위에 있던 아이들은 그 자세 그대로 앉아 있었다. 안색이 창백해진 것 빼고는 외형상 달라진 것은 없었지만 그들은 이미 죽은 상태였다. 단탈리안은 아이들 사이를 빠져나오는 아바돈과 네비로스에게 말했다.

"내일 이 시간까지 다시 스물둘을 준비해라. 앞으로 열흘 간 계속해야 하니 차질없도록 신경 써야 할 것이다."

"걱정 마십시오."

단탈리안은 왼쪽 가슴을 쓰다듬었다. 차갑던 그곳에 온기가 감돌았다.

"한 달 반. 그 안에 모두 완성된다."

* * *

주적자를 가운데 두고 삼각형으로 앉은 그녀들은 중앙의 주적자가 보일 정도로 투명해졌다. 저러다가 어느 순간 허공으로 흩어져 버릴 것 같았다.

그녀들의 변화와는 상관없이 주적자의 모습은 그대로였다. 저렇게 앉아 있은 지가 벌써 삼 일이 지났고, 흡혈을 하지 않은 날짜도 칠 일이 되었다. 피를 마시고 싶어 이성을 잃었어도 오래전에 잃었을 텐데 주적자에게서 그런 기미는 보이지 않았다.

소소자는 슬슬 피가 필요함을 느꼈다. 동굴 밖으로 나갈 때는 극히 조심하라는 발키리아의 경고가 생각났다.

'어쨌든 식량은 구해야지.'

그는 동굴 밖으로 향했다. 심심한 표정으로 동굴에 등을 기대고 뭉그적거리던 체르샤가 벌떡 일어서며 그를 불렀다.

"소 의원님!"

"뭐?"

체르샤는 그의 앞으로 당과의 소재를 알 수 있는 수정구를 불쑥 내밀었다.

"왜 그래? 당과가 나타나기라도 했냐?"

그곳에는 정말 당과가 있었다. 구슬상의 거리로는 채 손가락 하나 굵기도 되지 않을 정도로 가까운 거리였다.

"어떻게 된 거냐?"

"마법진 밖으로 나온 것 같아요."

소소자는 반사적으로 주적자를 보았다. 주적자는 무의식 상황인지 당과의 이름을 듣고도 미동조차 하지 않았다.

'어떻게 할까?'

물론 주적자를 여기에 두고 당장 찾아갈 것인가를 고민하는 건 아니었다. 문제는 주적자가 정신을 차린 후였다. 당과가 있는 곳을 알면 만사를 뒤로하고 달려갈 것이 뻔했다. 하지만 지금 가장 중요한 사안은 당과가 아니었다.

주적자가 발키리아의 뜻대로 완전한 용자가 되는 것이 더욱 중요했다. 발키리아의 설명대로라면 저 이상한 술법 뒤에 몇 가지 단계가 더 있다고 했다. 그 단계를 거쳐야 비로소 완전한 용자가 될 수 있는데, 여기서 당과를 찾아간다면 용자가 될 기회조차 사라질지도 모른다.

그의 입장에서 본다면 당장 당과를 찾아 사람으로 돌아오는 것이 좋겠지만 주적자를 외면할 수는 없었다.

"당과를 찾았나요?"

잠을 자고 있는 줄 알았던 왕족발이 엉금엉금 기어오며 물었다. 소소자는 천천히 고개를 끄덕였다.

"그럼 빨리 찾으러 가야죠."

"우리끼리?"

왕족발은 주적자를 보며 말했다.

"우리 쭉정이끼리 가서 뭐 하게요? 칼도 없이 전쟁터에 가잔 말이오?"

"안 돼."

"지금 당장은 아니고 주 보표가 깨어나면……."

"글쎄, 깨어나도 안 돼."

"왜요?"

소소자는 혀를 끌끌 찼다.

"왜 이렇게 생각이 없는지. 주적자가 아직 용자가 되는 과정이 남았다는 것을 잊었냐?"

"하지만 가장 중요한 것은 당과잖아요. 우리가 무엇 때문에 이 거지 발싸개 같은 곳에 왔는데요?"

"그럼 주적자가 용자 되는 것을 포기하고 당과를 만나러 가야 한다는 말이냐? 만약 당과가 주적자를 사람으로 돌려놓을 수 없으면 어떡할 거야? 네가 엘릭서를 구해줄래?"

"내가 무슨 재주로 엘릭서를 구해요?"

"그럴 능력도 없는 놈이 무작정 주적자를 데리고 가서 용자가 될 기회를 빼앗겠다는 것이냐? 용자가 돼야 엘릭서를 찾을 기회도 생길 것 아니냐, 이 멍청한 놈아."

"그럼 당과가 나왔다는 것을 숨기자는 거요?"

소소자는 주적자를 보고 말했다.

"저 녀석이 용자가 될 때까지는 어쩔 수 없지."

왕족발이 갑자기 벌떡 일어섰다.

"그럼 나 혼자라도 가겠소!"

"뭐야?"

"내가 여기까지 온 것은 족쌍이를 구하기 위해서요. 그러니 가서 족쌍이의 생사도 알아봐야 하고 다행히 무사하면 데리고 가야지요."

소소자는 어이없는 시선으로 왕족발을 보다가 말했다.

"가라."

그의 선선한 대답이 의외였던지 멈칫한 왕족발은 동굴 입구로 향했다. 하지만 채 다섯 발자국도 가지 않아 다시 돌아섰다.

"그런데 당과가 있는 곳이 어디요?"

소소자는 체르샤의 손에서 구슬을 건네받아 내밀었다.

"이곳인데 찾아갈 수 있겠나?"

왕족발이 무슨 재주로 당과가 있는 곳까지 가겠는가? 정확한 위치도 모를 뿐 아니라 수시로 움직일 터이니 구슬을 가지지 않으면 찾기 불가능했다.

"저… 그 구슬 나 주면 안 되겠소?"

"안 될 줄 알고 묻는 거지?"

"혹시나 해서 물은 거요."

"그럼 역시나 해라. 정말 아무 생각 없이 사는 놈이라니까."

왕족발은 그의 손에 얹어진 구슬을 물끄러미 쳐다보다 털썩 주저앉았다.

"젠장, 중원을 떠난 후로는 내 뜻대로 되는 일이 없다니까."

"중원에서는 있었던 것같이 말하는구나."

"그래도 그곳에서는……."

왕족발은 말을 하다 말고 무릎 사이로 고개를 떨궜다.

"정말 좆같은 인생이군."

"호적에 먹물도 안 마른 놈이 지랄하고 자빠졌네. 정무문 소문주로 태어난 것이 좆같은 인생이면 한낱 농부의 자식으로 태어나 찢어지게 가난한 사람들은? 호강에 취해서 요강에 코 박고 죽을 소리 하고 자빠졌네."

왕족발은 그의 얼굴에 얼굴을 바짝 대고 소리 질렀다.

"소 의원은 남의 속을 그렇게 뒤집어놓아야 속이 시원하오?"

"이놈아, 눈깔 튀어나오겠다. 네 인생이 어떻든 당과가 나타났다는 말은 주적자에게 하지 마라."

"하지만……."

소소자는 왕족발의 귀를 움켜쥐고 잔뜩 깐 목소리로 말했다.

"만약 당과가 나타났다는 말을 하는 날에는 네 녀석 피를 몽땅 빨아 버리겠다. 알았냐?"

그의 협박이 통했는지 왕족발은 뚱한 표정으로 고개를 끄덕였다. 소소자는 왕족발의 볼을 툭툭 두드린 후 일어섰다.

"어디 가려구요?"

"요기는 해야 할 것 아니냐."

체르샤가 벌떡 몸을 일으켜 그를 따라나섰다.

"나도 가요."

"넌 어제 마셨잖아."

"짐승의 피는 이상하게 허기가 안 가셔요."

"뱃속에 거지를 키우나."

소소자는 괜히 심사가 뒤틀려 핀잔을 준 후 화백을 보았다. 그녀는 벽에 등을 기댄 채 하염없이 주적자만을 보고 있었다.

"화백, 물을 안 먹어도 되겠어?"

그의 물음에 화백은 고개만 저을 뿐이었다. 어지간히 주적자만 따라다니는 녀석이었다.

"물을 가져다 주는 수밖에 없군."

소소자는 중얼거리며 밖으로 나갔다. 어스름한 어둠이 밀려오고 있었다.

소소자와 체르샤가 나간 지 이각쯤 지났을까? 왕족발도 슬슬 배가 고프기 시작했다. 그는 토이틀을 힐끔 쳐다봤다. 녀석은 동굴 벽에 기대 낮게 코까지 골며 자고 있었다. 깨울까 하다가 이내 생각을 바꿨다. 토이틀이 있어도 사냥하는 데 아무 도움이 되지 않기 때문이다.

왕족발은 품 안의 칸타이나를 확인하고 일어섰다. 막 몸을 돌리려는데 동굴 한 켠에서 무언가가 눈에 띄었다. 윤기를 품은 그것은 어둠 속에서도 칸타이나라는 것을 한눈에 알 수 있었다.

"뭐야? 저게 누구 거지?"

그는 자고 있는 토이틀을 흔들어 깨웠다.

"이봐, 이봐!"

토이틀은 잠이 잔뜩 묻은 목소리로 눈을 비비며 알아들을 수 없는 말을 웅얼거렸다. 왕족발은 떨어진 칸타이나를 토이틀의 눈앞에 대고 흔들었다.

"이거 네 거냐?"

무슨 말인지 못 알아들었을 텐데 눈치는 빠른 녀석이었다. 토이틀은 품을 뒤지다 칸타이나를 꺼내 보여주었다. 그의 시선이 화백에게 옮겨졌다. 굳이 그녀에게 물을 필요는 없었다. 끈이 달린 칸타이나를 손목에 차고 있었기 때문이다.

그렇다면 그가 들고 있는 것은 소소자나 체르샤 둘 중 하나의 것이었다.

"밖으로 나갈 때는 꼭 칸타이나를 지니고 다니라고 했는데……."

그는 황급히 밖으로 뛰어나갔다. 숲은 이미 완벽한 어둠에 휩싸여 있었다.

"어디로 갔을까?"

이 넓은 숲에서 그들을 찾을 방법이 없었다. 그는 손나팔을 만들어 소소자를 부르려다 이내 포기했다. 동굴 밖에서는 절대 침묵을 강요하던 제로나의 말이 생각났기 때문이다.

"젠장, 어떡한다?"

왕족발은 어쩔 줄을 몰라 하며 발만 동동 굴렀다.

우둑!

왼쪽에서 나뭇가지 끊어지는 소리가 들렸다. 그는 몸을 낮게 숙이고 도를 빼 들었다. 어둠에 물든 풀 더미가 작게 흔들리는 것이 보였다. 왕족발은 숨을 죽이고 천천히 그쪽으로 다가갔다.

'소소자일까?'

제발 그러기를 바라며 여섯 자 가까이 다가가는데 갑자기 풀이 확 열리며 누군가가 튀어나왔다. 그는 검은 그림자를 향해 도를 휘둘렀다.

소소자는 화들짝 놀라 오른팔을 올렸다.

쩌엉!

팔목에 찬 대침과 칼이 부딪치며 요란한 소리를 냈다.

"소 의원!"

왕족발이 깜짝 놀라며 그를 불렀다.

"이 자식아! 대체 뭐 하는 짓이야! 네 동생 찾으러 가지 말랬다고 이런 식으로 나오는 거냐?"

"아, 아니, 그게 아니라……."

"아니긴 뭐가 아니야! 내 이놈을 그냥!"

소소자가 팔을 걷어붙이고 다가가자 왕족발은 황급히 동굴 속으로 들어갔다.

"이놈! 도망갈 데가 어디 있다고 거기로 기어 들어가!"

그가 고함을 지르며 막 동굴 안으로 들어가는데 무언가가 가슴 앞으로 던져졌다. 엉겁결에 받은 그것은 칸타이나였다.

"뭐야?"

"그걸 동굴 안에 놔두고 갔잖아요!"

소소자는 고개를 갸웃 하고 품으로 손을 집어넣어 칸타이나를 꺼냈다.

"내건 여기 있는데?"

그때 꺼억! 하는 트림을 터뜨리며 체르샤가 들어왔다.

"무슨 일 있어요?"

소소자는 의심스러운 눈초리를 체르샤에게 날리며 물었다.

"너, 칸타이나 어디 있냐?"

"그야 여기……."

품을 뒤지던 체르사의 표정이 딱딱하게 굳었다.

"없는데요."

"그럼 칸타이나도 없이 나갔던 거냐?"

"그런 모양인데요."

딱!

소소자가 던진 칸타이나는 정확히 체르사의 이마를 때렸다. 비명을 지르며 주저앉는 체르사 머리 위로 소소자의 고함이 떨어졌다.

"이 오줌 물에 담갔다 똥 밭에 굴려서 죽일 놈아! 칸타이나도 안 가지고 나가면 어떡해!"

이마를 감싸 안은 체르사의 손가락 사이로 피가 흘렀다.

"그렇다고 무식하게……!"

"무식 같은 소리 하고 자빠졌네! 너 하나 때문에 우리 모두 죽어야 속이 시원하겠냐!"

"그래도 아무 일 없었잖아요."

"이게 뚫린 입이라고……!"

소소자의 호통을 뚫고 토이틀의 낮은 목소리가 들렸다.

"아직 안심하기는 이릅니다."

"무슨 소리야? 안심하기 이르다니."

토이틀은 동굴 입구를 보며 말했다.

"우리의 소재를 파악하는 임무를 띤 것은 분명 바람의 정령일 것입니다. 마신이나 마족이 직접 감시하고 있지는 않을 거라는 거죠."

"그러니까 네 말은 바람의 정령인가 뭔가 하는 놈들이 프로켈 일당에게 보고를 하려면 시간이 걸릴 테니, 우리가 발각됐는지 아닌지는 아직 모른다는 소리냐?"

"그렇습니다. 그리고 설사 지금 당장 발각당하지 않았다 하더라도 칸타이나가 없는 상태에서 사물에 접촉했으니 분명 흔적이 남을 겁니다. 외형이 아니라 기운으로 우리를 찾을 테니까요."

"하지만 녀석들이 어떻게 우리의 기운을 알고 찾는다는 것이냐?"

"알렌스바흐 호수 근처 숲을 헤치며 도망쳤으니, 그 근처에 우리의 흔적이 차고 넘칠 정도죠."

소소자는 바짝 긴장해서 물었다.

"그럼 녀석들이 우리를 찾을 확률이 높다는 말이냐?"

"확률로 물으면 정확히 대답해 드릴 수 없습니다. 다만 여기가 안전하게 숨겨졌느냐에 대해서는 확신할 수 없다는 거죠."

"그럼 언제쯤 알 수 있냐?"

토이틀은 어깨를 으쓱했다.

"녀석들이 찾아오면 발각된 것이 확실한 것이죠."

우문현답(愚問賢答)이었다.

"어쨌든 흔적은 이틀 안에 없어질 테니 그 안에 발각당하지 않기만을 바래야겠죠."

소소자는 동굴 입구를 보았다. 토이틀의 말 때문에 금방이라도 프로켈 일당이 뛰어들 것 같았다.

'젠장, 쓸데없는 걱정거리가 하나 늘어버렸군.'

체르샤에 대한 원망이 다시 치솟았다. 그것을 그냥 누르고 있을 소소자가 아니었다. 바닥의 돌을 집은 팔이 허공을 갈랐다.

빡!

"으악!"

*　　　*　　　*

퍽!

프로켈의 손에 튜리핀의 머리는 수박처럼 깨져 버렸다. 프로켈은 기어코 당과의 탈출에 대한 책임을 튜리핀에게 물은 것이다. 단탈리안은 화가 부글부글 끓어오르는 것을 참으며 프로켈을 보았다.

따지고 보면 튜리핀의 잘못이라고는 십이호위를 마중 나간 것밖에 없었다. 애당초 프로켈이 쓸데없는 흡혈귀 당과를 잡아오지 않았다면 이런 사건조차 일어나지 않았을 것이다.

하지만 그는 굳이 프로켈에게 자신의 생각을 밝히지 않았다. 이미 죽은 튜리핀보다는 프로켈이 더 필요하기 때문이다.

'그래, 필요하지. 루시퍼님의 완벽한 부활을 위해서 말이야.'

수건으로 손의 피를 닦은 프로켈이 품속에서 작은 주머니를 꺼냈다.

"이걸로 당과를 찾아라."

단탈리안은 하얀 주머니를 힐끔 보고 물었다.

"이건 뭐냐?"

"당과의 머리칼이다. 그녀의 신체 중 일부가 있으니 찾을 수 있겠지?"

물론 가능한 일이었다. 요즘처럼 바람의 정령이 넘칠 때는 당과의 체취만으로도 충분했다. 물론 신체의 일부분이 있다면 주술로써 훨씬 쉽게 찾을 수 있었다. 그는 주머니를 건네받았다.

"찾도록 노력하지."

"노력만으로는 안 돼! 반드시 찾아! 반드시!"

외침에 여운이 끝날 때쯤 단탈리안이 입을 열었다.

"그래."

"삼 일 안으로 찾아라."

프로켈은 그의 대답을 기다리지도 않고 지하 대전을 나갔다.

"건방진 자식!"

그는 주머니를 비며 가루로 만들어 버렸다. 엘릭서를 탐낸 흡혈귀를 용서할 마음은 없었지만 프로켈 때문에 찾기는 싫었다. 흡혈귀는 그가 찾고 싶을 때 찾으면 그만이었다.

"사르가타나스."

그의 부름에 루시퍼의 방문이 열리며 사르가타나스가 나왔다.

"어떻게 됐느냐?"

"준비는 모두 끝났습니다."

"화리푸트가 콘라드와 제대로 반응을 했단 말이지?"

"그렇습니다."

"둘을 섞어 큐얼라이거가 되는 데 얼마나 걸리겠느냐?"

"하루면 충분합니다."

단탈리안은 흡족한 표정으로 웃음을 지었다.

"후후, 프로켈이 무척이나 좋아하겠군. 발키리아의 흔적을 찾고 있는 리베살에게서는 아직 연락이 없느냐?"

그의 물음이 끝나자마자 지하실의 입구를 통해 리베살이 들어왔다. 리베살은 마족들 중에서도 특이하게 생긴 것으로 유명했다.

해바라기처럼 생긴 얼굴에 칼과 같은 코를 가지고 있으며 몸은 나무통이었다. 왼발은 새 여러 마리가 붙어서 만들어졌고 오른발은 염소였다. 왼팔은 대나무를 여러 개 겹쳐서 만든 것 같았고 오른팔은 게의 집게 모양이었다.

리베살은 특히 바람의 마족을 잘 다뤄서 발키리아의 흔적을 찾는 임무를 주었었다.

단탈리안은 리베살이 멈추기도 전에 물었다.

"발키리아는 찾았느냐?"

"발키리아와 같이 있던 녀석들의 흔적을 발견했습니다."

"그곳이 어디냐?"

리베살은 동쪽을 가리키며 말했다.

"이곳에서 한나절 거리에 있습니다."

"빨리 프로켈을 데려와라!"

*　　　*　　　*

"이틀이 지났으니 이제는 안심해도 되겠죠?"

왕족발이 동굴 밖으로 얼굴을 내민 채 말했다. 소소자는 경계의 눈빛을 풀지 않고 대꾸했다.

"아직 몰라. 이틀이 지나려면 아직도 한 시진 남짓 남았고, 녀석들이 이미 발견하고 오는 중인지도 모르잖아."

"소 의원은 왜 꼭 안 좋은 방향으로 생각하쇼?"

"이 자식아, 범의 아가리 속에 있는 것이나 마찬가지이니 조심하고 또 조심해야지!"

그는 말을 하고 뒤를 돌아보았다. 발키리아는 이제 거의 투명해져서 시선을 집중하지 않으면 보기가 힘들 정도였다. 이제껏 주적자를 보고 있던 화백은 자리를 비운 상태였다. 며칠 동안 물 한 모금 먹지 않았으니 견디기 어려웠을 것이다.

"대체 주 보표는 언제 깨어나는 거요?"

"그걸 내가 어떻게 아냐?"

소소자는 툭 쏘아붙인 후 다시 동굴 밖으로 시선을 돌렸다. 어둠이 내린 지 벌써 반 시진이 지나서 밖은 깜깜했지만 사물을 확인하는 데는 지장이 없었다. 동굴 앞쪽 약간의 공터를 제외하고는 모두 숲으로 둘러싸인 주위를 소소자는 꼼꼼하게 살폈다.

"두 시진이나 동굴 밖만 보고 있었는데, 대체 언제까지 이러고 있어야 하는 거요?"

"주적자가 깨어날 때까지."

"언제 주 보표가……."

왕족발은 이미 한 질문이라는 것을 깨달았는지 입을 다물었다.

"저……."

소소자는 체르샤의 목소리에 고개를 돌렸다. 체르샤는 구부정하게 서서 뒷머리를 긁적이며 말했다.

"제가 보초를 서면 안 될까요?"

이런 상황을 만든 것이 못내 미안한 모양이다. 소소자는 뭐라고 쏘아주려다 이내 자리를 털고 일어섰다. 이미 지난 일 가지고 왈가왈부해 봤자 서로 피곤해질 뿐이었고, 체르샤와 티격태격하는 일은 별 재미가 없었다.

"똑바로 봐."

그가 말을 하고 돌아설 때였다.

콰앙!

갑자기 입구에서 폭음이 들렸다. 화들짝 놀라 돌아서는 소소자의 시선으로 파란 빛이 쏘아졌다. 그는 황급히 바닥에 엎드렸다. 다시 고막을 찢을 듯한 굉음이 울렸다.

"젠장, 뭐야!"

그는 엎드린 자세로 고개를 들었다. 파란 빛이 사라지자 뒤쪽에 선 그림자들의 모습이 눈에 들어왔다.

"프로켈!"

소소자는 가장 낯익은 녀석의 이름을 토해냈다. 프로켈은 양쪽에 각각 셋을 두고 자리해 있었다. 단탈리안과 아바돈, 네비로스는 보이지 않았다.

"역시 방어 주술이 걸려 있군요."

말을 한 녀석은 프로켈의 좌측에 있는 마족으로 해바라기 얼굴에 칼 형태의 코를 가진 이상한 모습을 하고 있었다. 팔과 다리도 게의 집게나 대나무 통처럼 생겨서 우스꽝스럽게 보일 정도였다.

"리베살, 그래서 뚫을 수 없다는 것이냐?"

리베살이라고 불린 해바라기 얼굴은 싱긋 웃음을 지었다.

"뚫리지 않는 방어 주술은 없습니다."

리베살은 양쪽에 선 두 명에게 말했다.

"우코바치, 루키푸게 로포칼레, 나를 좀 도와줘야겠다."

우코바치라고 불리우는 녀석은 불덩이가 걸어다니는 것처럼 생겼고, 루키푸게 로포칼레는 대머리에 세 개의 뿔을 달고 있었으며 눈은 부엉이처럼 커다랬다. 그는 소의 발굽처럼 생긴 다리를 까딱거리며 대답했다.

"왜 내가 네 녀석을 도와줘야 하지?"

"동굴 안에 있는 녀석들을 잡아야 하니까."

루키푸게 로포칼레는 잠시 생각하는 표정을 짓더니 입을 열었다.

"좋아, 내가 너를 도와주는 조건으로 나와 계약을 하자. 천년암흑왕국이 도래하면 네 영혼의 일 퍼센트를 내게 줘."

리베살은 어이없는 표정을 지으며 말했다.

"이봐, 아무리 네가 계약을 관장하는 마족이라고는 하지만 이건 루시퍼님을 위한 일이야."

"하지만 내가 아무 계약도 없이 널 도와줄 수는 없어. 네 말대로 난 계약의 마족이니까."

"자꾸 이런 식으로 나올 거야?"

"싫으면 관둬. 난 계약없이 어떤 일도 할 수 없으니까."

시큰둥한 표정으로 고개를 돌리는 루키푸게 로포칼레에게 프로켈이 윽박질렀다.

"얼음덩이로 변하고 싶지 않으면 계약 얘기는 그만 하고 빨리 리베살이나 도와줘."

찔끔한 표정을 지은 루키푸게 로포칼레는 우물쭈물하다가 기어 들어가는 목소리로 말했다.

"프로켈님, 그럼 절 영원히 얼음덩이로 만들지 않겠다고 계약을 해주시겠습니까?"

어이없는 시선을 던지던 프로켈은 한숨과 함께 고개를 끄덕였다.

"그래, 계약할 테니까 빨리 리베살을 도와서 방어 주술이나 풀어."

반색을 한 루키푸게 로포칼레는 품으로 손을 집어넣더니 주먹 두 개를 합쳐 놓은 것만한 공을 꺼냈다. 그것을 만지작거리자 한쪽에서 세 자 반 길이의 막대가 튀어나왔다. 그는 막대를 프로켈에게 내밀며 말했다.

"이 바루카라스에 손을 얹고 맹세를 하십시오."

프로켈은 못마땅한 표정을 지었지만 루키푸게 로포칼레가 시키는 대로 했다.

“나 프로켈은 너를 영원히 얼음덩이로 만들지 않겠다. 됐냐?”

녀석은 흡족한 표정으로 고개를 끄덕였다.

“네.”

대답을 한 루키푸게 로포칼레는 리베살에게 물었다.

“내가 뭘 도우면 되지?”

“바루카라스를 방어 주술이 펼쳐진 곳 앞에 꽂고 계약 해지의 주문을 외워라. 그리고 우코바치는 방어 주술의 형상이 뜨면 그것을 불로 태우면 된다.”

리베살은 말을 하고 동굴 정면에 섰다. 그의 좌우로 루키푸게 로포칼레와 우코바치가 섰다.

그 모습을 지켜보던 소소자는 마음이 다급해졌다. 하지만 그가 할 수 있는 일은 아무것도 없었다. 리베살의 주문이 그를 더욱 애타게 만들었다.

“그냥 이렇게 보고만 있을 거요?”

왕족발의 말에 소소자가 버럭 소리를 질렀다.

“우리가 지금 뭘 할 수 있겠냐?”

“왜 나한테 화를 내고 그래요?”

소소자는 왕족발을 노려보다 주적자에게 시선을 돌렸다. 발키리아가 완전히 투명해졌으니 뭔가 변화를 보여야 할 텐데, 가부좌를 튼 주적자는 움직일 기미가 보이지 않았다.

“제기랄! 화백도 없을 때 쳐들어오다니!”

소소자는 급한 마음에 여덟 개의 침을 빼서 양손에 들었다. 동굴 입구로 온 체르사와 토이틀은 잔뜩 겁먹은 표정으로 마족과 주적자를 번갈아 보았다.

"야, 너희들도 마법사잖아. 조금이라도 버틸 방법이 없냐?"

소소자의 물음에 그들은 금방이라도 울 것 같은 표정을 지었다.

"우리가 익힌 마법은 그런 종류가 아니라구요."

체르사는 바닥에 바루카라스를 꽂는 루키푸게 로포칼레를 보며 말을 이었다.

"어떡하죠? 방어 주술이 뚫리면 저들을 상대로 일 프앵도 못 버틸 텐데……."

소소자에게 방법이 있을 리 없었다. 유일한 희망은 주적자가 빨리 깨어나는 것뿐이었다.

'주적자 혼자 저들을 상대하는 것도 불가능하겠군.'

사라진 것 같은 발키리아는 있으나마나니 결국 그들에게 남은 건 완벽한 절망뿐이었다.

"천신만고 끝에 여기까지 왔는데!"

그는 동굴 벽에 등을 기대고 털썩 주저앉았다.

"이대로 포기할 거예요?"

왕족발의 물음에 소소자는 냉소를 띠었다.

"여기서 우리가 뭘 할 수 있겠냐?"

"뭐든 해봐야죠!"

왕족발은 등에 걸린 도를 빼 들었다.

"그냥 멍하니 앉아서 죽을 수는 없어요! 포기는 정말 마지막에 해도 늦지 않아요."

비장미(悲壯美) 넘치는 왕족발의 말에 소소자는 피식 웃음을 터뜨렸다.

"녀석, 꽤 멋있는 말을 하는구나."

그는 바닥에 떨궜던 침을 주워 들었다. 왕족발의 말대로 서둘러 절망할 필요는 없었다. 설사 여기서 죽더라도 마지막까지 최선을 다해야 눈감을 때 그만큼 후회가 없을 터였다.

"동굴 안에 있는 돌을 모두 모아라, 던질 수 있는 것으로."

제69장

카르칸 속으로

제69장 카르칸 속으로

소소자는 양쪽 팔을 쫙 벌리고 선 리베살을 보았다. 주문이 절정에 달한 듯 목소리는 거의 고함에 가까워져 있었다. 소소자는 양손을 가슴 앞에서 교차시킨 후 바깥쪽으로 힘껏 떨쳐 냈다.

그의 손을 떠난 침은 허공을 찢고 리베살의 가슴에 틀어박혔다. 철판에 빗물이 떨어지는 듯한 소리가 나면서 리베살이 비틀비틀 뒤로 물러섰다. 주위를 쩌렁하게 울리던 주문도 자연히 멎었다.

리베살의 나무통 같은 가슴에는 지름이 한 치 정도 되는 구멍 여덟 개가 뚫려 있었다. 가슴의 상처를 일별하고 소소자에게 시선을 던지는 리베살의 눈에 붉은 광채가 서렸다. 그것의 의미가 분노라는 것을 직감적으로 알 수 있었다.

"하찮은 흡혈귀 따위가 감히 내게 상처를 입히다니!"

리베살은 소리를 지르며 소소자를 향해 몸을 날렸다.

콰앙!

폭음과 함께 파란 빛살이 튀기며 리베살은 다가올 때만큼이나 빠르게 퉁겨져 나갔다.

"빌어먹을 방어 주술 같으니라구!"

욕설을 뱉으며 일어나는 리베살의 어깨를 프로켈이 잡았다.

"진정하고 방어 주술부터 깨뜨려."

리베살은 소소자를 노려보다 원래 서 있던 자리로 갔다. 소소자는 또 여덟 개의 침을 날렸다. 하지만 이미 준비하고 있던 프로켈의 칼이 그의 침을 모두 얼음으로 흩어놓았다.

"내가 막을 테니까 너는 빨리 방어 주술이나 없애."

프로켈은 여유있는 표정으로 리베살 앞에 섰다. 다시 리베살의 주문이 울리기 시작했다. 소소자는 이를 악물고 침을 던졌지만 단 하나도 프로켈의 몸에 적중하지 않았다. 그저 얼음칼을 한 번 휘두르는 것으로 그의 공격은 무위로 돌아갔다.

침 한 통은 금세 바닥을 드러냈다. 소소자는 왕족발 등이 모아 온 자잘한 돌을 집어 들었다. 버릇처럼 던지고는 있지만 이 행동이 아무 의미가 없다는 것은 이미 증명된 사실이었다. 그를 움직이게 만드는 건 이대로 죽을 수 없다는 오기 같은 것이었다.

소소자는 점점 고조되는 리베살의 주문을 들으며 주적자를 보았다. 주적자는 여전히 미동도 하지 않았다. 저렇게 죽어서 굳어버린 것 같았다.

돌 네 개를 동시에 던진 소소자는 왕족발에게 말했다.

"가서 주적자를 깨워봐."

"어떻게요?"

"마구 흔들든지 뺨을 때리든지 어떻게든 깨워!"

"발키리아가 절대 건들지 말라고 했다면서요. 만약 잘못되면 어떻게 해요?"

"어차피 지금 주적자가 깨어나지 않으면 우리 모두 죽어! 이 이상 나빠질 수 없다구!"

왕족발은 멈칫거리다 주적자에게 다가갔다. 우물쭈물하던 왕족발은 주적자의 어깨에 손을 얹고 흔들었다.

"주 보표, 주 보표."

낮은 목소리만큼이나 작은 움직임이었다. 소소자는 연신 돌을 던지면서도 뒤쪽을 힐끔거리며 소리쳤다.

"좀 더 세게 깨워!"

왕족발은 양손으로 주적자를 마구 흔들었다.

"이봐요! 눈 좀 떠봐요!"

퍼엉!

왕족발의 외침 끝으로 굉음이 들려왔다. 소소자는 화들짝 놀라 전면을 보았다. 우코바치의 몸에서 나온 불덩이가 방어 주술에 작렬하는 소리였다. 그 뒤로 루키푸게 로포칼레가 알아들을 수 없는 주문을 외우고 있었다.

"젠장!"

소소자는 돌멩이를 집어 들다가 이내 힘없이 어깨를 내려뜨렸다. 최선을 다해야 한다는 것은 알지만 그의 어떤 몸짓도 이제는 부질없는 행위에 불과했다.

십(十)자 모양의 말뚝 같은 것이 반원형으로 박힌 방어 주술은 빨간 화염을 내뿜으며 불타오르고 있었다. 양팔을 하늘 높이 쳐든 저들의 모습으로 보아 주문이 끝나가는 것 같았다.

주적자의 뺨을 몇 차례 때린 왕족발은 깨우는 것을 포기하고 동굴 입구로 와서 도를 빼 들었다. 어떻게든 싸워보려는 의지가 충만했지만 의지만으로 벗어날 수 있는 상황이 아니었다.

"꼼짝없이 죽게 생겼군."

잠자코 있던 토이틀이 중얼거렸다. 동굴 안에 있는 누구도 그의 말에 반박하지 않았다. 그런데…

"요란하게 몰려왔군."

소소자는 옷 앞자락이 엉덩이에 닿을 정도로 빨리 돌아섰다. 어느새 깨어난 주적자가 며칠 동안 앓아 있었던 것답지 않게 뚜벅뚜벅 걸어왔다.

"깨어났구나!"

주적자는 사람을 안심시키는 특유의 웃음을 머금었다.

"당연히 깨어나야지."

그 말 뒤로 코로나의 목소리가 이어졌다.

—주 보표님, 빨리 이곳을 빠져나가서 주술을 완성해야 해요.

모습이 보이지 않는 목소리는 분명 주적자에게서 나오고 있었다. 그렇다고 주적자가 입을 벌려 코로나의 목소리를 뱉는 것도 아니었다.

"어, 어떻게 된 거냐?"

주적자는 검지로 자신의 머리를 톡톡 두드렸다.

"몰라. 머리 속에서 울리는 것 같아."

—우리는 현재 네 안에 들어와 있어.

제로나의 목소리였다. 주적자는 손을 쥐었다 폈다를 반복하며 말했다.

"뭔가 다른 힘이 느껴지기는 한데, 밖에 있는 녀석들을 모두 부술 수 있을 정도의 큰 힘 같지는 않군."

코로나가 대꾸했다.

—당연해요. 주술이 모두 완성되었다면 모르지만 지금 저들을 모두 상대하는 것은 무리예요.

"그래도 할 수 없지. 이곳을 빠져나가기 위해서는 부딪칠 수밖에 없으니까."

걸음을 옮기던 주적자는 주위를 둘러보았다.

"화백은 어디 갔지?"

"물을 마시러 갔나 본데 아직 오지 않았다."

주적자가 걱정스러운 얼굴로 말했다.

"저들에게 무슨 일을 당한 것은 아닌지 모르겠군."

"그런 것 같지는 않아. 저들이 화백을 해쳤으면 벌써 의기양양하게 말했을 테니까."

주적자는 다시 동굴 입구로 걸어갔다.

"어쨌든 빨리 끝내고 화백을 찾아봐야겠어."

—기다리세요.

가고 있는 주적자에게서 그런 종류의 말이 나오니 이상하게 느껴졌다.

—이대로 저들과 부딪치는 것은 무모해요. 우리가 교란을 할 테니까 그사이에 빠져나가세요. 이미 트로이가를 불렀으니 밖으로 나가면 기다리고 있을 거예요.

"당신들은?"

소소자는 묻고 나서야 저들의 육체가 없다는 것을 깨달았다. 그래서 다시 물었다.

"지금 당신들의 육체는 소멸된 것이오?"

―우리에게 육체는 별 의미가 없어요. 정신만 살아 있다면 육체는 언제든 다시 부활할 수 있으니까요. 주 보표님만 무사하다면 우리는 언제든 그 속으로 들어갈 수 있어요.

"이전처럼 우리의 허상을 만들 생각이오?"

―저들 중 당신들의 능력을 모르는 마족이 있기 때문에 그것은 의미가 없어요. 그리고 두 번 속을 정도로 저들은 멍청하지 않아요.

"그럼?"

―우리의 능력을 다 한다면 저들을 일 프앵 정도는 막을 수 있을 거예요.

소소자는 밖의 마족들을 힐끔 본 후 물었다.

"우리는 어디로 가야 하는 것이오?"

―그건 주 보표님께 알려줄게요.

주적자가 그들의 대화에 끼어들었다.

"밖으로 나가면 제일 먼저 화백을 찾아야 해."

―그럴 시간이 없어요. 최대한 빨리 신이 안배한 지역으로 가야 해요.

"화백을 이곳에 놔두고 갈 수는 없어."

제로나의 목소리가 튀어나왔다.

―화백 때문에 시간을 지체하다가는 우리 모두 죽을 수도 있어.

그녀의 경고에도 불구하고 주적자는 의지를 굽히지 않았다.

"그럼 당신들은 먼저 가. 난 화백을 찾은 후 따라갈 테니까."

―대체 그 이상한 요괴가 뭔데 모든 이의 목숨을 담보로 구하려고

하는 거지?

"화백이 내 목숨을 구해줬으니까 빚을 갚아야지. 어쩌면 나와 가장 오랜 시간을 보내야 하는 친구가 될지도 모르고……."

주적자는 인간이 되지 못할 때의 경우도 생각하고 있는 것 같았다.

"그 친구에 나도 끼워줘."

소소자의 말에 주적자의 눈빛이 흔들렸다. 소소자는 씨익 웃음을 흘린 후 말했다.

"좋아, 여기서 나가면 화백부터 찾아보자구."

—너희들, 정말 죽고 싶은 거야?

제로나의 음성이 제아무리 앙칼져도 그들의 뜻을 꺾지는 못했다.

—바보 같은 자식들! 죽거나 말거나 너희들 맘대로……!

제로나의 음성 사이로 콰앙! 하는 폭음이 울렸다. 발키리아가 설치해 놓은 방어 주술이 완전히 박살난 것이다. 파란색의 섬광이 작렬한 후 일렬로 선 일곱 명이 눈에 들어왔다.

—언니, 빨리!

코로나의 다급한 목소리가 튀어나왔다. 그러자 양팔을 쭉 벌린 주적자의 몸에서 파란 가루가 쏟아져 나왔다. 별처럼 반짝이는 가루는 일행의 몸 위로 뿌려졌다. 주적자를 통해 발키리아가 생성해 낸 물질일 것이다. 가루는 몸에 닿더니 눈송이처럼 사라져 버렸다.

"이건 뭐요?"

소소자의 물음에 코로나가 대꾸했다.

—자세히 말씀드릴 시간 없어요. 내가 신호를 하면 모두 밖으로 나가세요.

"무작정 말이오?"

—앞에 마족이 막아서도 멈추지 말고 곧장 가세요.

코로나의 말이 끝남과 동시에 발키리아의 모습이 드러났다. 하지만 그것은 완전한 것이 아니라 반투명해서 건너편의 마족이 보일 정도였다. 저런 모습으로 어떻게 싸울지 의아했다. 소소자의 내심을 읽기라도 한 듯 코로나가 말했다.

"당신들에게는 우리가 투명하게 보이겠지만 저들한테는 완전한 모습으로 비춰질 거예요."

그녀들은 나란히 서서 서로의 손을 잡았다.

"마지막 발악이라도 해보겠다는 것이냐?"

프로켈이 가장 앞서 오며 조소를 날렸다. 프로켈에게 그들은 어망에 걸린 고기처럼 보일 터였다.

"준비하세요."

코로나의 낮은 목소리에 주적자의 어깨가 두 치쯤 낮아졌다. 소소자도 자세를 바로잡고 튀어나갈 준비를 했다. 동굴 안은 팽팽한 긴장감에 휩싸였다.

"모두 없애 버려!"

프로켈이 먼저 몸을 날리며 소리쳤다. 기다렸다는 듯 마족들이 일제히 동굴을 향해 짓쳐들었다.

"지금이에요!"

코로나의 외침에 주적자가 가장 먼저 튀어나갔다. 뒤이어 소소자와 왕족발이 각각 체르사와 토이틀을 옆구리에 끼고 땅을 박찼다.

갑자기 눈앞에 하얀색 섬광이 터졌다. 서로 손을 잡고 있는 발키리아의 몸에서 뿜어져 나온 것이었다. 그 강렬한 빛은 순간적으로 마족들을 주춤거리게 만들었다. 가장 앞에 선 주적자가 마족을 향해 검을 휘둘렀다.

콰우웅—!

뿌연 먼지가 해일처럼 일어나며 마족들을 덮쳤다.

"흥!"

프로켈의 코웃음 소리가 터지며 갑자기 먼지 장막이 하얀 얼음으로 변하며 부서졌다. 주적자는 개의치 않고 부서지는 얼음 사이로 몸을 날렸다.

얼음 조각 사이로 잠깐 사라졌다가 다시 나타난 주적자는 프로켈의 지척에 다다라 검을 휘두르고 있었다. 그때 발키리아의 뜻을 알 수 없는 외침이 들렸다.

"카라 할리 힘!"

그녀들이 동시에 소리를 지르자 주적자가 프로켈의 몸을 그냥 통과해 버렸다. 얼음칼을 든 프로켈뿐 아니라 뒤를 돌아보는 주적자조차 황당하다는 표정이었다.

"빨리 가!"

제로나의 목소리에 주춤했던 주적자는 그대로 땅을 박찼다. 소소자도 눈앞의 마족들을 개의치 않고 몸을 날렸다. 그들은 허깨비를 앞에 둔 듯 마족들을 통과했다.

"어서 쫓아라! 발키리아의 주술은 이 프앵을 넘기지 못한다!"

리베살의 외침이 들리자 마족들이 그들을 쫓기 시작했다. 하지만 그들은 곧 발키리아에 의해 가로막혔다. 그녀들은 눈을 멀게 만들 정도의 밝은 섬광을 마구 뿌리며 소리쳤다.

"빨리 가요!"

맨 앞에 가던 주적자는 이미 한 필의 트로이가에 몸을 싣고 있었다.

발키리아가 걱정되기는 했지만 그녀들의 장담이 있었으니 머뭇거릴 수는 없었다. 소소자도 체르사와 함께 트로이가에 올라탔다. 뒤를 돌아보자 토이틀과 함께 바짝 따라오는 왕족발이 보였다.

그들은 트로이가를 타고 일제히 날아올랐다. 주적자를 실은 트로이가가 무서운 속도로 올라가더니 까마득히 높은 곳에서 멈췄다. 소소자는 산이 손톱만큼 작게 보이는 곳에서 트로이가를 멈췄다.

"갈 곳은 정확히 알고 있는 거냐?"

주적자는 고개를 길게 빼고 아래쪽을 보았다. 높이 올라온 이유가 화백을 찾기 위함임을 알 수 있었다. 잠시 사방을 둘러보던 주적자가 손가락으로 가리키며 소리쳤다.

"저기야!"

하지만 소소자의 눈에는 파란 물밖에 보이지 않았다. 소리를 지른 주적자는 지체하지 않고 아래로 떨어졌다. 주적자의 속도가 너무 빨라서 그들의 속도는 금세 벌어졌다.

땅에서 백 장 정도 높이에 다다른 후에야 물 위로 솟구치는 화백을 볼 수 있었다. 그녀가 이제껏 물속에 있었다는 것을 뜻했다.

'그 높은 곳에서 물속의 화백을 발견했다는 것인가?'

소소자는 주적자의 능력에 혀를 내두를 수밖에 없었다.

"내 뒤로 올라타!"

"왜요?"

"설명은 나중에 할 테니 빨리 타!"

둘의 대화는 짧게 끝나고 화백은 주적자의 뒤로 올라탔다. 주적자는 소소자 쪽을 보더니 북쪽으로 방향을 잡았다. 소소자는 주적자의 십 장 뒤쪽까지 따라붙으며 물었다.

"어디로 가는 거야?"

"젤츠 계곡이란 곳이야! 이 속도라면 두 시진 이내에 도착하겠는데!"

주적자가 갈 곳을 정확히 알고 있는 것 같아 다행스러웠다. 소소자는 뒤를 힐끔 돌아본 후 물었다.

"그런데 발키리아는 어떻게 된 거지?"

"나도 모르겠다! 어쨌든 우리로서는 그녀들 말대로 젤츠 계곡으로 가는 수밖에 없잖아!"

하긴 지금 상황에서 그들이 그 외에 뭘 할 수 있겠는가? 숲을 빠져나온 그들은 계곡을 지나 다시 우거진 숲으로 들어가기를 반복했다. 공중으로 날아갈 수도 있을 텐데 굳이 이렇게 가는 것은, 트로이가가 마족들의 감시를 의식한다는 뜻이었다.

그들은 말없이 트로이가에게 몸을 맡겼다. 거의 두 시진을 달린 후에 들어선 곳은 흰색과 회색이 섞인 백 장 높이의 절벽과 절벽 사이였다. 폭이 다섯 자도 되지 않는 계곡은 일부러 만들어놓은 것처럼 일정한 넓이를 유지하고 있었다. 전면은 완만한 굽이를 이뤄 끝이 보이지 않아 길이를 정확히 알 수 없었다.

계곡 사이로 들어선 트로이가는 땅을 박차 절벽 위쪽으로 올라갔다. 벽은 바람에 깎이고 깎여 거울처럼 반들반들했다.

삼십 장쯤 올라갔을까? 주적자를 태운 트로이가가 갑자기 절벽으로 돌진했다. 마치 벽에 머리를 박고 자살을 하려는 것처럼 보였다.

"어엇!"

당황한 소소자의 외침은 곧 잦아들었다. 트로이가가 벽 속으로 쑥 빨려 들어간 것이다. 이어 소소자를 태운 트로이가도 벽 속으로 들어갔다. 아찔한 기분도 잠시, 이내 시원한 기운과 함께 동굴 내부가 눈앞에 놓여졌다. 뒤를 돌아보자 밖의 정경이 그대로 눈에 들어왔다.

"정말 이상한 곳이군."

소소자는 중얼거리며 트로이가에서 내렸다.

"대체 무슨 일이죠?"

화백은 아직도 어리둥절한 표정이었다.

"마족들이 습격해 왔어."

"아!"

그녀의 탄성에는 자책이 섞여 있었다.

"참지 못하고 자리를 떠서 미안해요. 하마터면 주 가가를 위험하게 할 뻔했군요."

주적자는 가볍게 화백의 어깨를 두드렸다.

"괜찮아, 네 잘못은 없어."

"만약 주 가가가 잘못되기라도 했다면 전……."

금방이라도 울 듯한 화백의 어깨에 주적자의 손이 얹어졌다.

"아무 일 없었잖아. 일어나지도 않은 일 가지고 자책한다는 것은 바보 같은 짓이야."

주적자의 위로는 언제나 화백에게 웃음을 끄집어냈다. 둘의 대화가 끝난 것을 확인한 소소자는 주적자에게 다가갔다.

"이곳이 첼츠 계곡이냐?"

"그래."

대답을 하는 주적자는 동굴 안쪽에서 시선을 떼지 않았다. 짙은 어둠을 품은 그곳은 시야에 영향을 받지 않는 소소자조차 아무것도 볼 수 없었다.

"안에 뭐가 있는 거냐?"

"몰라. 다만 뭔가가 느껴질 뿐이야."

"뭐가?"

주적자는 대답없이 고개만 저었다.

"휴우—! 간 떨어져 죽는 줄 알았네."

뒤쪽에서 왕족발의 한숨 섞인 목소리가 들렸다. 고개를 돌리자 트로이가는 이미 어디론가 떠나고 보이지 않았다.

"여기가 어디요?"

왕족발의 물음에 대한 대답은 주적자에게서 나왔다.

—카르칸이에요.

하지만 그것은 주적자의 목소리가 아닌 코로나의 것이었다. 소소자는 화들짝 놀라 주적자를 보았다.

"거기 있는 것이오?"

—말씀드렸잖아요. 주 보표님만 무사하면 우리는 언제든 이 안으로 들어올 수 있어요.

"그럼 외형은?"

—그건 시간이 해결해 줄 거예요. 당분간 주 보표님과 우리는 같은 신체를 사용하게 돼요.

'같은 신체' 라는 말의 느낌이 이상했지만 발키리아가 무사한 것 같아 다행이었다.

"마족들은 어떻게 됐소?"

—너희들의 바보 같은 짓에도 불구하고 완전히 따돌렸으니 걱정할 것 없어.

제로나의 차가운 목소리 뒤로 주적자의 물음이 따랐다.

"그런데 이곳 카르칸이란 어떤 곳이오?"

—신들이 남겨놓은 안배 중 하난데 일종의 수련장이에요. 우리의 임무는 가장 완벽한 인간을 선택해서 카르칸에 있는 힘을 고스란히 전달하는 거죠.

"만일의 사태에 대비한 신들의 안배라……."

코로나가 걱정스러운 목소리로 말했다.

—하지만 그 만일의 사태가 루시퍼일 줄이야. 휴~ 정말 버거운 일이죠.

"이곳에 있는 힘을 얻는다 하더라도 루시퍼를 이길 수 없단 말이오?"

—당연하죠. 루시퍼의 힘은 대부분의 신보다 우월해요. 인간이 넘볼 수 있는 경지가 아니죠. 어떻게든 루시퍼가 완전히 부활하기 전에 막아야 해요. 만약 루시퍼의 부활을 막지 못하면 세상은 온통 암흑으로 뒤덮일 거예요. 봉인된 칠십이마신과 숨어 있던 마족들이 일제히 세상으로 뛰쳐나오면…….

말끝을 흐리는 그녀의 목소리는 걱정으로 가득 차 있었다. 제로나가 가라앉은 분위기를 북돋웠다.

—이러고 있을 시간 없어! 어서 빨리 카르칸의 힘을 얻어야지!

코로나의 목소리가 바로 따라나왔다.

—동굴 안으로 들어가세요.

주적자는 망설이지 않고 동굴 안쪽으로 걸음을 옮겼다. 화백이 따라 나서려는데 코로나가 막았다.

—당신들은 여기 있어요. 어차피 안으로 들어가도 할 일이 없으니까요.

"그럴 수는 없어요! 난 주 가가를 지켜야 해요!"

—우리와 주 보표님만이 이 안으로 들어갈 수 있어요.

"하지만……."

화백을 진정시킨 것은 이번에도 주적자였다.

"괜찮으니까 넌 여기 있어."

그녀는 안타까운 표정으로 주적자를 보았다. 잠시라도 떨어져 있어야 한다는 서운함이 그녀를 더욱 의기소침하게 만드는 것 같았다.

"카르칸에 얼마나 있어야 하죠?"

—정확히는 말할 수 없어요. 주 보표님의 능력에 달렸으니까요.

"대강이라도 알 수 없을까요?"

코로나의 목소리는 잠시의 사이를 두고 나왔다.

—빨라야 한 달. 아마 그보다 더 오래 걸릴 거예요.

소소자가 앞으로 성큼 다가섰다.

"그동안 여기서 멍하니 있으란 말이오?"

이번 대답은 제로나의 목소리로 나왔다.

—이곳에서 뭘 하든 그건 너희들이 알아서 할 일이야. 경고하는데 절대 카르칸 안으로는 들어오지 마. 이곳은 선택받은 자밖에 들어갈 수 없으니까.

어깨를 으쓱 하고 벽에 등을 기대는데 제로나의 목소리가 다시 들렸다.

—밖으로 나갈 때는 잊지 말고 베틀레이크를 지녀야 한다. 이번에도 잊었다가는 마족보다 먼저 내가 너희들의 숨통을 끊어줄 테니까.

"쳇!"

"조심하세요, 주 가가."

화백의 걱정을 뒤로하고 주적자는 차츰 어둠 속으로 사라졌다.

'과연 얼마나 강해져서 나올까?'

주적자가 다시 나오기 전까지는 알 수 없는 노릇이었다.

*　　　*　　　*

"또 놓쳤어?"

단탈리안의 스산한 목소리에 리베살은 어깨를 움찔 떨었다.

"발키리아의 방해 때문에……."

"그것 때문에 너희들이 일곱이나 간 것 아니냐! 그런데도 녀석들을 놓쳤단 말이야! 이 병신 같은 새끼들아!"

쩌렁한 단탈리안의 목소리가 지하실을 떠나기도 전에 새로운 음성이 파고들었다.

"듣기 거북하군. 그 병신에 나도 낀 것 같으니 말이야."

단탈리안은 목소리가 들린 지하실 입구를 보았다. 희미한 역광을 받고 서 있던 프로켈이 그를 향해 다가왔다.

"발키리아가 있다고는 하지만 그리 대단한 녀석들도 아니니 너무 열내지 말라구."

"꼭 잡아야 한다고 길길이 날뛴 것은 너잖아."

프로켈은 어깨를 으쓱했다.

"생각은 언제나 바뀌기 마련이니까. 그나저나 당과의 행방은 알아냈나?"

"아직."

프로켈이 바로 코앞으로 다가왔다.

"삼 일 안에 찾아놓으라고 했을 텐데."

"내가 하고 있는 일은 흡혈귀 따위를 찾는 것과는 비교할 수 없을 정도로 중요해."

단탈리안은 주위에 앉아 있는 스물두 구의 소년 소녀 시체들을 가리켰다.

"넌 나보고 루시퍼님의 부활을 제쳐 두고 흡혈귀를 찾으란 말이냐?"

프로켈은 한참 동안 그를 노려보다 물었다.

"이 주술은 언제 끝나나?"

"오 일 후."

"좋아, 그때까지 기다려 주지. 분명히 말하지만 그때도 루시퍼님을 핑계로 당과 찾는 것을 미룬다면 가만두지 않겠다."

단탈리안은 말을 끝내고 돌아서는 프로켈을 불러 세웠다.

"이봐."

프로켈은 걸음을 멈추지 않고 대답했다.

"왜?"

"지금 넌 조금 약하다고 생각되지 않나?"

멈추는가 싶던 프로켈은 어느새 단탈리안의 코앞에 와 있었다. 부릅뜬 눈에서 느껴지는 것은 분노였다.

"내가 발키리아와 흡혈귀를 놓쳐서 그런 소리를 하는 것이냐?"

프로켈의 살기 어린 음성에도 불구하고 단탈리안은 눈썹 하나 까딱하지 않았다.

"아니라고 할 수는 없지."

말이 끝남과 동시에 발끝이 허공에 걸렸다. 프로켈은 그의 멱살을 잡고 끌어 올리며 소리쳤다.

"마신으로서의 능력이라고는 눈꼽만큼도 없는 너 따위가 감히 나한테 그런 소리를 하다니!"

자존심 강한 프로켈은 금방이라도 그의 목을 부러뜨릴 기세였다.

"진정해. 다음에 발키리아와 그 흡혈귀를 만나도 놓치지 않기 위해서 만전을 기하자는 것뿐이니까."

"무슨 소리지?"

"네가 지금보다 두 배는 강해지면 녀석들을 놓칠 리 없잖아."

강해진다는 말에 프로켈의 손에서 힘이 빠져나갔다. 단탈리안은 옷매무새를 가다듬으며 말했다.

"발키리아가 주적자라는 흡혈귀를 데려간 이상 앞으로 일이 어떻게 진행될지는 예측할 수 없다. 어쩌면 녀석들이 루시퍼님의 부활에 가장 큰 걸림돌이 될 수도 있어."

"그래서?"

"현재 가장 좋은 방법은 우리가 월등한 힘을 갖는 것뿐이다. 녀석들의 어떤 수작도 막아낼 수 있는 월등한 힘. 그러기 위해서는 네가 강해져야 해. 십이호위 중 어느 누구도 너보다 강해질 수 없으니."

"날 강하게 해줄 방법이 있다는 것처럼 말하는구나."

"그렇지 않다면 이런 얘기를 꺼내지도 않았겠지."

프로켈은 의심스런 눈초리를 보냈다.

"네가 날 강하게 해준다… 왠지 이상하게 들리는데?"

"그런 표정 지을 것 없어. 솔직히 나도 널 강하게 만드는 일이 썩 내키지는 않으니까. 하지만 지금 가장 중요한 것은 루시퍼님의 부활이야. 그것을 위해서라면 난 무슨 일이든 할 수 있다."

프로켈의 깊숙한 눈빛이 수시로 변했다. 그의 눈을 보며 무언가를 캐내려 하는 것 같았지만 아무것도 감지할 수 없을 것이다.

한참 동안 그렇게 단탈리안을 노려보던 프로켈은 뒤로 크게 한 발자국 물러섰다.

"좋아, 일단은 네 말을 믿기로 하지. 그런데 날 강하게 해줄 방법이 뭐지?"

단탈리안은 품에서 육각형으로 영롱하게 빛나는 큐얼라이거를 꺼냈다. 프로켈은 다이아몬드처럼 빛나는 그것을 금세 알아보았다.

"큐얼라이거!"

"역시 알고 있군."

프로켈은 단탈리안의 손에서 큐얼라이거를 낚아챘다.

"이걸 어디서 구했지?"

물음을 던지는 프로켈의 목소리는 흥분으로 잘게 떨렸다. 그도 그럴 것이 큐얼라이거는 땅의 음기와 세상 중심의 양기가 만나 폭발하며 생기는 것으로 마신의 마력을 최고조로 올려주는 꿈의 돌이었다.

루시퍼와 같이 이미 극에 달한 마신이 아니라면 누구나 바라는 것이 바로 큐얼라이거였다.

프로켈은 큐얼라이거를 양손으로 쥐고 지그시 힘을 주었다. 그러자 하얀색의 덩어리 안쪽에서 은은한 분홍빛 점이 생겨났다. 그것은 시간이 지남에 따라 점점 짙은 빛을 뿌렸다.

"진짜군, 진짜야."

"당연하지. 내가 너한테 가짜를 줄 리가 없다."

물론 이것은 거짓말이었다. 저것은 큐얼라이거이면서 또한 큐얼라이거가 아니었다. 즉, 그가 인위적으로 만든 것이다. 진짜 큐얼라이거와 비슷한 효과를 내기는 하지만 결정적으로 다른 한 가지가 있었다.

'넌 결국 내 손아귀에 들어올 수밖에 없어.'

단탈리안은 애써 무표정한 얼굴을 유지했다. 달걀 같은 얼굴을 하고 있었으면 좋았을 걸 하는 생각까지 들었다. 프로켈의 흥분은 얼마 가지 않아 다시 의심으로 바뀌었다.

"이걸 정말 나한테 주는 거냐?"

"네 손에 들고 있으면서도 못 믿는 거냐?"

"큐얼라이거가 어떤 물건인지 잘 아는 네가 선뜻 내놓으니 의심스러울 수밖에."

"너도 알다시피 지금 내게 큐얼라이거는 있으나 마나 한 물건이야. 물론 가지고 있으면 훗날 요긴하게 쓸 수 있겠지. 그러나 루시퍼님이 부활하지 못하면……."

그는 말끝을 흐리며 고개를 저었다. 이 정도로 그의 뜻은 충분히 전달되었을 것이다. 그리고 프로켈은 결국 그가 준 큐얼라이거를 쓰게 되리라. 그것은 너무도 큰 유혹이니까.

'그렇게 넌 내 노예가 되는 것이지.'

프로켈의 얼굴이 온통 분홍빛으로 물들었다.

*　　　*　　　*

당과는 벽에 등을 기대고 앉아 천장을 물끄러미 쳐다보았다. 거미 한 마리가 열심히 줄을 뽑아 덫을 놓고 있었다. 그녀들이 사 일 전에 도착한 이곳은 허름한 오두막이었다. 숲의 한가운데 위치한 오두막은 사냥꾼이나 나무꾼이 쓰다 버린 거처 같았다.

덜컹!

금방이라도 떨어져 나갈 것 같은 낡은 문이 열리며 나인현과 왕족쌍이 들어왔다. 그녀들은 양손에 꿩 두 마리씩을 들고 있었다.

"이곳에는 꿩이 정말 많아요."

사냥에 성공한 왕족쌍의 얼굴은 웃음으로 덮여 있었다.

"드시지요."

나인현이 아직 죽지 않아 꿈틀거리는 꿩 두 마리를 내밀었다. 깃털을 뚫고 풍겨지는 피 냄새가 당과를 유혹했지만 왠지 먹고 싶지 않았다.

"생각없어."

당과는 말을 하고 다시 거미로 시선을 돌렸다. 거미줄은 어느덧 완성이 되어서 날아들 먹이를 기다리고 있었다. 얼마 지나지 않아 파리 한 마리가 거미줄 주위를 배회하기 시작했다. 벽 틈 사이로 스며드는 나른한 햇살을 헤치며 이리저리 날아다니던 파리는 기어코 거미줄에 내려앉았다.

금세 자신의 처지를 깨달은 파리가 다시 날아오르기 위해 파닥거려 보지만 불꽃에 날개를 태워먹은 불나방이나 마찬가지였다.

몸부림치는 파리의 모습은 그녀 자신을 보는 듯했다. 완전한 절망에 빠져 헛되이 발버둥만 치는 그녀의 모습.

당과는 무릎 사이에 얼굴을 묻었다. 죽음의 문턱에서 탈출하기는 했지만 남은 것은 허탈감뿐이었다. 지금으로써는 엘릭서를 손에 넣을 가능성이 전무했다. 그녀가 가진 힘은 프로켈 일당에 비해 너무도 허약했다. 자신이 이처럼 무기력하게 느껴지기는 처음이었다. 언제나 무적이라고 생각했는데…….

벽난로에 불을 지펴 꿩을 굽던 왕족쌍이 물었다.

"앞으로 어떻게 할 거예요?"

"……."

"여기서 마냥 허송세월을 보낼 수는 없잖아요."

"……."

"저들에게서 엘릭서를 빼앗기란 거의 불가능할 것 같은데 여기서 포기하는 수밖에 없겠죠?"

당과는 고개를 들어 왕족쌍을 보았다.

"포기란 있을 수 없어."

말은 그렇게 했지만 의지만 충천할 뿐이었다.

"하지만 방법이 없잖아요."

"없으면 찾아야지."

"어떻게요?"

"어떻게든!"

답이 없는 말들만 오가고 있었다. 왕족쌍은 그녀의 기분을 건드리지 않으려는 듯 어깨만 으쓱하고 꿩을 이리저리 돌려 익히는 일에 열중했다.

당과는 일어서서 밖으로 나갔다. 후텁지근한 바람이 전신을 훑고 지나갔다. 초점없는 시선으로 나무가 빽빽하게 들어찬 숲을 보고 있는데 갑자기 머리로 열기가 후끈 치솟았다. 화가 나서가 아니라 그것은 순전한 열기였다.

"왜 이러지?"

뺨에 양손을 대자 달군 쇠를 만진 듯한 느낌이 전해졌다. 그녀의 기운은 극음(極陰)에 가깝기 때문에 이런 현상은 일어날 수가 없었다.

"혹시……."

그녀의 뇌리에 헬 하운드의 모습이 스쳐 갔다. 어쩌면 양기를 가진 마수의 피를 마신 탓인지도 모른다. 한참 동안 얼굴을 달구던 열기는 아래로 내려가며 서서히 옅어졌다. 열기가 스치는 자리에서 찌릿찌릿한 느낌이 전해졌다.

열기는 허벅지를 지나 무릎 부근에서 완전히 자취를 감췄다. 하지만 감각을 자극하는 저림은 여전히 몸 여기저기를 부유했다. 당과는 가슴 앞에서 양쪽 손가락 끝을 맞대고 힘을 끌어올렸다.

파밧!

갑자기 손가락 끝에서 파란 섬광이 폭죽처럼 터져 나왔다. 그것은 전율을 일으키게 할 만큼 놀라운 힘이었다. 이제껏 그녀가 가지고 있던 힘과는 비교할 수도 없을 정도로 폭발적인 것이었다.

당과는 자신의 손을 내려다보았다.

"뭐지? 왜 이런 힘이 생겨난 걸까?"

그녀는 방금 느꼈던 감각을 되짚어보았다. 그것은 프로켈과 싸울 때 썼던 헬 하운드의 기운과 비슷했다. 힘은 달랐지만 전해졌던 느낌은 같은 종류였다. 가장 큰 가능성은 그동안 몸 안에서 잠자고 있던 헬 하운드의 힘이 이제야 완전히 흡수됐다고 봐야 할 것이다. 그것 외에는 설명할 방법이 없었다.

당과는 시험 삼아 오른손에 양기를 왼손에 음기를 운용해 전면을 향해 휘둘렀다. 흰색과 청색 기류가 다섯 개의 손가락 끝에서 거미줄처럼 뻗어 나가더니 숲에 부딪쳤다.

쩌정!

눈앞에 펼쳐진 모습은 힘을 발휘한 그녀로서도 믿기 힘든 광경이었다. 흰색과 청색이 뱀처럼 어우러지더니 십 장 숲 전체를 가루로 만들어 버렸다. 전력을 다해야 가능한 일이건만 그녀는 힘의 이 할도 채 쓰지 않았다.

"놀랍군, 놀라워!"

이처럼 갑작스러운 힘의 증가는 기쁨보다는 당황스러움을 먼저 안겨주었다.

"뭘 하는 거죠?"

뒤쪽에서 들려온 왕족쌍의 물음에 그녀는 부서진 숲에 시선을 둔 채 고개를 저었다.

"몰라, 나도 모르겠어."

제70장

위험한 카오리

제70장 위협한 카오리

그를 보는 그녀의 눈에서 두려움이 묻어 나왔다. 사랑과 존경으로 충만하던 예전의 눈빛을 이젠 볼 수 없었다. 그것이 베리알을 괴롭게 만들었다.

"제발… 그런 눈으로 나를 보지 마시오."

그가 다가가자 그녀는 뒤로 한 발자국 물러났다.

"샤를롯트……."

"당신은 너무 많이 변했어요."

"난 변하지 않았소. 처음 만났을 때나 지금이나 당신을 사랑하오."

그녀는 고개를 저었다.

"아니에요. 내가 알던 당신은 용감하고 정의로운 분이었어요. 그런데 지금은… 지금은 확실히 설명할 수는 없지만 당신은 예전의 베리알이 아니에요."

"지금의 내가 마음에 들지 않는다는 말이오? 난 지금 밤베르크의 성주요! 국왕에게까지 인정을 받은 막강한 권력의 성주! 그런 내가 나약하고 힘없던 예전보다 못하다는 말이오?"

십자군 원정으로 지친 국왕은 쓸데없는 내분을 일으키는 대신 그를 받아들였다. 어차피 자신의 신하고 영지가 사라지는 것도 아니니 말이다. 이제 그는 명실공히 밤베르크의 성주가 된 것이다. 그런데 샤를롯트는 그를 거부하고 있었다.

"내가 사랑한 사람은 권력에 미친 베리알이 아니에요."

"미쳤다고?! 내가 미쳤다는 말이오?"

그가 소리를 지르며 다가가자 샤를롯트는 잔뜩 겁먹은 얼굴로 뒷걸음쳤다.

턱!

화려한 실크로 도배를 한 벽에 그녀의 등이 부딪쳤다. 베리알은 샤를롯트의 콧등에 입김이 닿을 정도로 가까이 다가갔다.

"말해 보시오. 왜 전처럼 날 사랑하지 않는 것이오?"

"이미 말씀드렸잖아요. 당신은 변했어요. 예전에는……."

"그 딴 소리 집어치워! 난 이십 년 전에도 베리알이었고 지금도 베리알이야! 대체 내게 뭘 원하는 거야?! 국왕이 되어서 당신을 왕비로 만들어줄까? 당신이 원한다면 그렇게 할 수도 있어! 말해 봐! 왕비가 되고 싶나?"

고개를 젓는 그녀의 눈에 눈물이 맺혔다.

"제발 이러지 마세요. 왜… 왜 이렇게 변한 거죠?"

베리알은 샤를롯트의 어깨에 손을 얹을 듯 말 듯하다가 이내 몸을 돌려 탁자 앞으로 성큼성큼 걸어갔다.

콰앙!

그의 주먹질에 탁자 다리가 부러지며 요란하게 내려앉았다.

"젠장!"

베리알은 혼란스러웠다. 그가 변했다는 그녀의 말이 맞다는 것은 누구보다 자신이 잘 알고 있었다. 확실히 그는 예전의 그가 아니었다. 까닭없이 분노하고 잔인해지고 색마로 변해 버렸다.

언뜻 정신이 들어 고치려고 해보았지만 그런 생각은 햇볕 아래 한 줌 눈처럼 이내 사라져 버렸다. 도저히 자신을 컨트롤할 수가 없었다.

"베리알……."

자신의 이름을 부르는 그녀가 어깨를 감싸주길 바랬지만 이름만이 공허하게 허공을 맴돌았다.

"당신이 변한 건 그 노인 때문이죠?"

그녀가 말하는 노인은 단탈리안을 지칭하는 것이었다. 베리알이 대답이 없자 샤를롯트가 다시 입을 열었다.

"지금이라도 늦지 않았어요. 그 노인을 내치고 예전의 당신을 찾아요."

그녀의 간절한 목소리는 그의 마음을 흔들었다.

"하지만… 날 성주로 만들어주면 그의 말을 듣기로 약속했소."

"나와 백성보다 그 노인과의 약속이 중요한가요? 대체 그 노인이 누구죠?"

"마법사……."

마침내 그녀가 그의 어깨에 손을 얹었다.

"제발 부탁이에요. 그 마법사를 멀리하세요. 아니, 신성로마제국에서는 마법을 엄격히 금하고 있잖아요. 그를 신성 모독죄로 체포하세요. 그리고 예전의 당신으로 돌아와요. 내가 사랑한 베리알로 말이에요.”

샤를롯트의 음성은 부드러운 버터처럼 그의 마음을 감싸 안았다. 그녀의 말대로 당장 단탈리안을 잡아들이고 싶을 정도였다. 그러나 막상 단탈리안을 떠올리자 두려움을 실은 소름이 등골을 핥고 지나갔다.

“그는 무서운 사람이오. 아니, 그는… 그는… 사람이 아니오.”

그의 어깨를 잡은 샤를롯트의 손아귀에 힘이 들어갔다.

“무슨 소리죠? 사람이 아니라니요?”

“…….”

“베리알, 말해 보세요. 그 노인은 누구죠? 대체 그동안 당신에게 무슨 일이 일어났던 거예요?”

그녀는 말을 하며 그의 앞쪽으로 옮겨왔다.

“말해도 믿지 않을 것이오.”

의식을 지배하고 있던 난폭함과 분노, 욕정이 잠시 떠난 자리에 남은 것은 믿을 수 없을 정도의 나약함뿐이었다. 베리알이 고개를 숙이고 있자 샤를롯트는 곁에 있던 의자를 가리켰다.

“앉아서 차분히 얘기해요.”

그는 샤를롯트가 내준 의자에 털썩 주저앉았다. 그녀가 맞은편에 앉으며 말했다.

“당신에게 있었던 일을 제게 털어놔 보세요.”

그녀는 침착하게 말했고, 그것은 베리알의 가슴 깊숙한 곳을 울렸다. 베리알은 띄엄띄엄 단탈리안을 처음 만났을 때부터의 일을 털어놓기 시작했다.

간혹 무언가에 쓰인 듯한 시간들 중 기억나지 않는 부분도 있었지만,

샤를롯트가 자신의 지난 일을 이해하는 데는 큰 무리가 없을 것이다. 베리알의 이야기는 이 프앵만에 끝이 났다. 겪었던 일에 비하면 너무도 짧은 시간이었다.

"나도 어떻게 내가 여기까지 왔는지 모르겠소."

그렇게 말을 끝낸 베리알은 머리를 감싸 안았다. 그를 괴롭히는 것은 지나온 일에 대한 후회가 아니었다. 사실 후회를 할 만큼 잘못한 일도 없었다. 그에게는 대부분 선택의 여지가 없었으니까. 다만 자신에게 일어난 일이 원망스러울 뿐이었다.

샤를롯트는 물끄러미 그를 보고 있었다. 그녀의 흔들리는 눈빛이 무엇을 뜻하는지 종잡을 수 없었다.

"믿기지 않으리라는 것을 알고 있소. 직접 겪지 않았다면 나도……."

샤를롯트가 그의 말을 잘랐다.

"아니, 믿어요. 그런 일이 일어나지 않았다면 당신이 이처럼 변할 리가 없으니까요."

그녀는 그녀의 무릎 앞에 모은 그의 손을 감싸 쥐었다.

"너무 힘든 일을 겪으셨군요."

베리알은 울컥 울음을 터뜨릴 뻔했다. 그녀의 따뜻한 말은 길 잃은 아이에게 내밀어진 엄마의 손과 같은 것이었다.

"난 두렵소. 내 안에 있는 또 다른 내가 고개를 들면 난 완전히 이성을 잃고 야수처럼 변해 버린단 말이오."

"베리알, 당신은 신성로마제국 최고의 검사로 불릴 만큼 강한 사람이에요. 예전의 자신을 떠올리고 당신이 얼마나 나라와 백성을 사랑하는지 끊임없이 상기하세요. 우리는 이 일을 훌륭하게 해결할 수 있어요. 그렇죠?"

베리알은 천천히 고개를 끄덕였지만 확신이라기보다는 그렇게 믿고 싶을 따름이었다. 샤를롯트는 그의 손을 놓고 일어섰다. 베리알도 따라서 몸을 일으켰다.

"가려는 것이오?"

"일단 아버님께 말씀을 드려야겠어요. 악마나 악령 퇴치 능력을 가진 신부님들을 알고 계실 테니 그분들께 도움을 청하는 것이 좋겠어요."

베리알은 또 무기력하게 고개를 끄덕였다. 이렇게 나약한 자신이 싫었다. 그는 언제나 강했고 거침없는 사내였다. 누구도 그를 겁주지 못했고 어떤 난관도 그의 앞길을 막지 못했다. 하지만 지금의 자신은 누군가가 만들어놓은 미로 속에서 헤매는 한 마리 쥐새끼 같았다.

이런 생각이 들자 스멀스멀 분노가 끓어올랐고 그것은 곧 주체할 수 없는 힘을 불러들였다. 이 분노만 터뜨리면 나약함은 순식간에 사라지고 세상에서 가장 강한 사내가 될 것이다. '내가 왜 참아야 하지?' 라는 생각이 뇌리를 지배했다.

하지만 그는 어금니를 악물고 터지려는 분노를 내리눌렀다. 머리의 실핏줄이 금방이라도 폭발할 것처럼 쿵쾅거렸다. 경련 같은 잔떨림을 일으키는 그의 몸을 부드러운 무언가가 감쌌다. 샤를롯트가 껴안은 것이었는데 천상의 구름이 내려앉아 애무를 하는 듯했다.

치솟던 분노는 순식간에 가라앉아 그를 편안함으로 이끌었다.

"걱정 말아요. 모두 잘될 거예요."

천상의 선율 같은 그녀의 목소리에 베리알은 고개를 끄덕였다. 샤를롯트의 말대로 되리라는 믿음이 생겼다.

"당신에게 이런 부담을 줘서 미안하오."

"이 빚은 나중에 다 갚으셔야 해요."

미소를 짓는 그녀의 모습은 너무도 아름다웠다.

"그래요, 평생 동안……."

그녀는 고개를 끄덕인 후 등을 보였다. 그녀가 멀어지는 거리만큼 고통이 찾아왔다. 잠시도 헤어지기 싫었지만 참는 수밖에 없었다. 샤를롯트가 문 앞에서 미소를 보낸 후 사라지자 베리알은 털썩 주저앉았다.

그녀가 있을 때는 틀림없이 잘될 거라는 믿음이 있었는데 눈앞에서 사라지자 불안이 엄습했다.

'신이시여, 제발 그녀를 지켜주소서.'

그의 기도에는 공허한 믿음만이 감돌았다.

복도를 걷는 샤를롯트의 모습은 방에서의 여유로운 모습과 확연히 달랐다. 그녀는 무엇에 쫓기듯 사방을 살피며 뛰다시피 복도를 나아갔다. 역대 성주들의 초상화가 즐비하게 걸린 복도를 지나 아래로 향하는 계단이 있는 왼쪽으로 막 꺾어 들어갈 때였다.

"어디를 그렇게 급히 가십니까, 샤를롯트 아가씨?"

그녀는 화들짝 놀라 뒤를 돌아보았다. 삼 층으로 향하는 계단 중간에 더 이상 늙어 보일 수 없는 노인이 서 있었다. 샤를롯트는 직감적으로 노인이 단탈리안이라는 것을 알았다.

천천히 그녀를 향해 내려오는 노인의 발걸음에는 무서움을 안겨주는 무언가가 있었다.

"무, 무슨 일이죠?"

노인이 씩 웃음을 짓자 듬성듬성 빠진 노란 이가 모습을 드러냈다.

"곧 성주님의 부인이 되실 분께 특별히 드릴 선물이 있습니다."

"선물 같은 것은 필요없어요."

그녀는 말을 하고 돌아섰다. 막 계단 하나를 밟던 그녀는 우뚝 멈춰섰다. 바로 두 계단 아래쪽에 단탈리안이 예의 그 웃음을 짓고 서 있었다. 어떻게 이처럼 빨리 움직일 수 있는지 이해할 수 없었다.

샤를롯트는 주춤주춤 뒤로 물러섰다.

"왜, 왜 이래요? 내게 원하는 것이 뭐죠?"

"약간의 시간, 그리고 그분을 위한 희생이죠."

*　　　*　　　*

사방 십 장 정도의 지하 광장은 황홀하도록 아름다운 광경을 연출하고 있었다. 바닥을 제외한 벽과 천장에는 파란색과 붉은색의 금강석이 빼곡하게 들어차 너울거리는 빛을 만들어냈다.

반투명하게 보이는 발키리아는 그 빛을 받아 환영처럼 너울거렸다.

"이곳은 맑은 음기의 정화인 사라이안을 흡수하는 곳이에요. 파랗게 빛나는 것들이 바로 사라이안이죠."

금강석인 줄 알았는데 아닌 모양이다.

"그럼 붉은색은 무엇이오?"

"사라이안이 탁한 기운을 뱉어내서 형성된 안티사라이안이죠. 당신은 여기서 사라이안의 기운만을 선택해서 흡수해야 해요."

코로나는 벽에 삐죽하게 튀어나온 안티사라이안을 쓰다듬으며 말을 이었다.

"절대 이것을 흡수하면 안 돼요. 그럼 이곳에서의 수련은 허사가 되어버리니까."

"어떻게 사라이안을 흡수하는 것이오?"

"우리가 이곳의 봉인을 풀면 사라이안과 안티사라이안이 당신에게 마구 날아올 거예요. 그것들 중 당신은 안티사라이안은 피하고 사라이안만 맞아야 해요. 상당히 힘든 일이죠."

"단지 그것뿐이오?"

"쉬울 거라고 생각지 말아요. 시위를 떠난 화살보다 열 배는 빠를 뿐 아니라 두 개씩 거의 동시에 날아들기 때문에 구분하기가 쉽지 않아요. 색깔 차이가 뚜렷하다 해도 말이죠. 그리고 사라이안을 맞으면 상당한 고통이 따를 거예요. 그만큼 정신을 집중하기가 힘들다는 뜻이죠. 우리에게 일주일 정도 단련을 받은 후 정식 수련이 들어가기로 하죠. 원래대로라면 족히 두 달은 단련해야 하는데 시간이 없으니 어쩔 수 없죠."

주적자는 고개를 끄덕인 후 물었다.

"이곳에서의 수련으로 모든 것이 끝나는 것이오?"

"아니요. 이곳 말고도 아직 두 개가 더 남았어요."

"정말 시간이 없구려. 일주일의 단련 시간조차 아까울 정도로."

코로나가 가볍게 미간을 찡그렸다.

"무슨 뜻이죠?"

"그냥 합시다."

"설마 일주일의 단련 기간을 거치지 않겠다는 말은 아니겠죠?"

"왜 아니겠소."

"안 돼요! 기회는 단 한 번뿐인데……!"

주적자가 코로나의 말을 끊었다.

"지금 가장 중요한 것은 시간이오. 내가 여기서 완벽하게 수련을 한다고 해도 루시퍼가 부활해 버리면 무슨 소용이 있겠소."

"하지만 단련도 없이 바로 봉인을 푼다는 것은 너무 무모해요."

"평생을 단련해 온 몸이오."

"그렇다고 해도……."

그들 사이로 제로나의 목소리가 파고들었다.

"그냥 하자."

"언니!"

"이제 결정은 그의 몫이야. 우리는 최선을 다해 도와주기만 하면 돼."

제로나가 주적자를 향해 말했다.

"중앙으로 가서 서."

주적자는 큰 걸음으로 지하 광장의 중앙으로 갔다. 동굴 안의 영롱한 빛이 모두 그에게로 쏟아지는 것처럼 느껴졌다.

"명심해. 두 번의 기회란 없어."

제로나의 다짐에 주적자는 다리를 어깨 넓이로 벌리며 대답했다.

"어서 봉인이나 풀어."

제로나는 의미심장한 눈으로 주적자를 본 후 말했다.

"각자 자리를 잡아라."

제로나나 트로나 모두 더 이상 토를 달지 않고 광장의 가장자리로 갔다. 그녀들은 주적자를 중심으로 정확히 정삼각형을 만들었다.

"봉인을 품과 동시에 사라이안과 안티사라이안이 동시에 날아들 것이다. 그것은 정확히 한 쌍씩 쏘아진다. 세 개나 네 개가 날아드는 경우는 없다. 하지만 그 간격이 워낙 짧기 때문에 동굴의 모든 사라이안과 안티사라이안이 동시에 튀어나오는 듯한 기분을 느낄 수도 있다. 다시 한 번 강조하는데 걸음마를 떼듯 한 쌍, 한 쌍 정신을 집중해서 대응해라. 만약 안티사라이안을 맞으면… 끝장이니까."

주적자는 싱긋 웃음을 지었다.

"난 준비가 끝났어."

그의 자신있는 모습 때문이었을까? 제로나도 보일 듯 말 듯한 웃음을 짓고 말했다.

"시작한다."

그녀의 말이 떨어지자 셋은 동시에 양팔을 좌우로 쫙 벌렸다.

"알레힘 오브라함, 코르나흐 라하마함, 사르도 사르나 아라나타 코흐제, 알레힘 알레하 나브로마 사르다……!"

그녀들의 힘찬 주문 소리가 지하 광장을 가득 메웠다. 발키리아의 목소리는 물리적인 힘을 가진 듯 사라이안과 안티사라이안을 떨리게 만들었다.

주적자는 주문이 절정을 향해 갈수록 압박해 오는 힘이 커지는 것을 느꼈다. 봉인이 풀리고 있다는 증거였다. 그는 솜털에 닿는 먼지까지 느낄 정도로 전신의 감각을 끌어올렸다. 단 한 번의 기회가 주는 압박감은 생각보다 커서 심장을 옥죄는 긴장을 불러일으켰다.

어느 순간!

쩌엉!

모기의 날갯짓 소리만큼이나 낮은 것 같기도 하고 열 번의 천둥이 친 것만큼의 굉음 같기도 한 소리가 울린 후 눈앞으로 두 개의 빛이 쏘아졌다.

코로나의 경고는 화살의 열 배라고 했는데 그보다 족히 세 배는 빠른 것 같았다. 그야말로 하늘에서 떨어지는 번개 같았다. 주적자는 본능적으로 몸을 움츠렸다. 파란 사라이안을 맞아야 한다는 것을 알지만 무인으로서의 본능이 순간적인 움직임을 만들었다.

'사라이안을 맞아야 해!' 라는 생각이 뇌리를 스친 순간 두 개의 빛은 이미 뺨을 스치고 있었다. 주적자는 몸을 앞으로 숙이며 뒤쪽으로 발을 들었다. 뒤꿈치에 날카로운 고통이 전해졌다.

무엇이 몸에 맞았는지 알 수 없었다. 사라이안이 맞았다면 다행이지만 안티사라이안이라면 시작과 함께 끝나는 상황이었다.

'제대로 맞은 것일까?'

그의 생각은 오래 이어지지 못했다. 살 속을 파고든 아픔은 이어지는 고통에 비하면 개미에 물린 것에 불과했다. 몸속의 피가 얼음으로 변하고 뼈가 토막토막 끊어지는 것 같았다. 하지만 날아오는 사라이안은 고통을 추스릴 시간을 주지 않았다.

쉬익—!

저 앞에서 소리가 났는데 두 개의 빛은 이미 그의 가슴 앞에 다다라 있었다. 주적자는 이를 악물고 왼쪽으로 움직였다. 쏘아져 오는 사라이안과 안티사라이안은 불과 세 치 정도밖에 떨어져 있지 않았다. 방심하다가는 두 개 모두 적중하는 사태가 발생할 것이다.

푸욱!

마치 칼이 박히는 듯한 소리와 함께 끔찍한 고통이 따라왔다. 하지만 주적자는 고통을 애써 외면하고 사방에 신경을 집중시켰다. 이번에 날아온 방향은 뒤쪽이었다. 그는 뒤로 돌아섬과 동시에 오른쪽으로 이동했다.

이마에 사라이안이 박히는 느낌은 끔찍 그 자체였다. 그렇다고 맞는 부위를 선택하기에는 사라이안이 너무 빨랐고 쏘아지는 간격 또한 눈 깜빡할 시간 정도였다.

주적자는 정신없이 이리저리 몸을 옮겼다. 그의 몸은 고통과 힘겨움으로 금세 만신창이가 되었다. 피가 나는 상처는 없었지만 극도의 긴장감만으로 지치기에 충분했다.

다행인 점은 사라이안이 그에게서 두 자 이상 벗어나지 않는다는 것이었다. 그래서 많이 움직일 필요가 없었고 허덕이면서도 놓치지 않을 수 있었다.

얼마나 움직였을까? 주적자는 문득 사라이안과 안티사라이안이 날아오는 방향과 동선이 무질서하지 않다는 것을 깨달았다. 그것은 그가 보법을 연마했기 때문에 느낄 수 있는 감각이었다.

여기저기서 정신없이 쏘아지는 것 같으면서도 삼각형과 역삼각형의 꼭지점을 교차하고 중앙에 서는 것으로 모든 사라이안을 맞을 수 있었다. 물론 안티사라이안과의 간격이 워낙 좁기 때문에 최대한 신경을 끌어올려야 했지만, 동선을 파악한 것만으로도 훨씬 수월하게 대처할 수 있었다.

전신을 얼음으로 만들어 깨뜨려 버릴 것 같던 고통도 시간이 지남에 따라 점점 약해졌다. 고통에 익숙해지는 것, 어쩌면 그에게는 너무 쉬운 일이었다.

정신없이 움직이던 주적자의 움직임이 어느 순간 거짓말처럼 멎었다. 더 이상 사라이안이 날아오지 않은 것이다.

'끝난 건가?'

그는 주위를 둘러보았다. 눈을 부시게 했던 빛은 한 점도 보이지 않았다. 칠흑 같은 어둠만이 담요처럼 그를 감싸고 있었다.

"움직이지 말아!"

제로나의 목소리는 마치 뇌 속에서 울리는 것 같았다. 움찔 오무렸던 몸이 펴지기도 전에 세 방향에서 하얀 빛이 날아왔다.

몸 안으로 스며든 세 줄기 빛은 그의 내부에 소용돌이를 만들었다. 내부의 장기와 뼈, 핏줄까지 모두 하나로 섞이는 듯한 기분이 들었다. 그럼에도 아픔은 없었다. 주적자는 눈을 감고 안쪽 뱃가죽에 눈이라도 달린 것처럼 내부의 감각을 들여다보았다.

뒤죽박죽으로 엉키는 것 같던 몸속에서 차츰 청아한 무언가가 퍼져 오르기 시작했다. 탁한 흙탕물을 밀어내고 청수가 밀려오는 느낌이었다.

엉켜 있던 머리 속에서 섬광이 터지더니 이내 오월의 맑은 하늘 같은 청명함이 찾아왔다. '몸과 정신의 정화라는 것이 이런 것이구나' 라는 것을 깨닫는 순간이었다.

"해냈군요."

코로나의 목소리에 주적자는 비로소 자신이 눈을 감고 있다는 것을 알았다. 눈을 뜨자 발키리아가 나란히 그의 앞에 서 있었다. 그녀들의 눈에는 하나같이 놀라움이 서려 있었다.

"잘된 거요?"

"더 이상 잘될 수 없을 정도로요."

"그런데 표정이 왜 그렇소? 난 나를 믿었는데 당신들은 아닌 모양이군."

피식—

코로나는 비로소 안도의 웃음을 터뜨렸고 제로나와 트로나의 입가에도 비슷한 웃음이 그려졌다.

"자, 그럼 다음으로 넘어갑시다."

"쉬지 않아도 되겠어요?"

주적자는 양쪽 검지를 관자놀이에 대며 말했다.

"어떻게 된 건진 모르겠지만 지금 상태는 최상이오."

그의 기분은 실제로 하늘이라도 날 수 있을 것 같았다. 흡혈귀가 된 후 더 이상의 신체는 없을 것이라 생각했는데 현재는 발키리아가 말하는 신이라도 된 듯한 기분이었다.

"좋아요, 그럼 다음으로 가죠."

코로나는 말을 하고 벽을 더듬었다. 그러자 벽이 벌어지면서 사람 하나가 겨우 들어갈 수 있을 정도의 틈이 생겼다.

코로나가 앞장서고 주적자가 그 뒤를 따랐다.

"그런데 사라이안은 구체적으로 어떤 힘을 가져다 주는 것이오?"

"지금 당신이 가진 능력을 최대한 끌어올려 줄 수 있어요. 하지만 가장 중요한 역할은 당신 몸의 정화예요. 처음 두 관문은 마지막 관문을 통과하기 위한 준비 과정이라고 할 수 있죠."

"마지막 관문이 어지간히 거창한 모양이구려."

그의 말에 발키리아의 표정이 어두워졌다.

"대단하죠. 하지만……."

제로나가 코로나의 말을 끊었다.

"됐어. 서둘러 근심을 앞당길 필요는 없잖아."

그들은 십여 장 길이의 통로를 지나 두 평 정도의 좁은 방에 들어섰다.

"이곳은 파괴의 신 카르타고의 힘을 받는 곳이에요."

"파괴의 신이라… 왠지 섬뜩하군."

코로나는 살풋 웃음을 지었다.

"파괴는 마신이나 마족의 전유물이 아니에요. 간혹 파괴는 창조의 모태가 되는 경우도 있으니까요."

그럴 수도 있었다. 장강의 홍수 뒤에 땅이 비옥해지는 것처럼 말이다.

"여기서 내가 할 일은 무엇이오?"

코로나는 방의 중앙을 가리켰다.

"저곳에 서 있으면 돼요."

"그것뿐이오?"

제로나가 차가운 목소리로 말했다.

"쉽게 생각하지 마. 서 있기가 만만치 않을 테니까."

주적자는 방 중앙으로 가서 섰다.

"절대 움직이면 안 돼."

"움직이면 그 순간 이곳의 힘은 산산조각으로 흩어져 버릴 거예요."

그녀들의 거듭된 강조에 주적자가 물었다.

"힘을 주는데 왜 이처럼 어려운 방법을 선택하는지 모르겠군."

"일종의 시험이라고 생각하면 돼요. 신들의 힘을 받는 사람이 완벽해야 하니까요."

주적자는 고개를 끄덕인 후 말했다.

"자, 그럼 시작합시다."

발키리아는 서로를 일별한 후 주적자를 가운데 두고 서로 손을 잡았다. '카라루'라는 말로 시작한 주문은 낮으면서도 길게 이어졌다.

주적자는 꼼짝하지 않고 그녀들의 주문이 끝나기를 기다렸다. 미지의 충격을 기다리는 긴장의 시간이 일각이 넘도록 이어졌다.

'주문은 언제 끝나는 거야?' 라는 생각이 스친 순간 발키리아의 몸이 한 덩이 빛으로 변하더니 뒤쪽으로 빠르게 물러났다. 그녀들은 눈 깜빡할 사이에 벽 안으로 스며들고 사방 벽이 충격으로 흔들렸다. 그리고 해일 같은 힘이 밀려들었다.

바람은 아니었다. 마치 끈끈한 밀가루 반죽 같은 느낌의 그것은 끊임없이 밀려왔다. 주적자는 황급히 천추근을 펼쳤다.

버석!

바닥이 부서지며 땅속으로 발목까지 파고들었다. 무릎과 허리가 서서히 뒤로 꺾였다. 관절에서 우두둑거리는 비명이 울렸다. 족히 몇천근의 힘은 되는 것 같았다.

사력을 다해 버티는 주적자의 몸은 점점 넘어가서 머리가 허리 높이에 놓여졌다. 너무 힘을 줘서 심장이 목구멍에 붙은 것 같았다.

"끄윽—!"

가래 끓는 소리가 절로 삐져 나왔다. '조금만 더, 조금만 더' 하며 버티고 있는데 갑자기 밀려들던 힘이 사라졌다. 아니, 사라진 것이 아니라 몸 안으로 흡수된 것 같았다. 외부의 힘이 없어지자 중심이 급격히 앞으로 쏠렸다.

주적자의 상체는 마치 용수철처럼 전면으로 튕겨졌다. 발뒤꿈치가 땅에서 떨어질 만큼 중심을 잃었지만, 무공으로 단련된 신체는 빠른 중심 회복력을 보여줬다.

하지만 안도의 한숨도 잠시, 끈적한 힘이 다시 뒤쪽에서부터 쏟아졌다. 반쯤 폈던 허리가 또 앞으로 꺾였다. 주적자는 양손을 바닥에 대고서야 넘어지는 것을 막을 수 있었다.

몸 안의 피가 급격하게 머리 쪽으로 쏠리는 느낌이 전해졌다. 단지 허리를 숙이고 있어서가 아니라 외부의 힘이 그렇게 만들었다.

뒤에서 밀려드는 힘 때문에 허리를 펴는 것은 시도조차 할 수 없었다. 바닥을 짚고 있는 손이 바닥에 파고들 정도였으니 날아가지 않은 것만도 다행이었다.

발가락만으로 힘겹게 버티고 있는데 또 그 힘이 사라졌다. 내부로 흡수된 것이다. 주적자는 안도의 숨을 쉴 시간도 없이 몸을 추스르고 다음 충격에 대비했다.

그렇게 몸이 이리 꺾이고 저리 쏠리기를 얼마나 했을까? 드디어 그의 몸을 넘어뜨리려던 힘은 더 이상 찾아오지 않았다. 잠시 긴장을 하고 서 있던 주적자는 긴 한숨을 내뿜었다. 갑자기 세 방향에서 빛이 번쩍 하더니 발키리아가 나타났다.

"잘 버티셨어요."

코로나가 만면에 함박웃음을 지었다.

"사실 조마조마했는데……."

제로나가 그녀의 목소리를 끊었다.

"아직 마지막 관문이 남았어."

그녀의 말에 분위기는 단숨에 싸늘해졌다. 주적자는 참을 수 없는 호기심에 질문을 던졌다.

"대체 다음 관문이 어떤 곳인데 그래?"

"솔직히 너로서는 도저히 통과하지 못할 관문일 수도 있어. 가능성이 아주 희박해."

주적자는 물끄러미 제로나를 보았다. 그녀는 그의 시선을 살짝 피하며 말했다.

"다음 관문은 인간만이 도전할 수 있는 곳이니까."

'인간' 이라는 말은 주적자의 가슴을 비수처럼 파고들었다. 어느새 인간이라는 단어는 그의 정체성을 상징하는 것과는 상관없는 것이 되어버렸다. 주적자는 굵은 침을 삼키고 물었다.

"인간만이 다음 관문에 도전할 수 있다면 왜 날 이곳까지 데려온 거지?"

잠시의 침묵 뒤로 제로나가 대답했다.

"부쿠브 카키슈가 널 선택했기 때문이야."

"날 선택하다니?"

"네가 부쿠브 카키슈를 썼을 때 어떤 목소리를 들었다고 했지?"

"그래."

"부쿠브 카키슈는 인간에게밖에 말이 들리지 않아. 완벽에 가까운 인간. 그런데 너에게 반응했다는 것은 널 인간으로 인정했다는 뜻이지. 그래서 우리도 널 선택한 거야."

"그런데 뭐가 문제지?"

제로나는 뒤를 돌아보았다. 그녀의 시선이 닿은 곳에는 어느새 통로가 나 있었다.

"부쿠브 카키슈나 우리가 인정했다고 해서 빛의 신 카오리님이 널 받아들일 것이라는 보장은 없어. 그분은 마족이나 마신을 극도로 혐오하시니까."

"흡혈귀인 난 두말할 필요가 없겠군."

"그중 흡혈귀를 제일 싫어하시지. 세상의 모든 흡혈귀를 죽이려고 했으니까."

"왜 그토록 흡혈귀를 싫어하지?"

그의 질문에 아무도 대답하지 않았다. 주적자는 제로나 뒤쪽의 통로를 힐끔 보았다.

"이유야 어쨌든 시도조차 안 해볼 수는 없잖아."

"거부당하면 그 자리에서 죽거나 영원히 밖으로 못 나올 수도 있어."

주적자는 작은 웃음을 머금었다.

"죽을지도 모른다는 말은 너무 많이 들어서 이젠 협박같이 들리지도 않는군."

제로나가 가는 한숨을 내쉬었다.

"이건 협박이 아니야."

"어쨌든 상관없어. 난 이미 죽은 몸이니까. 놈들에게서 엘릭서를 빼앗지 못하면… 사람으로 돌아오지 못하면… 난 죽은 거야."

그의 띄엄띄엄 이어진 말에 코로나가 힘차게 고개를 끄덕였다.

"좋아요. 이곳까지 왔는데 돌아갈 수는 없죠. 망설인다고 해결될 일도 아니고, 가자구요."

그녀가 먼저 통로로 들어갔고 주적자가 그 뒤를 따랐다. 통로는 칠흑처럼 깜깜했다. 주적자조차 이 장 밖을 볼 수 없을 정도였다. 빛의 신이 만든 곳치고는 너무 어두웠다.

"만약 빛의 신으로부터 인정을 받게 되면 이곳에 얼마나 있어야 하는 거지?"

뒤따라오는 제로나가 대답했다.

"네 능력에 따라 다르지만 최소한 보름은 있어야 할 거야."

"앞의 두 관문에 비하면 엄청나게 긴 시간이군."

"후후."

"왜 웃는 거지?"

"앞의 두 관문에서 시간을 얼마나 보냈을 것 같아?"

"글쎄, 반나절 정도?"

"열흘이야."

주적자는 놀란 눈으로 제로나를 보았다.

"정말이야?"

"신이 안배한 이곳은 밖과 전혀 다른 또 하나의 세계야."

그로서는 이해할 수 없는 일이었다. 시간이 다른 공간이라니…….

"그럼 우리에겐 정말 시간이 부족하군."

"루시퍼가 부활하기 전에 이곳에서 나가기를 기도하는 수밖에."

그들은 어두운 동굴을 한참 동안 더듬어갔다. 동굴은 오르막과 내리막이 교차하고 좌우로 많이 휘어져 있어서 어느 방향으로 나아가는 것인지 종잡을 수 없었다.

체감 시간으로 근 한 시진을 갔으니 밖의 시간으로는 그보다 훨씬 오래 걸었을 것이다.

"다 왔어요."

코로나가 발길을 멈춘 곳은 족히 천 평은 되어 보이는 넓은 대전이었다. 정사각형으로 만들어진 대전은 특이하게 육 면 모두가 거울로 되어 있었다.

주적자의 수많은 분신들이 사방에 일렬도 쫙 늘어서 같은 모양으로 움직였다. 그런데 이상하게 발키리아의 모습은 거울에 비추지 않았다. 코로나가 그의 궁금증을 해결해 주었다.

"우리는 영체이기 때문에 눈에는 보이지만 반사되지는 않아요."

주적자는 고개를 끄덕인 후 물었다.

"난 어디서 자격 시험을 봐야 하는 거지?"

"자격 시험이라고 하니 이상하군. 따라와."

제로나는 왼쪽 거울벽 앞으로 다가가 한곳에 손을 얹었다.

"이곳에 머리를 대. 그럼 빛의 신 카오리님께서 널 심판하실 거야."

"카오리라는 신이 여기 있다는 말인가?"

"정확히 말하면 그분의 정신이지. 네가 여기에 머리를 대면 잠든 정신이 깨어날 거야."

주적자는 제로나가 가리킨 곳으로 가서 이마를 댔다. 거울벽은 얼음처럼 차가운 기운을 전해줬다. 코로나가 그의 왼쪽 뺨 근처 벽에 손을 얹었다. 우측 뺨 옆에는 제로나의 손이 놓여졌다.

발키리아는 서로 손을 잡고 주적자를 반원으로 둘러쌌다. 그녀들의 입이 동시에 열렸다.

"만물의 아버지이시며, 생명의 연결 줄인 카오리이시여, 여기 한 인간이 당신의 부름을 기다립니다. 부디 축복의 빛으로 이 자리를 비춰주소서. 알칼라 하이람, 고루투가 라투나!"

좁아진 시야로 폭발하는 듯한 하얀 빛이 드러났다. 그것은 발키리아의 몸에서 뿜어져 나오는 것이었다. 빛은 잠시 어둠을 물러나게 했다가 사라졌다.

그리고 잠시 후 갑자기 얼굴 양쪽의 거울벽이 일그러지더니 흐릿한 빛을 뿜어내는 손이 나타났다. 놀란 주적자가 물러서려 하자 제로나의 목소리가 울렸다.

"움직이지 마!"

움찔 떠는 주적자의 머리를 빛나는 손이 잡았다. 따뜻한 느낌이 머리를 통해 온몸으로 전해졌다. 몸을 절로 나른하게 만드는 그런 온기였다. 주적자는 꼼짝도 하지 않고 다음에 일어날 일을 기다렸다.

기다림은 오래지 않아 끝이 났다. 쇠막대를 두드린 듯 웅웅거리는 목소리가 들린 것이다.

"발키리아, 무슨 일이 일어났기에 나의 잠을 깨운 것이냐?"

카오리의 물음에 제로나가 대답했다.

"루시퍼가 부활하려 합니다."

"뭐야? 루시퍼?"

"네."

"오오, 루시퍼라니……! 이계에 갇힌 루시퍼를 누가 부활시킨다는 말이냐?"

"루시퍼의 칠십이마신 중 하나인 단탈리안입니다."

잠시의 사이를 두고 카오리의 목소리가 울렸다.

"그럼 단탈리안이 이계에서 엘릭서를 가지고 탈출했다는 말이냐?"

"그렇습니다."

"다른 자도 아니고 단탈리안이 엘릭서를 가졌다면 루시퍼의 부활도 불가능한 것은 아니지."

침통한 카오리의 말 뒤로 코로나의 목소리가 따랐다.

"루시퍼의 부활이 얼마 남지 않았습니다. 신들을 깨울 시간조차 없을 정도로요."

"알았다. 그런데도 용케 두 관문을 통과할 정도의 완벽한 인간을 찾아왔구나."

'완벽한 인간' 이란 말에 그녀들은 아무 대꾸도 하지 않았다.

"잠시 기다리거라. 이 인간에게 가장 적당한 힘을 결정해야 하니."

무거운 침묵이 대전 안을 내리눌렀다. 말소리가 사라진 대전은 고요

함 그 자체였다. 주적자는 빛의 손에 얼굴을 맡긴 채 이마를 대고 꼼짝도 하지 않았다. 오랜 침묵 뒤로 카오리의 쩌렁한 목소리가 대전 안을 울렸다.

"발키리아, 너희들 무슨 짓을 하는 것이냐?!"

"카오리님……."

"이곳으로 데려와야 하는 생물이 인간이어야 한다는 사실을 잊었느냐?"

제로나는 황급히 변명했다.

"하지만 그자는 완벽한 인간에 가깝습니다. 부쿠브 카키슈조차 그를 인정했습니다."

카오리의 목소리가 지하 대전을 쩌렁하게 울렸다.

"부쿠브 카키슈가 인정했다고 인간이 아닌 흡혈귀를 데려오다니! 너희들이 정녕 죽고 싶은 모양이구나!"

"위대하신 카오리님……."

"닥쳐라! 이곳은 인간을 위해 안배한 곳! 흡혈귀 따위가 감히 들어올 수 있는 곳이 아니다! 일단 이 흡혈귀를 죽인 후 너희들에 대한 처분은 따로 내리겠다!"

말이 끝남과 동시에 갑자기 머리에 고통이 찾아왔다. 막대한 힘이 머리 양쪽을 누름과 동시에 날카로운 바늘이 뇌 속을 휘젓는 듯한 느낌이었다.

"으윽!"

주적자는 신음을 토하며 물러서려 했다. 하지만 벽을 짚은 손에 아무리 힘을 줘도 머리는 꼼짝도 하지 않았다.

"카오리님! 안 됩니다! 지금으로써는 그자가 유일한 희망입니다!"

"흡혈귀 따위가 어찌 희망이 될 수 있다는 말이냐!"

"하지만 지금 그를 없애면 누가 루시퍼의 부활을 막는다는 말씀입니까?"

"어찌 되었든 내 힘을 흡혈귀에게 줄 수는 없다!"

카오리의 목소리는 고통 속에서도 똑똑히 들렸다. 주적자는 팔 관절에서 우두둑 소리가 울릴 정도로 힘을 줬다. 하지만 뒤로 빠지려는 만큼의 고통만 증가할 뿐이었다.

'이런 젠장!'

속으로 욕을 뱉는 주적자의 의식이 점점 흐려졌다. 뿌지직거리는 소리는 머리에 금이 가고 눈알이 빠지는 소리처럼 들렸다.

'싸워보지도 못하고 이렇게 죽는다는 말인가?'

*　　　*　　　*

당과의 갈등은 끝났다. 어차피 힘이 없다면 엘릭서를 빼앗아 인간이 된다는 꿈은 버려야 했다. 지금 가장 필요한 일은 강해지는 것이었다. 그 부작용으로 인해 인간이 될 수 있고 없고는 차후의 다음 문제였다. 오두막 외벽을 등지고 앉아 있던 그녀는 몸을 일으켰다. 그때 문이 열리며 왕족쌍이 나왔다.

"어떻게 할 거예요?"

당과의 갈등을 지켜보고만 있던 왕족쌍이 며칠 만에 질문을 던졌다. 이미 결심은 했지만 당과의 대답은 잠시의 머뭇거림 뒤에 나왔다.

"해야지."

왕족쌍의 얼굴에 놀라움이 어렸다.

"정말이에요?"

"그 길밖에 없으니까."

"하지만 잘못하면 인간이 될 수 없을지도 모른다면서요."

"아니, 될 수 있어. 엘릭서가 날 인간으로 만들어줄 거야."

보지도 못하고 단지 이방인의 입에서 나온 믿음에 전적으로 신뢰를 보내는 것이 멍청하게 느껴지기도 했다. 하지만 그녀는 엘릭서를 믿고 싶었다. 믿지 못한다면 그것이 더 비참할 테니까.

"그럼 이제부터 어떻게 할 거예요?"

"찾아봐야지."

막 나인현을 부르려 하는데 마침 그녀가 오두막에서 나왔다. 당과는 무표정한 나인현에게 말했다.

"지금부터 이 산에 있는 마족이나 마수를 찾아라. 인간이나 짐승이 아니면서 움직이는 것은 무엇이든 찾아서 나한테 보고해."

"정말 그들의 기운을 흡수하실 생각입니까?"

"그래."

"알겠습니다."

대답을 한 그녀는 몇 장의 부적을 허리에 찬 주머니에서 꺼내 숲 속으로 향했다.

"지금이라도 다시 생각해 보세요. 공동묘지에서 헬 하운드의 피를 빤 후 아황님은 하마터면 헬 하운드로 변해 버릴 뻔했다구요."

"하지만 변하지 않았잖아."

"이번에는 변할 수도 있어요."

당과는 왕족쌍을 쏘아보았다.

"내가 그렇게 변하기를 바라는 것이냐?"

“억지 부리지 마세요. 내가 그 따위 경우를 바라지 않는다는 것은 아황님도 잘 알잖아요.”

당과는 마음을 가라앉히기 위해 긴 숨을 들이켰다. 왕족쌍의 말이 그녀의 결심을 흔들었지만 곧 마음을 다잡았다.

‘난 마족이나 마수로 변하지 않을 뿐더러 엘릭서를 찾아 사람이 될 거야. 반드시!’

*　　　*　　　*

베리알은 곁에 누운 샤를롯트를 물끄러미 내려다보았다. 어둠을 사이에 두고 보이는 그녀의 얼굴은 빛을 스스로 내뿜는 것 같았다.

어제 갑작스럽게 찾아온 샤를롯트는 전혀 다른 여인처럼 정열적으로 변했다. 그렇게 그들은 사랑을 불사르며 방에서 한 발자국도 나가지 않았다.

자신의 처지에 대한 불안함은 그녀로 인해 거의 잊혀졌다.

“걱정 말아요. 아버님과 숙부님께서 반드시 해결해 주신다고 했어요.”

이상하게도 그녀의 말은 베리알에게 더할 수 없는 안도를 주었다. 믿을 만한 증거 따윈 없어도 좋았다.

베리알은 샤를롯트의 뺨을 부드럽게 쓰다듬었다. 아기 피부 같은 부드러운 감촉이 손끝을 짜릿하게 했다. 오늘 밤만도 세 번이나 그녀를 안았는데 또 욕정이 솟구쳤다. 얇은 이불 밖으로 도드라진 그녀의 육체 곡선이 숨을 절로 거칠게 만들었다.

그 때문이었을까? 그녀가 살풋 잠에서 깨어났다.

"미안하오. 나 때문에 깼구려."

잠이 묻은 그녀의 얼굴에 미소가 어렸다.

"아니에요."

베리알은 그녀의 볼에 키스를 한 후 입술로 옮겨갔다. 그의 손이 이불 속으로 파고들 때 그녀가 어깨를 살며시 밀었다.

"잠깐만요."

"왜?"

"잠깐… 다녀올게요."

"어딜?"

물음을 던진 베리알은 그녀의 용건을 금세 알아차렸다.

"난 신경 쓰지 말고 어서 다녀오시오."

샤를롯트는 얼굴을 붉히며 침대 밖으로 나갔다. 벌거벗은 몸으로 화장실에 들어가는 그녀의 모습은 참을 수 없는 욕정을 불러일으켰다.

베리알은 화장실 문을 뚫어지게 쳐다보며 어서 그녀가 나오기를 기다렸다. 마름모꼴 모양의 무늬가 교차하며 양각된 문에 샤를롯트의 영상이 떠오를 정도로 그는 그녀를 원했다.

베리알은 그녀가 누워 있던 자리를 쓰다듬으며 조금 후에 있을 육체의 향연을 상상했다. 그런데 그녀는 일 프앵이 지날 때까지 나오지 않았다.

'왜 아직 안 오는 거지? 변비인가?'

그는 볼일을 보고 있는 샤를롯트를 상상하며 빙그레 웃음을 지었다. 그런 모습조차 사랑스럽게 느껴졌다. 그런데 그의 웃음은 그 후로 일 프앵이 지난 후 사라졌다. 아무리 생각해도 이건 너무 길었다.

베리알은 벌거벗은 채로 방을 가로질렀다. 화장실 앞에 선 그는 조심스럽게 그녀를 불렀다.

"샤를롯트, 안에 있소?"

대답이 없었다.

"샤를롯트! 샤를롯트!"

계속 불러봐도 그녀의 기척은 전해지지 않았다. 베리알의 가슴속으로 스멀스멀 불안이 밀려들었다. 다시 몇 번 샤를롯트를 부른 베리알은 살며시 화장실 문을 열었다. 안에서 잠그지 않은 듯 문은 쉽게 열렸다.

화장실을 오래 돌아보지 않아도 샤를롯트가 없다는 것을 알 수 있었다. 그녀가 욕조와 변기로 변하지 않은 이상 그가 못 찾을 리 없었다.

"샤를롯트! 샤를롯트!"

그의 목소리는 불안한 울림이 되어 흩어졌다. 베리알은 그녀를 부르며 화장실 한쪽 면에 작게 자리한 창문으로 갔다. 샤를롯트가 없어졌다면 길은 이곳뿐이었다. 잠긴 고리를 푸는 그의 뇌리에 단탈리안의 맨들맨들한 얼굴이 떠올랐다.

화장실에서 이렇게 감쪽같이 사람을 빼돌릴 수 있는 자는 단탈리안뿐이었다. 그가 막 창문을 열려고 하는데 뒤쪽에서 우웅— 하는 울림이 들렸다. 황급히 돌아서는 베리알의 시야에 검은 점이 보였다.

제71장

카오리의 선택

제71장 카오리의 선택

처음 주먹만하던 점은 점점 확장하더니 이윽고 사람이 들어갈 수 있을 정도로 커졌다. 마치 벽에 어둠의 구멍이 생긴 것 같았다.

창문 밖을 힐끔 본 베리알은 천천히 어둠의 구멍 쪽으로 다가갔다. 그곳에서는 끊임없이 우웅거리는 소리가 흘러나왔다.

'설마 단탈리안이 무슨 일을 꾸미는 것은 아니겠지?'

그의 염려는 사실 가장 큰 가능성이었다. 그래서 더 불안했다. 베리알은 잠시 어둠의 구멍을 살핀 후 살며시 손을 넣었다. 그러자 손이 어둠 속으로 쑥 들어갔다.

그는 화들짝 놀라 뒤로 물러섰다. 심장과 뇌가 자리를 바꾼 듯 관자놀이가 쿵쾅거렸다. 이상한 구멍을 무시하고 싶었지만 샤를롯트가 관계된 일이었기에 물러설 수는 없었다. 베리알은 아랫배에 용기를 잔뜩 집어넣고 성큼 걸음을 옮겼다.

구멍 안으로 들어서자 주위는 순식간에 깜깜해졌다. 뒤쪽의 들어온 입구조차 보이지 않았다. 손을 대자 차가운 벽이 그의 퇴로를 막고 있었다. 양쪽 벽도 거리가 육 피트 정도밖에 되지 않았다.

눈앞의 손가락조차 보이지 않는 어둠의 통로였다. 베리알은 단단히 마음을 먹고 앞으로 걸음을 옮겼다. 두려움이 치솟을 때마다 샤를롯트의 이름을 되뇌이며 어둠을 헤쳐 나갔다.

그는 조심조심 걸음을 옮겼다. 바닥과 양쪽 벽은 거울처럼 매끈했다. 그렇다고 얼음처럼 미끄럽지는 않았다.

'대체 이곳은 어디일까? 틀림없이 단탈리안이 관련되어 있겠지?'

그 외에 이런 것을 만들 자가 없었다. 어쩌면 단탈리안은 그와 샤를롯트가 나눈 대화까지 모두 알고 있을지 모른다. 그렇다면 샤를롯트는 분명 위험에 빠져 있을 것이다.

베리알의 마음이 급해졌다. 무슨 일이 있어도 샤를롯트를 구해야 했다. 그녀가 존재하지 않는 세상은 아무 의미가 없었다. 샤를롯트와 함께하는 지옥과 그녀가 없는 천국을 고르라면 그는 당연히 지옥을 택할 것이다. 이제 그녀는 그가 존재하는 의미니까.

베리알은 칠흑 같은 어둠 속을 달려갔다. 조금이라도 늦으면 단탈리안이 그녀에게 무슨 짓을 할지 모른다. 조급함과 불안함이 가슴속에서 섞여 차츰 분노로 변했다.

처음에는 그 분노의 표적이 단탈리안이었는데 어둠의 통로를 달리는 도중에 대상이 불분명해졌다. 상대가 바뀐 것도 아니고 아예 없어져 버린 것이다. 이상하게 그것은 순수한 분노로 바뀌어 버렸다.

'모두 죽여 버리겠어! 모두 죽여 버리겠어! 모두…….'

계속 같은 생각만 떠오르며 분노의 불꽃에 기름을 부었다. 정녕 누군가를 없애지 않고는 참을 수 없었다. 그 대상이 설사 샤를롯트라 할지라도.

*　　　*　　　*

지하실 벽에 기대 잠을 자고 있던 샤를롯트는 설핏 잠에서 깨어났다. 침침한 눈을 비비자 시야는 금세 어둠에 익숙해졌다. 베리알의 방에서 나오다 단탈리안에게 잡혀 지하실에 갇힌 뒤 시간이 얼마나 흘렀는지 알 수 없었다. 빨리 아버님께 베리알이 처한 사실을 알려 도움을 청해야 하는데 방법이 없었다.

그녀가 갇힌 지하실에는 문조차 존재하지 않았다. 단탈리안이 만든 시커먼 동굴만이 유일한 출입구였다. 그것은 단탈리안이 만들지 않으면 나타나지 않는 문이었다.

샤를롯트는 허기를 느끼고 몸을 일으켰다. 지하실 구석에는 말린 고기와 물이 든 상자가 있어 지금까지 굶어 죽지 않고 버틸 수 있었다. 살아날 가능성은 희박하다 해도 최선을 다해 삶을 연장하고 싶었다. 어쩌면 베리알이 구하러 올지도 모르기 때문이다.

그녀가 막 상자의 뚜껑을 열려고 할 때였다.

우웅—

뒤쪽에서 몸을 떨리게 하는 울림이 들렸다. 화들짝 놀라 돌아서자 벽에 구멍이 생기기 시작하는 것이 보였다. 단탈리안이 만들었던 문과 같은 것이었다.

'혹시!'

베리알을 떠올리며 황급히 문으로 가던 샤를롯트는 우뚝 멈췄다. 구멍에서 하얀 무언가가 불쑥 나왔다. 그것은 오래 볼 것도 없이 사람의 다리였다. 가늘고 유난히 창백한 것으로 보아 베리알의 다리는 아니었다.

차츰 모습을 드러내는 여인의 모습에 샤를롯트는 숨을 삼켰다. 실오라기 하나 걸치지 않은 모습에 놀랐고, 그녀를 더욱 경악시킨 것은 문에서 나온 여인이 바로 자신이라는 것이었다.

쌍둥이조차 저렇듯 닮을 수는 없을 것이다. 문에서 나온 여인을 보고 있자니 마치 거울 앞에 서 있는 듯했다. 샤를롯트와는 달리 여인은 예상이나 한 듯 그녀를 향해 싱긋 웃기까지 했다.

"다, 당신은 누구죠?"

그녀의 물음에 대한 대답은 탁한 목소리로 돌아왔다.

"샤를롯트 아가씨 당신이지 누구겠소?"

샤를롯트는 뒤쪽에서 들린 목소리에 황급히 돌아섰다. 단탈리안이 원래 그곳에 자리했던 것처럼 상자 앞에 서 있었다. 그녀는 여인을 힐끔 본 후 물었다.

"대체 무슨 일을 꾸미고 있는 거죠?"

단탈리안은 씨익 웃음을 지었다.

"잠시 후면 알게 될 것이오."

"무슨 일인지 당장 말해요!"

그녀가 아무리 날카로운 목소리를 토해내도 단탈리안은 눈썹 하나 까딱하지 않았다.

"천년암흑왕국의 주인을 영접하는 데 당신의 힘이 들어갈 테니 영광으로 생각하시오."

"당신… 대체 베리알과 내게 왜 이러는 거예요?"

단탈리안이 천천히 다가왔다.

"이건 당신들의 운명이오. 베리알이 커다란 운명이라면 당신은 거기에 휩쓸린 작은 운명이라고나 할까."

"끄아아악—!"

갑자기 비명 같은 소리가 뒤쪽에서 들렸다. 돌아보지 않아도 여인이 나타난 문에서 난 소리라는 것을 알 수 있었다.

"당신의 운명을 결정지어 줄 사람이 오고 있구려."

샤를롯트의 뇌리에 이름 하나가 떠올랐다.

"설마 베리알이……."

의미를 알 수 없는 미소를 머금고 있던 단탈리안이 갑자기 사라졌다. 연기처럼 허공에서 꺼져 버린 것이다. 주위를 둘러보던 샤를롯트는 여인의 곁에 선 단탈리안을 발견할 수 있었다. 그는 여인의 머리를 쓰다듬으며 말했다.

"이제 너의 역할은 끝났다."

여인은 그저 백치처럼 웃고 있을 뿐이었다. 단탈리안의 손이 그런 여인의 정수리에 얹어졌다. 알아들을 수 없는 주문이 그의 입을 통해 새어 나왔다. 그러자 여인의 피부가 쭈글쭈글하게 변하기 시작했다. 마치 급속도로 나이를 먹는 것 같았다.

이윽고 팔십 먹은 노파처럼 변한 여인이 풀썩 쓰러지자 단탈리안은 그녀의 몸 위로 손을 저었다. 그의 손에서 회색 가루가 떨어져 여인의 몸에 내려앉았다. 그러자 여인의 몸이 차츰 없어지기 시작했다.

쌓였던 먼지가 바람에 날려가는 것처럼 보였다. 여인의 자취가 흔적도 없이 사라지는 데는 채 이 옹스(1옹스:7.5초)도 걸리지 않았다.

단탈리안은 꼼짝도 하지 않고 서 있는 그녀를 향해 예의 그 미소를 보였다.

"이제 곧 당신의 사랑하는 연인이 나타날 겁니다."

그는 검은 문을 향해 양손을 휘저었다. 단탈리안의 손에서 자잘한 은빛 가루가 나오더니 검은 문 앞에 거미줄처럼 엉켰다. 단탈리안은 웃음 띤 얼굴로 그녀를 보며 뒷걸음질쳤다. 벽이 있는데도 그는 걸음을 멈추지 않았다. 그렇게 단탈리안은 벽 속으로 사라져 버렸다.

"이봐요!"

단탈리안을 부르며 두 발자국을 뗀 샤를롯트는 걸음을 멈췄다. 검은 문에서 누군가 튀어나온 것이다. 얼굴 가득 주름을 잡고 붉은 눈을 빛내며 나타난 그는 베리알이었다.

베리알은 갑자기 이성을 찾았다. 희미한 빛이 들어오는 문을 통과한 순간 일어난 현상이었다. 분명 이성이 돌아왔음에도 불구하고 가슴속에 끓어오르는 분노는 가라앉지 않았다.

마치 두 개의 자아가 공존해서 하나는 여전히 분노하고 다른 하나는 차가운 머리로 그것을 내려다보는 것 같았다. 베리알은 좁은 통로를 지나 들어온 곳을 둘러보았다. 그의 고개가 채 일 인치도 돌아가기 전에 샤를롯트의 목소리가 들렸다.

"베리알!"

초췌한 모습의 그녀는 잔뜩 긴장한 표정으로 그를 보고 있었다.

'오! 사랑스런 샤를롯트, 무사했구려.'

베리알은 그렇게 말하며 그녀를 껴안아주고 싶었다. 그런데 몸도 입도 그의 마음대로 따라주지 않았다. 분노에 빠진 또 다른 자아가 신체를 지배하고 있었기 때문이다.

그 아닌 그는 살의를 무럭무럭 피워 올리며 샤를롯트를 향해 다가갔다. 베리알은 덜컥 겁이 났다. 또 다른 자아는 그녀를 단지 하나의 사람으로 보는 것 같았다. 베리알이 사랑하는 샤를롯트가 아니라 흔하고 흔한 사람!

또 다른 그는 활화산 같은 분노를 품고 샤를롯트에게 다가갔다.

'안 돼! 걸음을 멈춰! 그녀는 샤를롯트야!'

하지만 그의 외침은 또 다른 그를 멈추게 하지 못했다.

"크르르—!"

짐승 같은 소리까지 토해내며 그녀를 향해 다가갔다.

"베리알, 왜 그래요? 정신 차려요, 베리알!"

그녀의 날카로운 목소리가 베리알의 가슴을 찔렀다.

'샤를롯트! 도망가요!'

하지만 그의 외침은 그녀에게 전해지지 않았다. 설사 전해졌다 해도 그녀가 할 수 있는 일이라고는 아무것도 없었다. 그가 들어왔던 구멍은 이미 없어진 후였다.

원초적인 분노만을 담은 또 다른 그는 샤를롯트를 향해 천천히 다가가고 있었다. 그녀를 향한 의지가 무엇인지 똑똑히 느껴졌다.

'멈춰! 그녀는 샤를롯트야! 내가 사랑하는 여인이라구!'

그의 뜻은 다른 자아에 전혀 전달되지 않았다. 베리알은 점점 샤를롯트를 향해 다가가고 있었다. 방금 전까지 그의 품에 안겨 행복한 웃음을 짓던 샤를롯트가 겁먹은 표정으로 물러섰다.

그를 두려워하는 샤를롯트. 그 모습을 보는 것만으로도 가슴이 찢어질 것처럼 아팠다. 그러나 잠시 후에 있을 불행은 저보다 만 배는 더 처절할 것이다. 어떻게 해서든 자신이 샤를롯트를 죽이는 것을 막아야 하는데 방법이 없었다.

계속 '안 돼!' 라고만 소리친다고 될 일이 아니었다. 그는 통제할 수 없는 몸속으로 들어가기 위해 정신을 집중했다. 또 다른 자아가 있다고는 하지만 이것은 분명 그의 몸이었다. 이성이 육체를 지배하는 당연한 일을 하기 위해 그는 이토록 애를 쓰고 있는 것이다.

정신을 집중해 손끝 하나라도 뜻대로 움직이기 위해 노력했지만 좀처럼 되지 않았다. 그의 육신은 여전히 두려움에 떨고 있는 샤를롯트를 향해 다가가고 있었다. 도저히 제어를 할 수가 없었다.

'안 돼! 그녀는 살려야 돼!'

그의 강한 의지는 아무 소용이 없었다. 뒤로 물러서던 샤를롯트의 등이 벽에 닿고 베리알은 그녀의 삼 피트 앞까지 다가갔다.

"베리알, 이러지 말아요."

금방이라도 눈물을 떨굴 듯한 그녀의 젖은 눈이 가슴을 갈기갈기 찢어놓았다.

'나도 어쩔 수 없어요, 샤를롯트.'

지금 베리알이 할 수 있는 일은 아무것도 없었다. 그가 샤를롯트를 죽여 버릴지도 모른다는 공포심을 안고 지켜보는 것밖에.

그의 체념 때문일까? 더욱 빨리 움직인 그의 육체는 샤를롯트의 목을 움켜쥐었다. 그토록 제어를 하려 해도 되지 않았는데 그녀의 감촉은 너무도 똑똑히 느껴졌다.

꽉 움켜쥔 손아귀 속에서 바르르 떨리는 목젖의 감촉은 참새의 몸부림 같았다.

'이럴 수는 없어! 이럴 수는……!'

베리알의 공포는 극에 달했다. 단순한 샤를롯트의 죽음이 아니라 그의 손으로 그녀를 죽음으로 몰아넣는다는 것은 너무도 끔찍한 일이었다.

"끄극—!"

그녀의 입에서 가래 끓는 소리가 튀어나왔다. 불규칙하게 뿜어져 나오는 세찬 콧김과 점점 뒤로 넘어가는 눈동자는 그녀가 죽어가고 있음을 알려주었다.

'내가… 내가 그녀를 죽이고 있어.'

'아냐, 내가 아니야. 이건 내가 아니라구!'

'하지만 지금 샤를롯트의 목을 쥐고 있는 것은 내 손이야!'

'그래도 내 의지가 아니야!'

'지금 죽어가는 그녀는 내가 죽인 것이라고 믿을 거야.'

생각이 충돌하는 중에 그녀는 서서히 죽어가고 있었다. 그리고 어느 순간 바르르 떨리던 목젖의 움직임이 멎었다. 손에 닿는 콧김도 느껴지지 않았다. 부릅뜬 눈의 대부분은 흰자위가 차지하고 있었다. 기어코, 기어코 그녀가 죽은 것이다. 사랑하는 여인 샤를롯트가 그의 손에 죽은 것이다.

거짓말처럼 손에 힘이 빠졌다. 그녀는 짚으로 만들어진 인형같이 바닥에 쓰러졌다.

"샤를롯트……."

비로소 그는 자신의 의지로 말을 뱉을 수 있었다. 옆으로 쓰러져 있는 그녀를 만질 수도 있었다. 하지만 그녀의 몸은 점점 식어가는 중이었다.

그가 그녀를 죽인 것이다. 자신의 손으로 샤를롯트의 목을 졸라 시체로 만들어 버렸다. 그 자괴감은 자신을 향한 분노로 변질되어 갔다.

배 밑바닥에서 뜨거운 무언가가 솟아올라 금방이라도 가슴을 터뜨릴 것 같았다.

그것은 내부의 장기를 모두 태워 그를 빈 가죽으로 만들어 버리는 듯했다. 아무것도 생각할 수 없는 텅 빈 공간에 들어찬 것은 주체할 수 없는 분노뿐이었다.

자신을 향한 분노! 어느 순간 골이 쪼개지는 듯한 느낌이 들며 하얀 빛이 몰려들었다. 그것으로 그의 의식은 종말을 고했다.

*　　　*　　　*

머리가 깨질 것 같은 고통 속에서도 정신을 잃지 않은 것은 질기게 살아온 삶에 묻은 오기 때문이었다. 숱하게 겪어온 죽음의 위기는 마지막까지 포기하지 않는 정신을 주적자에게 심어주었다.

그 정신이 최후의 힘을 팔과 다리에 모으게 했다. 주적자는 머리가 빠질 각오를 하고 사지로 벽을 힘차게 쳤다.

퍽!

거울벽이 원형으로 푹 꺼지며 몸이 뒤로 밀려났다. 머리에 느껴졌던 고통이 갑작스럽게 목으로 이동했다. 목이 떨어져 나가는 듯한 느낌이었다.

주적자는 바닥에 발을 딛자마자 머리를 만졌다. 까칠한 머리칼의 느낌이 기분 좋게 전해졌다.

"빨리 도망쳐!"

반투명한 영체 제로나가 소리를 지르며 그를 떠밀었다. 주적자는 제로나에게 이끌려 땅을 박찼다.

"감히 도망칠 생각을 하다니!"

카오리의 쩌렁한 목소리와 함께 사방에서 실처럼 가느다란 빛이 쏟아졌다. 피하기에는 사이가 너무 촘촘했다.

"차르람, 초르디!"

주적자는 발키리아의 주문을 들으며 검을 빼 쏘아오는 빛을 향해 휘둘렀다. 검은 그림자를 머금은 검막이 넓게 퍼지며 쏘아오는 빛을 튕겨냈다. 나머지 삼면은 발키리아가 훌륭하게 방어하고 있었다. 그들은 순식간에 들어왔던 출입구 가까이 다다랐다.

"도망칠 수 없다!"

뇌를 바로 때리는 듯한 카오리의 목소리가 들리며 출입구 양쪽 벽에서 하얀 빛이 생겨나기 시작했다. 그것은 마치 호랑이의 아가리처럼 다물어졌다. 가장 앞선 주적자가 문을 향해 검기를 날렸다.

쩌엉!

귀를 멍멍하게 만드는 소리와 함께 닫히던 빛의 문이 산산조각으로 부서졌다. 주적자는 파편들을 쳐내며 문을 통과했다.

"발키리아! 오늘의 일을 결코 잊지 않을 것이다!"

카오리의 목소리가 통로를 빠져나가는 주적자의 후두부를 강타했다. 주적자는 두 번째 방을 통과해서 첫 번째 방 중앙에서 걸음을 멈췄다. 더 이상 카오리의 위협은 느껴지지 않았다.

그의 발 앞으로 피가 뚝뚝 떨어졌다. 가슴에 피가 흐르는 것으로 보아 도망치는 와중에 부상을 입은 모양이다. 뒤늦게 아픔이 찾아왔지만 무시할 수 있을 정도의 고통이었다.

"카오리님이 그렇게 노할 줄은 몰랐어요."

코로나가 잔뜩 풀 죽은 목소리로 말하자 제로나가 대꾸했다.

"이미 예상했던 일이잖아."

"결국 카오리님의 힘은 얻지 못하게 됐군요."

트로나의 말속에도 실망스러움이 역력했다. 주적자는 자신 안에 잠재된 힘을 느껴보았다. 확실히 이곳에 들어오기 전보다 강해졌다는 것을 알 수 있었다.

"지금 정도면 프로켈과 싸움이 될 수 있겠는데."

주적자의 말에 제로나가 물었다.

"그럼 다른 마신과 마족들은 어떻게 상대할 거야? 우린 이곳에서 너무 많은 힘을 썼기 때문에 더 이상 너에게 힘이 돼줄 수 없어."

주적자는 카오리가 있는 곳을 보았다.

"그럼 결국 카오리의 힘을 얻어야만 싸움을 해볼 수 있겠군."

코로나가 긴 한숨을 쉬었다.

"하지만 카오리님이 저토록 화를 내시니……."

"그렇다고 포기할 수는 없지."

"방법이 없어, 네가 인간이 된다면 모르지만."

제로나의 말에 주적자는 쓴웃음을 지었다.

"내가 인간이 되면 이 싸움을 할 필요도 없겠지."

말을 한 그는 걸음을 옮겼다. 카오리가 있는 방향이었다. 코로나가 황급히 그의 앞을 가로막았다.

"무슨 생각을 하는 거예요? 설마 카오리님께 다시 갈 생각은 아니겠죠?"

"갈 거야."

제로나도 그의 앞에 섰다.

"죽을 고비를 겨우 넘기고 왔는데 다시 가겠다니! 지금 제정신이야?"

"단 하나의 방법이 카오리뿐이라면 선택의 여지가 없잖아."

"하지만 그건 최악의 선택이야."

"내게 최악의 선택은 시도도 해보지 않고 인간이 되기를 포기하는 것이다. 인간이 될 수 있는 길이라면 그게 어떤 길이든 갈 수 있어."

"주 보표님, 그래도 이건 너무 무모해요. 어떻게 카오리님의 마음을 돌릴 생각이죠?"

"방법은 없소. 일단 부딪쳐 보는 것밖에."

제로나가 어이없다는 표정으로 그를 보았다.

"네가 무식하다고 할 정도로 용감한 건 인정해 줘야겠군. 하지만 카오리님을 다시 찾아갈 생각은 버려. 루시퍼의 부활을 막을 수 있는 단 하나의 카드가 이처럼 허무하게 없어지는 건 원치 않으니까."

"절망만 남은 길을 걸으며 조금 더 사는 것보다 지금 목숨을 걸고 싶다."

"결과가 뻔한데도?"

주적자는 보일 듯 말 듯한 웃음을 지었다.

"결과란 일이 모두 끝난 다음에 남은 흔적이야. 난 아직 시작도 하지 않았어."

제로나는 무슨 말인가를 하려다 이내 긴 한숨만 쉬었다. 어떤 말로도 주적자의 결심을 꺾을 수 없다는 것에 대한 아쉬움 같았다.

"난 언제나 일 푼의 가능성 속에서 살아왔다. 이번에도 살아 나올 테니 두고 봐."

주적자는 장담을 하고 제로나와 코로나 사이를 지나쳤다. 호기롭게 걸음을 옮겼지만 카오리와의 실마리를 어떻게 풀어야 할지 감이 잡히지 않았다. 단 한 번 겪어본, 자신에서 끝없는 적의만 품은 상대를 설득하기란 쉬운 일이 아니었다.

'일단 부딪쳐 보자!'

그는 가슴을 펴고 카오리에게 가는 길을 밟았다. 뒤쪽에서 발키리아가 걱정스런 얼굴로 따라왔다.

"당신들은 돌아가."

"하지만 주 보표님 혼자 보낼 수는 없어요."

"당신들이 함께 가봤자 카오리의 화만 더 돋울 뿐이야."

그의 말에 아무도 이의를 달지 않았다. 주적자는 혼자 좁은 통로를 걸어갔다. 두 번째 방을 지나 어두운 길을 걸어가는 주적자의 심정은 카오리와의 거리가 가까워질수록 답답해졌다.

어두운 통로를 지나 부서진 출입구 앞에 선 주적자는 긴 숨을 들이키고 안으로 발을 들여놓았다. 입구와 그가 잡혔던 곳의 유리벽이 조금 파인 것 외에는 처음 그대로였다.

주적자는 천천히 걸음을 옮겼다. 그가 대전의 중앙에 다다를 때까지 카오리의 기척은 느껴지지 않았다. 막 카오리를 부르려 하는데 목소리가 먼저 들렸다.

—겁이 없는 흡혈귀구나, 감히 여길 다시 오다니.

"죽음보다 더 절박한 것이 있으니까."

카오리의 목소리는 잠시의 사이를 두고 나왔다.

—사악한 흡혈귀의 말장난에 걸려들 내가 아니다.

우우웅—!

대전이 잘게 떨리며 은은한 황금 빛이 뿜어져 나오기 시작했다.

"루시퍼의 부활을 막는 것보다 날 죽이는 것이 더 중요하다는 말인가?"

—흡혈귀는 절대 루시퍼의 부활을 막을 수 없다.

말을 하는 중에도 황금 빛은 점점 짙어졌다.

“그럼 지금 누가 있어 루시퍼의 부활을 막는다는 건가?”

—다시 완벽한 인간을 찾아야지. 그 막대한 임무를 흡혈귀에게 줄 수는 없다. 흡혈귀는 이 땅에서 사라져야 할 사악한 존재일 뿐!

슬금슬금 화가 치밀었다.

“당신, 발키리아의 얘기를 듣고도 그런 소리를 하다니! 우리에게는 시간이 없어, 시간이! 이 벽창호 같은 신 같으니라구!”

—하급 요괴인 흡혈귀 따위가 감히 빛의 신인 내게 망언을 하는구나! 바람의 정령조차 되지 못하게 네 영혼을 녹여 버리겠다!

이제 황금 빛은 눈을 뜨기 힘들 정도로 강렬하게 뿜어져 나왔다.

“내 영혼을 녹이든 태우든 네 마음대로 해! 하지만 지금은 내게 힘을 줘! 어떤 것이 중요한지 냉정하게 생각해 보란 말이야!”

황금 빛이 짙어지며 대전의 진동도 그만큼 커졌다. 외부에서 무언가가 때리는 듯 전체가 흔들리고 있었다. 주적자는 두 다리에 힘을 주고 검을 빼 들었다.

“젠장! 정말 앞뒤가 꽉 막힌 놈이군!”

주적자는 검을 늘어뜨리고 공격에 대비했다. 대전 전체에서 뿜어지는 빛이 공격 무기라면 막을 방법이 없었다. 빛은 더 이상 짙어질 수 없을 정도로 짙어져 황금이 꽉 들어찬 것 같았다.

어느 순간 대전이 무너질 것처럼 요동 쳤다. 공격의 전조라는 것을 직감적으로 알 수 있었다.

“멈추세요, 카오리님!”

뒤쪽에서 제로나의 날카로운 목소리가 들렸다. 기어코 발키리아가 그를 따라온 모양이다.

"어서 이곳에서 나가! 당신들의 이상한 신은 말이 통하지 않는 녀석이니까!"

하지만 발키리아는 나갈 생각이 없는 모양이다.

"카오리님! 저 사람만이 루시퍼의 부활을 막을 수 있습니다!"

—저 녀석은 흡혈귀지 사람이 아니다.

"아니, 그는 인간입니다! 어떤 인간보다 더 인간적인 인간!"

—제로나, 말장난으로 날 기만할 생각이냐?

여전히 짙은 황금 빛 너머에서 제로나의 간절한 목소리가 들렸다.

"카오리님, 그가 가장 바라는 건 루시퍼의 부활을 막는 게 아니라 인간으로 돌아가는 것입니다!"

—흡혈귀에서 인간으로 돌아가기 위해 싸운다고?

"그렇습니다. 자신의 의지와는 상관없이 흡혈귀가 되어버렸기 때문에 그걸 다시 돌리려 하는 것입니다."

—결국 저 흡혈귀가 원하는 것은 루시퍼의 영혼이 봉인된 엘릭서로군.

"네."

뭔가를 생각하는 듯 카오루의 목소리는 한참 동안 들려오지 않았다. 주적자의 마음속에 희망이 기웃거렸다. 하지만 그것은 이내 들려온 말에 산산조각으로 부서졌다.

—간악한 흡혈귀가 발키리아까지 속였구나.

"카오리님……."

—만약 여기서 나의 힘을 얻은 후 엘릭서의 힘까지 취한다면 어떻게 되겠느냐? 녀석은 단숨에 세상을 혼란에 빠뜨릴 것이다. 흡혈귀는 원

래 그런 종족이니라!

어떤 말로도 카오리는 설득당하지 않았다.

"당신, 흡혈귀와 뭔가 원한이 있나 보군."

주적자의 말이 끝나자 대전이 무너질 것처럼 크게 흔들렸다.

—흡혈귀는 세상에서 사라져야 할 종자다!

"그건 내 생각과 일치하는군."

그는 중얼거린 후 큰 숨을 들이켰다. 황금 빛이 폐부를 찌르는 것 같았다.

"결국 세상의 모든 흡혈귀는 악하다는 생각 때문에 루시퍼의 부활을 묵과하겠다는 것이군."

—천만에! 완벽한 인간을 찾아내 힘을 전해줄 것이다!

"언제? 루시퍼의 부활은 지금 진행 중이고 어쩌면 이 순간 밖의 공기를 들이키고 있을지도 모르는데. 언제 완벽한 인간을 찾아 네 힘을 전해준다는 것이냐?"

카오리는 침묵했다.

"나도 루시퍼의 부활 따위는 관심없다. 다만 인간이… 인간으로 돌아가기 위해 엘릭서가 필요할 뿐!"

한참 후에야 카오리의 목소리가 울렸다.

—흡혈귀는 근본적으로 악하다.

"뭐가 근본인데! 내 근본은 인간이야! 영원히 살아야 하는 이 빌어먹을 육체만 벗어버리면 난 인간이라구!"

—설사 선한 인간이라도 흡혈귀로 변하면 티끌만큼 악한 것이 거대하게 드러나기 마련이지. 지금은 어떨지 모르지만 넌 결국 사악한 흡혈귀가 될 것이다.

제로나의 높아진 목소리가 들렸다.

"일어나지도 않은 일 때문에 루시퍼의 부활을 방치하겠다는 겁니까?"

"네가 감히 내게 따지는 것이냐?"

"이건 세상이 걸린 일입니다! 제발 우둔한 편견을 버리고 현실을 직시해 주세요!"

"우, 우둔한?! 흡혈귀와 있더니 그 사악한 심성이 물들었구나! 내 너희들부터 응징하겠다!"

갑자기 주위의 황금 빛이 일렁이더니 주적자의 좌측으로 몰려들었다. 덕분에 근처의 모습을 살필 수 있을 정도로 빛이 엷어졌다. 고개를 돌리던 주적자는 뒤쪽에 있는 발키리아를 볼 수 있었다.

쿠르르릉―!

지름이 이 장이나 되는 황금 공으로 변한 빛이 맹렬하게 회전하기 시작했다. 저것은 분명 발키리아를 공격하는 무기가 될 것이다.

"피해!"

주적자는 발키리아를 향해 몸을 날렸다. 동시에 황금 공도 그녀들에게 쏘아졌다. 황금 공이 낙뢰처럼 빨랐지만 주적자의 속도도 그에 못지 않았다.

그는 발키리아의 앞에 서며 검을 내리그었다. 파란 검강이 황금 장막을 갈랐고 검파가 황금 공을 향해 쏘아졌다. 두 개의 기운이 부딪치며 하얀 빛이 터져 나왔다.

꺄아아앙―!

괴조의 울부짖음 같은 소리는 뒤늦게 울렸다. 주적자는 가슴이 터지는 듯한 충격을 받으며 뒤로 튕겨 나갔다. 비릿한 핏덩이가 참을 사이도 없이 입 밖으로 치솟았다.

"우웩!"

피에 젖은 거위 알 같은 핏덩이는 바닥에 부딪쳐 산산조각으로 부서졌다. 다시 올라오려는 속에 것을 가까스로 삼킨 주적자는 발키리아를 향해 소리쳤다.

"빨리 나가시오!"

"우리만 갈 수는 없어요!"

"이건 어차피 내 싸움이오!"

"이곳에 안내한 것은 우리……!"

주적자는 코로나의 말을 끊었다.

"이곳에 누가 날 데려왔던 상관없소! 어차피 이건 내가 인간이 되기 위해 하는 싸움이니까. 난 인간이 되지 못한다면 죽음밖에 남지 않지만 당신들에게는 아직 할 일이 있지 않소!"

특별히 발키리아를 목숨처럼 아껴서 이러는 것은 아니었다. 다만 함께 동행했던 그녀들이 죽지 않기만을 바랄 뿐이었다. 조금 옅어졌던 주위의 황금 빛이 다시 제 빛깔을 찾았다. 바로 뒤에 있는 발키리아조차 보이지 않았다.

"당신 혼자서는 카오리님을 상대할 수 없어요!"

"길고 짧은 것은 대봐야 아는 법! 더구나 힘을 모두 써버린 당신들이 이 싸움에서 할 일은 없으니 빨리 자리를 뜨시오!"

카오리와 싸워서 이길 자신이 있는 것은 아니었다. 카오리가 지배하고 있는 공간, 그에게는 일 푼의 승산조차 없었다. 다시 돌아온 것에 대한 후회가 슬그머니 고개를 들었지만 그는 애써 그 마음을 내리눌렀다. 주적자로서는 당연한 선택이었다.

"주 보표님……."

"밖에 있는 일행들을 부탁하오. 할 수 있다면 그들을 떠나왔던 곳으로 보내주시오."

주적자는 황금 빛의 허공을 향해 검을 겨누었다.

"자, 와라! 결코 호락호락하게 당하지는 않을 것이다!"

그의 목소리가 사라진 한참 후까지 침묵은 계속되었다. 주적자는 솜털이 곤두설 정도로 온몸의 신경을 끌어올렸다. 주변의 황금 빛이 조금씩 일렁이기 시작했다. 한 번의 경험으로 보아 이것은 공격의 전조였다.

잔뜩 긴장한 주적자에게 카오리의 목소리가 들렸다.

—넌 왜 흡혈귀가 아닌 인간이 되려 하느냐? 영생을 바라는 것이 모든 인간의 공통점인데.

"모든 인간은 아니야. 난… 난 삶이 고통이라는 것을 너무도 잘 안다. 그 고통이 영원히 지속된다면 그보다 끔찍한 일은 없겠지."

"삶이 고통이라… 이해할 수 없군."

—당연하지, 넌 인간이 아니니까.

또다시 침묵이 그들의 공간을 매웠다. 꽉 차 있던 황금 빛이 조금씩 일렁이는 가운데 숨이 막힐 듯한 정적이 흘렀다. 주적자는 긴장을 늦추지 않고 카오리의 반응을 살폈다. 오랜 침묵을 깬 카오리의 말에는 전혀 뜻밖의 내용이 담겨 있었다.

—끝까지 인간의 마음을 잃지 말아라, 설사 사람이 되지 못한다 할지라도.

주적자는 카오리의 말을 두 번 되새기고 나서야 입을 열었다.

"내게 힘을 주겠다는 말이냐?"

—루시퍼의 부활을 막는 것이 급하니까.

"카오리님! 감사합니다!"

발키리아의 합창에 카오리는 콧방귀를 뀌었다.

—흥! 좋아할 것 없다. 저 녀석이 흡혈귀의 본성으로 돌아가면 너희들까지 화를 면치 못할 테니까.

"네!"

협박성의 말인데도 그녀들은 씩씩하게 대답했다. 그만큼 주적자를 믿는다는 뜻이었다.

—어서 녀석에게 힘을 전할 준비를 해라.

카오리의 명령이 떨어지자 발키리아는 주적자의 둘레에 빙 둘러선 후 서로 손을 잡았다. 주적자는 그제야 검을 집어넣었다.

"우리가 주문을 외우면 주 보표님은 정신을 잃을 거예요. 그렇더라도 불안해하지 마세요. 깨어나면 지금과 확연히 달라진 자신의 모습을 발견할 테니까요. 아주 강한 힘을 가진."

코로나의 말이 끝나고 잠시 후 그녀들의 주문이 시작되었다.

"아리마하 보르라, 카잠나스투라 아리알, 크지스트 토르네, 소르하 소르사……."

발키리아의 주문은 수마의 힘을 업은 듯 그의 눈꺼풀을 아래로 끌어당겼다. 애써 저항하지 않았기 때문에 그는 곧 소용돌이치는 어둠의 한가운데로 빠져 들어갔다. 오랜만에 느껴보는 아주 편안한 기분이었다.

*　　*　　*

콰앙!

강력한 부딪침 뒤로 세 마디의 비명이 동시에 울렸다. 아바돈은 아름드리 나무를 다섯 그루나 부러뜨린 후 땅에 뒹굴었고 우코바치는 십 피트 높이의 바위에 깊숙하게 박혔다. 가장 타격을 덜 입은 네비로스도 땅에 반쯤 파묻힌 낭패한 모습이었다.

가까스로 몸을 추스른 그들의 얼굴은 믿을 수 없다는 표정이 역력했다.

"아무리 큐얼라이거를 먹었다지만 이렇게 강해지다니……!"

네비로스의 중얼거림은 프로켈도 느끼고 있는 생각이었다. 큐얼라이거를 먹는 순간 강한 힘이 솟는 것을 느꼈지만 십이호위 중 셋을 단숨에 날릴 정도로 강력하리라고는 예상하지 못했다.

그는 처음으로 단탈리안에게 고마움을 느꼈다. 물론 벼룩의 간만큼 정도였지만.

'단탈리안, 넌 스스로 무덤을 판 것이다. 루시퍼님이 부활하는 그 순간 넌 내 손에 죽는다. 후후후…….'

속으로 득의의 웃음을 흘리는 그를 누군가 불렀다.

"프로켈님!"

고개를 돌리자 빠르게 다가오는 리베살이 보였다.

"무슨 일이냐?"

"단탈리안님이 급히 찾으십니다."

"무슨 일로?"

"당과라는 흡혈귀를 잡았습니다."

"뭐? 그게 정말이냐?"

"단탈리안님의 전갈이니 틀림없을 겁니다."

"단탈리안은 지금 어디 있느냐?"

"칠십이마신전입니다."

프로켈은 리베살의 말이 끝나기도 전에 땅을 박찼다. 당과를 다시 만날 수 있다는 것이 이처럼 가슴을 설레게 할 줄 몰랐다. 그는 자신이 낼 수 있는 최대한의 속도로 날아갔다. 산 여섯 개가 금세 눈 아래를 스쳐 가고 드디어 저 멀리 거대한 떡갈나무가 보였다.

그는 토르틱을 꺼내며 땅에 내려섰다. 문을 열기 위해서 필요하다며 단탈리안이 준 것이었다. 토르틱이 부러질 정도로 나무를 두드리자 문이 열렸다.

프로켈은 어둠 속으로 몸을 날렸다. 빙글빙글 돌아 내려가는 계단이 오늘따라 유난히 길게 느껴졌다. 그는 대전에 내려서자마자 소리를 질렀다.

"단탈리안! 단탈리안!"

메아리가 사라지기도 전에 루시퍼의 방문이 열리며 단탈리안이 모습을 드러냈다.

"빨리 왔군."

"당과는 어디 있느냐?"

단탈리안은 루시퍼의 방 쪽으로 시선을 돌렸다.

"들어가 봐, 널 기다리고 있으니까."

서둘러 방으로 들어가려던 프로켈은 우뚝 걸음을 멈췄다. 갑자기 단탈리안에 대한 의심이 들었기 때문이다. 언제 어떤 흉계를 꾸밀지 알 수 없는 녀석이 바로 단탈리안이었다.

"왜 루시퍼님의 방에 당과를 가둬놓은 거지?"

"무력으로는 절대 열 수 없는 곳이니 안전하잖아."

한번 탈출 경력이 있는 당과이니 수궁이 갔다. 프로켈은 고개만 넣어 방 안을 살폈다. 오른쪽으로 고개를 돌리자 벽에 박힌 사슬에 매인 당과가 보였다. 그녀는 특유의 길고 붉은 머리칼을 늘어뜨린 채 꼼짝도 하지 않았다.

얼굴을 보지 않더라도 당과라는 것을 알 수 있었다. 가슴 밑바닥에서 불덩이 같은 것이 치솟아올랐다.

"당과!"

프로켈은 황급히 방 안으로 뛰어 들어갔다. 그녀의 어깨를 잡은 그는 만질 때만큼이나 빨리 손을 뗐다. 당과에게서 느껴지던 기운과는 확연히 다른 기운이 전달된 것이다. 프로켈은 그녀의 고개를 치켜 올렸다.

정신을 잃은 듯 눈을 감고 있는 그녀는 당과와 똑같이 생겼다. 그러나 풍기는 느낌이 달랐다. 겉모습쯤은 얼마든지 흉내 낼 수 있지만 느낌만은 속일 수 없었다.

그녀는 당과가 아니었다.

"단탈리안! 대체 무슨 짓을 꾸미고……!"

소리를 지르며 돌아서는 그의 눈에 닫혀가는 문이 보였다. 황급히 움직였지만 문은 낮은 소리와 함께 완전히 입을 다물었다.

"단탈리안, 문 열어! 단탈리안!"

아무리 두드려도 문은 꼼짝하지 않았다.

"네가 힘을 쏟을 곳은 따로 있다."

갑자기 들린 단탈리안의 목소리에 프로켈은 몸을 돌렸다. 단탈리안은 당과 바로 앞에 서 있었다.

"이 녀석! 대체 무슨 일을 꾸미는 것이냐?!"

"루시퍼님의 부활에 결정적인 역할을 하게 됐으니 영광으로 생각해야지."

"헛소리하지 말고 바른대로 말해!"

단탈리안의 입가에 비릿한 웃음이 걸렸다.

"잠시 후면 자연히 알게 될 것이다."

"이런 배신자!"

프로켈은 크리스토스워드를 빼서 단탈리안을 향해 휘둘렀다. 면도날처럼 가는 얼음이 허공에 빙판을 만들며 단탈리안의 허리를 쪼갰다. 하지만 단탈리안은 여전히 웃음을 머금고 있었다.

프로켈은 비로소 녀석이 허상이라는 것을 알았다. 거짓 당과만이 허리가 동강나며 얼음으로 부서졌다.

"힘을 아껴라, 네 죽음을 좀 더 의미있게 하고 싶다면. 흐흐흐……."

"단탈리안, 내게 진정 원하는 것이 무엇이냐?"

단탈리안은 말없이 한곳을 보았다. 녀석의 시야가 닿은 그곳에 문이 열렸다. 방 안에 있는 또 다른 방이었다. 잠시 후 어둠보다 짙은 그림자가 드리워졌다.

프로켈은 굵은 침을 삼키고 크리스토스워드를 몸 앞에 세웠다. 방 안의 그림자는 곧 실체를 드러냈다.

"베리알!"

그는 루시퍼의 몸이 되기로 선택받은 베리알이었다. 피를 머금은 듯 온통 붉은 눈과 백 살 먹은 노인처럼 잔뜩 주름 잡힌 얼굴을 하고 있었지만 베리알이 틀림없었다.

"네가 할 일은 저분과 싸우는 것이다."

"뭐야?"

"저분의 몸은 아직 약해. 지금 상황에서 루시퍼님의 영혼이 들어가면 그 강력한 힘을 이기지 못해 폭발하고 만다. 넌 싸움으로 저분을 단련시켜라. 그게 널 강하게 만든 이유니까."

"그런 것이라면 이렇게 강제로 할 필요도 없잖아!"

"싸우다 보면 알게 될 것이… 우욱!"

단탈리안은 말끝으로 신음을 토하며 비틀거렸다. 불안하게 중심을 잡은 단탈리안의 허상이 이리저리 일그러졌다.

"최선을 다해라. 그것만이… 네가 좀 더 오래 살 수 있는 길이니까."

그 말을 끝으로 단탈리안의 허상은 사라졌다.

"단탈리안! 난 지금 네 생각보다 훨씬 강하다! 여기서 내가 베리알을 죽여 버리면 루시퍼님은 부활할 수가 없어!"

그의 외침은 돌아오는 대답 없이 공허하게 흩어졌다.

"젠장!"

욕설을 뱉은 프로켈은 베리알을 보았다. 적의에 찬 붉은 시선을 보내는 베리알은 낮은 으르렁거림을 토해냈다. 마치 한 마리의 야수 같았다. 프로켈은 애써 마음을 가라앉혔다.

"대체 단탈리안은 무슨 생각을 하고 있는 거지?"

처음 베리알과 싸워 질 때의 자신과 지금은 전혀 달랐다. 그것을 모를 단탈리안이 아닌데 이런 일을 꾸민다니 선뜻 이해가 가지 않았다.

그동안 베리알이 강해졌다 하더라도 부활한 루시퍼님이 아니면 그의 상대가 될 리 없었다.

"크어엉!"

포효를 터뜨린 베리알이 땅을 박찼다. 무기도 없이 온몸으로 무작정 덮쳐 왔다. 무모하다고 할 정도의 몸놀림은 예상보다 훨씬 빨랐다. 베리알은 뒤로 물러서며 크리스토스워드를 가볍게 휘둘렀다. 너무 강하면 자칫 베리알이 얼음으로 부서질 수도 있었다.

까르르르—!

허공이 얼음으로 덮이는 소리가 요란하게 울렸다. 비록 약간의 힘만을 사용했다고는 하지만 큐얼라이거를 먹은 그의 공격은 예상보다 훨씬 강했다.

"엇!"

힘을 회수하려 해도 이미 늦어버렸다. 얼음을 담은 기운은 그대로 베리알에게 부딪쳤다.

쩌엉!

하얀 얼음이 사방으로 흩어졌다. 프로켈은 베리알이 산산조각으로 부서졌다는 것을 의심하지 않았다. 이처럼 허무하게 루시퍼의 부활이 막을 내릴 줄은 몰랐다.

투둑! 툭!

자잘한 얼음 알갱이가 발치로 차곡차곡 떨어졌다.

"크르르—!"

들려온 소리에 프로켈은 화들짝 놀라 전면을 보았다. 양팔을 가슴에 교차시킨 베리알이 사나운 표정으로 그를 보고 있었다. 그의 일격을 맨몸으로 받아냈는데도 상처 하나 없이 멀쩡했다.

놀란 표정의 그를 향해 베리알이 덮쳤다. 프로켈은 물러서며 크리스토스워드를 휘둘렀다. 이번에는 전의 공격보다 배는 강했다. 베리알은 이번에도 그의 공격을 피하지 못했다. 격렬한 격탁음과 하얀 먼지 같은 얼음 가루가 가라앉은 그곳에 여전히 같은 모습의 베리알이 자리해 있었다.

그의 공격은 베리알에게 아무 충격도 주지 못한 듯했다.

"대체 어떻게 된 거지? 설사 무쇠라도 얼음 가루로 변할 정도의 공격이었는데."

무작정 돌진해 오던 베리알은 그런 공격으로 프로켈을 쓰러뜨릴 수 없다는 것을 깨달은 듯 움직임을 달리했다. 오른손을 위로 왼손을 아래로 한 후 손바닥을 마주 보게 했다. 이 피트 정도의 사이를 둔 손바닥 사이에서 검은 연기 같은 것이 뭉치기 시작했다.

검은 연기는 서서히 회전하며 하나의 공이 되었다. 베리알은 살기 어린 눈으로 프로켈을 노려보며 양팔을 앞으로 밀었다. 그러자 손바닥 사이에 있던 검은 공이 허공을 갈랐다.

우우우웅—!

엄청난 회전을 일으키는 공은 대기를 자신에게 끌어들이는 듯 요란한 소리를 토해냈다. 검은 공이 미처 닿기도 전에 옷자락이 앞으로 끌려 들어갔다. 프로켈은 위에서 아래로 크리스토스워드를 힘껏 내려쳤다. 얼음 기운은 검은 공을 정확히 반으로 갈랐다.

콰앙!

엄청난 폭음과 함께 검은 조각과 하얀 가루가 사방으로 흩날렸다. 프로켈은 조각들을 쳐내며 주춤주춤 물러섰다. 생각보다 훨씬 큰 반탄력이었다.

흐릿한 시야 사이로 베리알의 모습이 보였다. 상당히 큰 충격을 받은 듯 옷은 모두 얼음 가루로 변했고 전신에 작은 상처가 나 있었다. 그렇다고 결정적인 타격을 받은 것은 아니었다.

"정말 강해졌군. 하지만 아직 내 상대는 아닌데."

프로켈은 갈등할 수밖에 없었다. 설사 전력으로 상대하지 않는다 하더라도 자칫 베리알을 죽일 수도 있기 때문이다. 베리알의 지금 모습으로 보아 싸움을 그만두자고 해도 말을 들을 것 같지 않았다.

그런데 갑자기 베리알이 몸을 돌리더니 원래 나왔던 작은 방으로 들어가 버렸다. 혼자 남은 프로켈은 어리둥절할 수밖에 없었다. 한참 동안 방 안을 둘러보며 싸움의 흔적을 쫓던 프로켈은 버럭 고함을 질렀다.

"단탈리안! 싸움이 끝났으니 문을 열어라!"

잠시 후 단탈리안의 허상이 그의 이 야드 앞에 나타났다.

"아직 싸움은 끝나지 않았다."

"베리알이 물러갔잖아!"

"오늘의 싸움이 끝났을 뿐이야."

"뭐? 그럼 며칠이나 더 싸워야 한단 말이냐?"

"글쎄… 그건 너와 베리알님의 몸에 달렸지."

프로켈은 단탈리안을 지그시 노려보다 물었다.

"너, 날 죽일 생각이냐?"

"죽지 않으려면 베리알님을 죽여라."

어처구니없는 말이었다. 베리알이 죽으면 루시퍼의 부활이 물 건너간다는 것을 누구보다 잘 아는 단탈리안인데 저런 소리를 하다니.

"내가 베리알을 못 죽일 거라고 생각하지는 않겠지?"

"내 생각은 아무 의미가 없어. 중요한 것은 실력이지."

프로켈은 일부러 여유로운 웃음을 지어 보였다.

"좋아, 네가 무슨 생각을 하는지 모르지만 베리알을 죽여주지. 그럼……."

그는 뒤쪽의 문을 가리켰다.

"저 문을 열어라."

"약속하지."

그 말을 끝으로 단탈리안은 사라졌다.

"빌어먹을 자식!"

욕설을 뱉은 프로켈은 벽에 등을 기대고 앉았다. 지금으로써는 베리알이 다시 나오기를 기다리는 수밖에 없었다. 고개를 젖히는데 붉은색을 품은 얼음덩이가 보였다. 가짜 당과가 부서지며 생긴 흔적이었다.

'지금 당과는 어디 있을까?'

제72장

그녀는 소망한다, 그녀에게 금지된 힘을

제72장 그녀는 소망한다, 그녀에게 금지된 힘을

"아직 못 찾았느냐?"

나인현은 숲 여기저기에 붙여놓은 부적을 떼어내며 말했다.

"이 근처에는 없습니다."

당과는 긴 한숨을 쉬었다. 마수나 마족을 쉽게 찾을 수 있을 줄 알았는데 삼 일째 별 소득이 없었다. 그동안 이동한 거리만도 삼백 리 가까이 될 것이다. 그녀는 멀리 나무 사이로 보이는 산을 가리키며 말했다.

"저곳으로 이동해 보자."

그녀들은 잡목들을 헤치며 가파른 산길을 내려갔다. 계곡 사이의 개울을 건너 완만한 산을 올라가는 동안 그녀들은 한마디도 하지 않았다. 모두들 앞으로 겪어야 할 일들이 희망보다는 절망에 가까우리라는 것을 느끼고 있었다.

"이곳에서 다시 찾아보자."

당과의 말에 나인현이 부적을 꺼냈다. 그녀가 앞에 있는 오동나무에 부적을 붙이고 왼쪽으로 삼 장쯤 이동했을 때였다.

우웅—

나인현이 붙인 부적이 떨림과 함께 소리를 토해냈다.

"이곳에 뭔가 있는 모양이네요."

당과를 바짝 뒤따라오던 왕족쌍이 속삭였다. 당과가 눈짓을 하자 나인현이 다른 부적을 꺼냈다.

"천지영광(天之靈光) 지지정광(地之精光), 일월휘광(日月輝光) 원작위광(原作威光), 비부상주(飛符上奏) 급강아방(急降我傍), 오봉(吾奉) 태상노군(太上老君) 급급여율령칙(急急如律令勅) 음굉(噾轟)!"

주문을 외운 나인현은 부적을 허공에 날렸다. 허공을 커다랗게 선회한 부적이 아래로 급강하하더니 땅에 깊숙이 틀어박혔다.

끼이익—

귀에 거슬리는 소리가 울리며 땅에서 뭔가가 솟구쳤다. 악어의 가죽 같은 우둘투둘한 피부를 한 그것은 인간처럼 두 개의 팔과 다리를 가지고 있었다.

땅속에 사는 동물들처럼 눈동자는 회색으로 죽어 있었고 머리는 보통 사람보다 두 배는 컸다. 두 자 넘게 자란 손톱과 발톱은 무척이나 강인해 보였다. 마수는 땅에 내려서더니 다짜고짜 나인현을 향해 덮쳐들었다.

"죽이면 안 돼!"

당과가 말하지 않아도 알고 있을 것이다. 나인현은 어느새 빼 든 부적을 마수에게 날렸다. 주술이 깃든 부적은 잔상이 남을 정도로 빠르게 허공을 가르고 마수의 이마에 적중했다. 화살 맞은 멧돼지 같은 비명을 지른 마수는 땅으로 곤두박질쳤다.

당과는 입만 쩍 벌리고 있는 마수에게 다가갔다. 풍겨오는 기운으로 보아 음의 성질을 가진 녀석 같았다.

“별로 강해 보이지 않는군.”

실망스럽기는 했지만 없는 것보다는 나았다. 그녀는 이름을 알 수 없는 마수의 목덜미를 닦고 허리를 숙였다. 막 마수의 피를 빨려 하는데 사방에서 흙이 튀어 올랐다.

땅에서 솟아난 마수는 어림잡아 열 마리는 되었고 처음 나온 녀석과 같은 종류였다. 나인현과 왕족쌍을 공격하는 마수들을 힐끔 본 당과는 발 아래 녀석의 목에 이빨을 밀어 넣었다. 이 정도 상대라면 그녀들만으로 충분히 제압할 수 있었다.

마수의 피는 생긴 것답지 않게 달콤했다. 피 속에 섞인 기운도 순수한 음기에 가까워 기대보다 흡족한 결과를 얻을 것 같았다.

그녀가 한 마리의 피를 모두 빠는 동안 나인현과 왕족쌍은 나머지 마수들을 제압해 놓은 상태였다. 이미 죽은 녀석을 포함해 열한 마리였다.

“이 산에는 마수나 마족이 제법 사는 것 같습니다.”

나인현이 떨리는 부적을 손에 쥐고 말했다.

“이곳으로 몰려오고 있어요.”

당과는 나인현의 시선이 닿는 곳을 보며 웃음을 지었다.

“좀 강한 녀석이 나타났으면 좋겠군. 내게 도움이 될 수 있는 아주 강한 녀석이.”

*　　*　　*

소소자는 벽에 기댄 화백을 보았다. 그녀는 주적자가 들어간 곳에서 시선을 떼지 않았다. 자리에서 꼼짝도 하지 않았기 때문에 물도 그들이 가져다 줘야 했다. 긴 한숨을 쉬는데 왕족발의 중얼거림이 들렸다.

"벌써 한 달이 다 되어가는데 나올 생각을 않는군."

"한 달이 넘게 걸릴 것이라고 했으니 나오려면 앞으로 더 기다려야 하겠지."

"혹시… 잘못된 것은 아닐까요?"

"뭐가?"

"주 보표는 인간이 아니니……."

소소자가 버럭 소리를 질렀다.

"그런 불길한 소리를 집어쳐! 주적자는 강력한 힘을 얻어 나올 테니 잠자코 기다리기만 해! 알았어?"

"쳇! 말을 못하게 하는군."

소소자는 투덜거리며 멀어지는 왕족발의 뒤통수를 갈기고 싶은 욕망(?)을 애써 참았다.

"소 의원님!"

동굴 안쪽에서 토이틀과 무슨 얘긴가를 나누던 체르샤가 다급한 목소리를 토하며 다가왔다.

"넌 또 뭐야?"

체르샤는 대답없이 손에 든 구슬을 쑥 내밀었다. 당과를 찾을 때 쓰는 구슬이었다.

"왜 그러는……?"

소소자는 물음을 삼켰다. 구슬에 당연히 있어야 할 점이 보이지 않았다. 그는 왕족발을 힐끔 보고 목소리를 낮췄다. 동생 때문에 당장 당과를 찾아가자고 할지도 모르기 때문이다.

"어떻게 된 거냐?"

"그건 저도 모르죠. 점점 희미해지다 어느 순간 사라져 버렸으니까요."

소소자는 이마에 잔뜩 주름을 만들었다.

"갑자기 없어진 것도 아니고 희미해졌단 말이냐?"

"네, 완벽한 흡혈귀의 기운이 차츰 사라지는 것 같더라구요."

그로서는 이해할 수 없는 설명이었다.

"저번처럼 어디에 갇힌 것은 아니고?"

"죽거나 갇히면 단번에 사라지지 점이 점점 옅어지겠어요?"

"몰라서 묻는 건데 나한테 다시 물으면 어떡해!"

답답한 마음에 소리를 지른 소소자는 구슬을 물끄러미 쳐다보며 물었다.

"사라진 위치가 어딘지는 알고 있냐?"

"정확하지는 않지만 대충은 알 수 있어요."

'대체 당과에게 무슨 일이 일어난 거지?'

그녀를 만나보기 전에는 알 수 없는 일이었다.

"흔적이 다시 나타날지도 모르니까 수시로 살펴봐."

지금으로써는 그것이 최선의 방법이었다. 만약 당과가 죽는다면 그와 주적자가 인간으로 돌아올 수 있는 길 중 하나가 없어짐을 의미했다. 물론 주적자에게는 더 큰 충격으로 다가오겠지만.

소소자는 손 안의 돌멩이를 만지작거리다 주적자가 들어간 곳을 보았다. 왕족발에게 화를 내기는 했지만 그의 마음속에도 '뭔가 잘못되지 않았을까?' 하는 불안감이 자리해 있었다.

한숨과 함께 벽에 기대고 앉는 소소자의 귀에 화백의 커다란 목소리가 들렸다.

"주 가가!"

그 부름에 일행의 시선이 모두 한곳으로 모아졌다. 가장 먼저 달려간 화백이 주적자의 품에 얼싸안겼다. 주적자는 그녀의 등을 가볍게 두드려 주었다. 한참 동안 재회의 기쁨을 나눈 화백이 아쉬운 표정으로 주적자에게서 떨어졌다. 그제야 소소자에게도 기회가 왔다.

"무사했구나!"

그는 주적자의 팔을 잡고 흔들었다. 주적자를 보는 왕족발의 얼굴에도 환한 웃음이 떠나지 않았다. 왕족발이 주적자를 보고 반가워하기는 처음이었다.

"다들 아무 일 없는 것 같군."

말을 하는 주적자의 얼굴에도 웃음이 가득했다.

"들어갔던 일은 어떻게 됐냐?"

"잘됐다."

"그럼 프로켈보다 더 강해진 거냐?"

"아마도."

소소자는 만면에 웃음을 짓고 주적자의 어깨를 툭 쳤다.

"그럼 엘릭서를 손에 넣을 수 있겠군."

"그건 자신할 수 없어요."

소소자는 목소리가 들린 쪽으로 고개를 돌렸다. 발키리아가 동굴을 나서는 것이 보였다. 그녀들은 처음 만났을 때처럼 완전한 모습으로 바뀌어 있었다.

"우리의 가장 큰 적은 프로켈이 아니라 루시퍼니까요."

코로나는 말길을 주적자에게 돌렸다.

"힘을 정돈할 시간이 필요하지 않겠어요?"

"가면서 차차 하기로 하죠."

주적자는 대답을 하고 소소자에게 물었다.

"당과는 아직 나타나지 않았나?"

소소자는 잠깐 망설인 후 대답했다.

"아직 흔적이 없다."

주적자의 얼굴에는 실망스러운 기색이 역력했다. 어쩌면 사실대로 말을 하고 당과를 찾는 것이 현명한 선택인지도 모른다. 그녀가 그와 주적자를 인간으로 되돌릴 수 있는 열쇠를 쥐고 있으니까.

하지만 그들에게는 또 하나의 열쇠인 엘릭서가 있었다. 만약 시간을 놓쳐 그 엘릭서로 루시퍼가 부활해 버린다면 낭패가 아닐 수 없었다. 이제 당과는 주적자를 인간으로 만들어줄 수 없으니 엘릭서를 찾는 것이 급선무였다.

시간상 당과는 엘릭서 다음으로 미뤄야 하니 주적자에게 당분간 비밀에 부쳐야 했다. 사실대로 말했다가는 주적자가 당과를 당장 찾아가려 할 테니까.

"이제 그만 출발하지."

제로나가 말을 하고 동굴 입구로 나가자 얼마 지나지 않아 트로이가가 나타났다. 코로나가 그들을 향해 말했다.

"당신들이 트로이가를 타세요."

"그대들은?"

"우린 이제 날아갈 수 있어요."

"당신들도 안에 들어가 능력을 얻은 모양이구려."

소소자의 물음에 코로나가 살풋 웃음을 지었다.

"주 보표님에 비하면 아주 미미한 정도죠."

주적자와 화백이 한 마리의 트로이가를 차지했고 소소자와 체르샤, 왕족발과 토이틀이 두 마리에 나눠 탔다. 그들은 절벽 사이를 빠져나와 북쪽으로 방향을 잡았다.

주적자의 좌측에서 날아가던 왕족발이 큰 소리로 물었다.

"어디로 가는 거죠?"

"엘릭서를 찾으러 가야지!"

왕족발의 얼굴이 딱딱하게 굳었다.

"그럼 지금 마지막 결전을 위해 가는 건가요?"

오른쪽에서 소소자의 외침이 들렸다.

"그럼 놀러 가는 줄 알았냐?"

"이렇게 갑작스럽게 갈 줄은 몰랐죠!"

한참 동안 무슨 생각에 잠겨 있던 왕족발이 다시 물었다.

"위험하겠죠?"

"마당을 산책하는 것보다는 위험하겠지."

"살아 돌아갈 수 있을까요?"

주적자는 희미한 웃을 지으며 대답했다.

"글쎄."

소소자가 버럭 소리를 질렀다.

"너, 무슨 소리를 하려고 그러는 거야?"

왕족발은 우물쭈물하다가 말했다.

"만약 우리가 엘릭서를 찾다가 무슨 일을 당하면 족쌍이는 어떻게 하죠?"

"당과와 함께 있으니 별일은 없을 것이다."

주적자의 말에도 불구하고 왕족발은 불안한 표정을 감추지 못했다.

"당과와 있으니 더 불안하죠."

소소자는 왕족발이 당과에 대해 더 말할까 봐 입을 막으려 했지만 늦어버렸다.

"당과를 먼저 찾으면 안 될까요?"

"야! 와, 왕족발!"

소소자의 외침을 뚫고 주적자가 물었다.

"당과를 어떻게 찾는다는 말이냐?"

"구슬이 있잖아요."

"하지만 당과는 사라졌잖아."

왕족발은 소소자를 힐끔 본 후 말했다.

"다시 나타났어요."

주적자가 갑자기 트로이가를 세웠다. 덕분에 함께 날아가던 일행이 모두 멈춰야 했다.

"왜 그래요?"

앞서 가던 코로나가 되돌아와 물었지만 주적자는 시선도 돌리지 않고 왕족발만 보았다.

"정말 다시 나타났다는 말이냐?"

"네."

주적자의 눈길이 소소자에게 옮겨졌다.

"어떻게 된 거냐?"

소소자는 왕족발을 째려본 후 말했다.

"나타났던 것은 사실이지만 지금은 다시 사라졌다."

"무슨 소리예요? 어제까지만 해도 있었잖아요!"

"넌 아가리 닥치고 있어!"

그는 왕족발에게 고함을 지른 후 체르사에게서 구슬을 넘겨받았다. 그곳에는 오직 주적자를 표시하는 점 하나밖에 찍혀 있지 않았다.

"보다시피 현재로써는 당과의 행방을 알 수 없다. 네가 나오기 얼마 전에 사라져 버렸으니까."

"왜 말하지 않았지?"

"당과의 행방을 알면 네가 엘릭서를 찾으러 가겠냐?"

"지금 급한 것은 당과야."

"아니, 가장 급한 일은 우리가 인간으로 돌아가는 것이다."

지그시 소소자를 노려보던 주적자는 체르사에게 말했다.

"당과가 마지막 사라졌던 지점이 어딘지는 알고 있겠지?"

"정확히는 모르지만 대충은……."

소소자가 체르사의 말을 끊었다.

"주적자, 정말 당과를 찾아갈 거냐?"

"물론이지."

"지금 급한 것은 당과가 아니야! 그건 너도 잘 알잖아!"

"엘릭서나 당과 모두 우리를 인간으로 돌아오게 할 수 있는 길이야. 둘 중 하나를 선택하는 것뿐이야."

"아니, 이제 당과는 널 인간으로 만들어줄 수 없어. 그건 발키리아에게 들어서 이미 알고 있잖아!"

"만나보기 전에는 알 수 없어."

소소자의 언성이 더욱 높아졌다.

"네가 당과에게 가겠다는 것은 우리의 목적이 아닌 네 개인적인 문제잖아!"

주적자는 잠시 소소자를 보다가 고개를 끄덕였다.

"부정하지는 않겠다. 난 지금 그녀가 어떤 상황에 처해 있는지 확인하고 싶다."

소소자는 트로이가를 움직여 주적자에게 더욱 가깝게 다가갔다.

"우리와 당과의 사이를 잊지 말아라. 그녀는 적이지 친구가 아니야. 물론 네 마음은 알겠지만 지금만큼은 냉정하게 현실을 직시해."

주적자의 눈빛이 잘게 떨렸다.

"나도 알고 있다, 무엇이 우선하는지도. 개인 감정이 섞였다는 말도 부인하지는 않겠다. 그럼 넌 어떠냐?"

주적자의 질문을 이해하는 데는 약간의 시간이 걸려야 했다.

"그래, 나도 당과를 싫어하는 감정 때문에 흥분한다는 것을 인정하지. 하지만 개인적인 감정을 모두 배제한다 하더라도 당과보다는 엘릭서를 찾는 것이 먼저다."

주적자는 소소자를 물끄러미 보다가 입을 열었다.

"좋아. 그럼 이렇게 하자. 이곳에서 가까운 위치를 먼저 찾아가기로."

그들 사이로 코로나가 끼어들었다.

"지금 무슨 말씀을 하시는 거죠? 설마 그 흡혈귀를 먼저 찾아가자는 의논을 하는 것은 아니겠죠?"

소소자가 냉소적으로 대답했다.

"왜 아니겠소?"

발키리아의 얼굴이 동시에 싸늘하게 변했다.

“대체 정신이 있는 거예요? 루시퍼가 언제 부활할지 모르는 때에 흡혈귀를 찾아 나서겠다니!”

“이건 우리 문제요.”

“루시퍼는 몇 명의 문제일 수 없어요! 그 마신이 부활하면 세상은 온통 암흑으로 변할 거라구요!”

주적자는 여전히 차가운 목소리로 말했다.

“세상이 어떻게 되든 관심없소. 내게 가장 중요한 것은 나와 내가 좋아하는 사람이오. 그러니 이 문제에 대해서는 관여하지 마시오.”

어이없는 얼굴의 코로나 대신 제로나가 나섰다.

“그럼 루시퍼의 부활을 막지 않겠다는 것이냐?”

“엘릭서를 얻기 위한 것이니 싸우지 않을 도리가 없지. 하지만 싸우는 때는 내가 결정한다.”

소소자가 한마디 거들었다.

“당과를 만나는 것하고.”

주적자는 부인하지 않았다. 소소자도 주적자의 마음을 조금쯤은 이해할 수 있었다. 그도 사랑하는 여인을 두고 왔으니까.

“우리가 네게 힘을 준 것은 사사로운 일에 쓰라는 뜻이 아니었다. 그 힘은 루시퍼의 부활을 막기 위한 최후의 보루야. 그 힘을 오직 개인의 이익을 위해 쓰겠다는 것은 용납할 수 없어.”

“용납하지 않아도 할 수 없지.”

주적자는 싸늘하게 말하고 체르샤를 보았다.

“당과가 사라진 곳이 어디지?”

“주적자!”

제로나의 날카로운 부름에도 주적자는 고개조차 돌리지 않았다.

"정말 이런 식으로 나올 테냐?"

"사라진 곳이 어디냐고 물었잖아."

체르샤는 둘의 눈치를 보며 구슬 한곳을 짚었다.

"여긴데 아마 리버쿤트에 있는 텔레이만 산 근방 같습니다."

주적자의 시선이 토이틀에게 향했다.

"텔레이만 산이 어디인지 알고 있느냐?"

토이틀은 말없이 고개를 끄덕였다.

"프로켈 일당이 있는 곳과 텔레이만 산 중 어디가 가깝냐?"

"물론 텔레이만 산이 가깝죠."

주적자는 토이틀에게 구슬을 던졌다.

"그럼 갈 곳은 정해졌군. 텔레이만 산으로 안내해라."

토이틀은 선뜻 방향을 잡지 못하고 장내의 분위기를 살폈다.

"주적자, 이렇게 세상을 배신할 테냐?"

"세상과 동맹을 맺은 것도 아니니 배신이라고 할 것도 없지."

"세상을 위해 쓰라고 준비된 힘을 얻었으니 너의 이 행동은 배신이야!"

주적자는 냉소를 머금었다.

"그럼 배신이라고 해두지."

"너……!"

잔뜩 분노한 얼굴의 제로나는 할 말을 찾지 못했다. 금방이라도 달려들 것 같은 그녀의 앞을 코로나가 막았다.

"꼭 텔레이만 산으로 가야겠어요?"

"내 결심에는 변함이 없소."

코로나는 긴 한숨을 내쉬었다.

"좋아요. 그럼 이렇게 하죠. 그 흡혈귀를 찾을 시간을 이틀 드리겠어요. 그 안에 찾지 못하면 흡혈귀 찾는 것을 포기하세요."

"코로나!"

그녀는 소리를 지르는 제로나에게 손짓을 했다.

"지금으로써는 이것이 최선의 방법이야. 지금 우리의 유일한 희망은 주 보표님이니까."

씩씩거리던 제로나는 휙 등을 돌려 버렸다. 소소자는 잘못이 없는데도 미안함을 느꼈다.

"제 제안을 받아들이겠어요?"

주적자의 고민은 오래가지 않았다.

"좋소."

짧은 대답 뒤로 화백의 낮은 목소리가 이어졌다.

"주 가가."

주적자는 뒤를 돌아보았다. 화백의 얼굴은 잔뜩 흐린 하늘을 보는 듯했다.

"꼭 당과에게 가야 하겠어요?"

소소자는 화백의 마음을 이해할 수 있었다. 주적자가 당과를 생각하는 마음은 그녀를 아프게 하기에 충분했다. 주적자는 보일 듯 말 듯한 웃음으로 화백을 위로했고, 그것으로 화백은 더 이상 얘기를 꺼내지 않았다.

주적자는 소소자를 보았다.

"어때? 너도 그것에 동의하냐?"

"내 말을 따를 것도 아니잖아?"

주적자는 대답없이 물끄러미 그를 볼 뿐이었다.

"알았으니까 그 징그러운 표정 집어치워."

"그럼 출발하지."

말이 끝나기 무섭게 토이틀이 방향을 잡았다. 소소자가 물었다.

"텔레이만 산은 이곳에서 얼마나 떨어져 있지?"

"이 속도로 간다면 한나절이면 도착할 거예요."

"그럼 텔레이만 산과 프로켈이 있는 곳은?"

"더욱 가깝죠. 반나절도 채 걸리지 않을 거예요."

그나마 거리가 가까워 다행이었다. 그들은 석양을 비스듬히 우측에 두고 날아갔다. 얼마 지나지 않아 세상은 어둠에 잠겼지만 그들은 비행을 멈추지 않았다. 촉박한 시간은 그들에게 휴식마저 빼앗아가 버렸다.

새벽별들의 빛이 차츰 바래고 태양이 얼굴을 드러낼 때 그들은 목적지인 텔레이만 산에 도착할 수 있었다. 산자락을 뺀 둘레는 이십 리가 조금 넘어 보였다. 파란 새벽의 색깔이 우거진 숲을 더욱 음산하게 만들었다.

소소자는 땅에 발을 딛자마자 물었다.

"당과를 어떻게 찾을 생각이냐?"

"하늘과 땅에서 동시에 찾아야지. 나와 넌 당과와 가까이 가면 공명을 할 테니 땅에 남고 나머지는 공중에서 찾기로 하자."

오면서 많은 생각을 한 듯 주적자의 대답은 바로 나왔다.

"전 주 가가와 함께 있을 거예요."

주적자를 떠나지 않으려는 화백의 뜻을 누가 꺾겠는가? 결국 그녀는 주적자와 동행하기로 했다.

왕족발이 트로이가에 올라타며 말했다.

"족쌍이의 행방도 신경 써줘요."

"걱정 말아라, 당과와 당연히 같이 있을 테니까. 자, 빨리 찾아보자."

주적자의 말이 떨어지자 체르사와 토이틀이 트로이가에 올라탔다.

"잊지 마. 기한은 이틀이야."

다짐을 한 제로나가 하늘로 치솟았다.

"조심해요. 유난히 강한 음기가 뻗어 나오는 것으로 보아 마수나 마족이 즐겨 사는 곳일지도 몰라요."

코로나와 트로나는 다시 한 번 조심하라는 말을 남기고 제로나의 뒤를 따랐다. 땅에 발을 디딘 일행은 주적자와 소소자, 화백뿐이었다.

"우리도 슬슬 움직여 보자."

주적자가 먼저 산비탈을 올라갔다. 나뭇잎이 발목까지 쌓인 산은 완만한 경사를 이루고 있었다. 주적자는 그들이 발을 뗀 자리부터 꼼꼼하게 살피며 걸음을 옮겼다. 짐승이 낸 것이 분명한 나무의 상처조차 그냥 지나치지 않았다.

중원제일살수로 이름을 날린 소소자도 추적술에는 일가견이 있었다. 둘 다 흔적을 찾으며 전진했기 때문에 걸음이 느릴 수밖에 없었다. 화백은 주적자 곁에 딱 붙어서 혹시 있을지 모를 위험에 대비했다. 반 시진 정도 주위를 살피며 나아가던 소소자가 말했다.

"이렇게 찾다가는 이틀이 아니라 두 달이 지나도 산 전체를 돌 수 없겠는데."

"그렇다고 건성으로 찾을 수는 없잖아."

소소자는 어둠이 걷혀가는 산 정상으로 시선을 돌렸다.

"우리 감을 믿어보자."

"당과와 우리의 공명 말이냐?"

"그래. 이 큰 산에서 흔적을 찾는다는 것은 너무 무모해. 그것도 이틀 안에 말이야. 그리고 당과가 아직 이 산에 있으란 보장도 없잖아."

주적자의 입가에 씁쓸한 웃음이 걸렸다.

"결국 운에 맡길 수밖에 없군."

"당과를 찾기란 동전을 던져서 옆면으로 설 정도의 확률밖에 없었어. 이렇게 흔적을 찾다가는 이틀 내내 땅만 보다가 떠나야 할지도 모른다."

아마 틀림없이 그럴 것이다. 비록 당과를 찾는 것에 반대하기는 했지만 소소자 자신도 그녀를 만나고 싶은 마음이 간절했다. 자신을 사람으로 돌려놓을 수 있는 존재니까.

"구획을 나눠서 빠르게 돌아보자."

소소자는 주적자의 뒤편을 가리키며 말을 이었다.

"너와 화백은 저쪽으로 가. 난 반대 편으로 돌 테니."

"따로 가자는 말이냐?"

"둘이 같이 다닐 필요가 없잖아."

"하지만 발키리아의 말로는 이곳이 위험하다고 하던데 혼자 괜찮겠냐?"

소소자는 여섯 개의 돌멩이를 집어 들었다.

"내가 중원최고살수라는 것을 잊었냐? 누군가 찾게 되면 휘파람을 불기로 하자."

그는 고개를 끄덕이는 주적자를 뒤로하고 산비탈을 돌아갔다. 신경을 잔뜩 곤두세우고 걸음을 옮기는 그의 뒤로 주적자의 목소리가 들렸다.

"조심해라!"

소소자는 어깨 너머로 손을 흔들어준 후 걸음을 빨리했다. 주위를 살피기는 했지만 애써 이곳저곳을 뒤지지는 않았다. 지금으로써는 최대한 빨리 이 산을 뒤지는 것이 급선무였다. 설사 못 찾는다 하더라도 그것이 아쉬움을 조금이라도 줄이는 방법이었다.

솔직히 이 산에서 당과를 찾을 확률은 희박했다. 이미 떠났을 가능성이 훨씬 크기 때문이다.

'아니면 저번처럼 잡혀 있거나.'

소소자는 문득 하늘을 올려다보았다. 멀리 트로이가가 선회하고 있는 것이 보였다. 저 위에서 당과를 찾는 이들도 그처럼 회의적인 생각을 갖고 있을 것이다. 오직 주적자와 왕족발만이 당과라는 이름에 목을 매고 있었다.

'그래, 이왕이면 찾는 것이 좋겠지.'

소소자는 애써 의욕을 갖고 정신을 집중시켰다. 하지만 그가 발견한 것은 발걸음 소리에 놀란 산짐승이 전부였다. 발키리아가 경고했던 마족이나 마수의 흔적조차 나타나지 않았다.

산을 돌기 시작한 지 한 시진 후 소소자는 주적자와 마주쳤다. 비로소 산 한 바퀴를 완전히 돈 것이다.

"못 찾았나?"

뻔한 질문에 주적자는 고개를 끄덕여 대답했다. 그들은 서로를 격려하듯 상대의 어깨를 툭 친 후 걸음을 옮겼다. 멀어지는 주적자의 발자국 소리가 가슴을 아프게 만들었다. 이틀 후에 느낄 주적자의 절망이 지금 전해지는 것 같았다.

당과를 찾는 것에 별 기대는 하지 않았지만 소소자는 최선을 다했다. 스치듯 찾기는 했지만 미심쩍은 흔적이 보이면 걸음을 멈춰 살피기를 게을리 하지 않았다.

그와 주적자가 다시 만난 시간은 헤어진 지 한 시진이 조금 못 되어서였다. 산봉우리 쪽으로 올라갈수록 둘레가 좁아지기 때문에 당연한 일이었다. 그들은 같은 말을 주고받은 후 같은 몸짓을 하고 찾는 일을 계속했다.

해가 머리꼭대기를 지나 서쪽으로 두 뼘쯤 이동했을 때 소소자는 노루 한 마리를 잡았다. 녀석의 경동맥을 물자 두근거리는 느낌이 이빨을 타고 전해졌다. 언제나처럼 짜릿한 기분을 만끽한 소소자는 피를 다 빤 후 밀려오는 허탈함에 쓴웃음을 지었다.

피를 빨며 희열을 느끼는 자신이 돌이킬 수 없는 흡혈귀로 변해 버린 것 같았다.

"새삼스러운 일도 아니지."

그는 중얼거린 후 잰걸음을 옮겼다. 중간에 개울물로 입가에 묻은 피를 씻는 것 외에는 잠시도 쉬지 않았다. 그렇게 주적자와 세 번의 재회를 하는 동안 날은 어두워졌다. 하늘에서 찾던 일행들도 잠시 내려왔는데 모두 지친 표정이었다.

하지만 누구도 주적자에게 수색을 중단하자는 말을 하지 않았다. 시간이 갈수록 초조해하는 주적자의 표정이 고스란히 드러났기 때문이다.

"앞으로 세 시진 정도면 이 산을 다 뒤질 수 있겠는데?"

"우리는 이미 백 바퀴는 돌았어요."

체르샤의 말에 소소자가 잔뜩 인상을 쓰고 대꾸했다.

"이 근처만 돌지 말고 좀 더 먼 곳으로 가봐."

하늘에서 내려온 일행은 잠시의 휴식을 취하고 다시 올라갔다. 그들 모두 이틀 동안 쉴 생각은 포기했을 것이다.

"포기하지 마."

소소자는 주적자에게 던지듯 말하고 빠르게 걸음을 옮겼다. 오른쪽으로 고개를 돌리자 눈에 띄게 가까워진 산 정상이 보였다. 꼭대기에 걸린 달이 꼬챙이에 꽂힌 호떡 같았다.

그는 고개를 돌리려다 다시 산정을 보았다. 그곳에 무언가 움직이는 것이 있었다. 정체를 확인하기도 전에 사라져 버렸지만 네 발 달린 짐승은 아니었다.

소소자는 주적자를 부르려 했지만 그의 모습은 이미 산모퉁이를 돌아간 듯 보이지 않았다. 하늘에서 수색을 하는 일행들 모습도 눈에 띄지 않은 것으로 보아 다른 곳을 찾고 있는 모양이다.

휘파람을 불어 주적자를 부르려다 혹시 아무것도 아니면 괜한 실망을 줄 것 같아 소소자는 혼자 산정으로 향했다. 꼭대기로 올라갈수록 숲은 빽빽하게 자리해 있었다. 소소자는 산정을 삼십 장 정도 남겨놓은 지점부터 걸음을 늦췄다.

언뜻 본 그것이 마족이나 마수일지도 모르니 조심해야 했다. 소소자는 나무 뒤로 몸을 숨겨가며 천천히 나아갔다. 간간이 스며드는 달빛은 그에게 오래 머물지 못했다.

고양이보다 조용히 움직이던 그는 정상 십 장 정도까지 다가가 바닥에 엎드렸다. 그 상태로 주위를 꼼꼼하게 살폈지만 보이는 것은 나무와 풀뿐이었다.

소소자는 허리를 잔뜩 숙여 다시 일 장을 간 후 멈췄다. '아무것도 아닐지도 모르는데 너무 조심하는 것이 아닌가?' 하는 생각도 들었지만 본능이 자꾸 그에게 경고를 보내고 있었다.

주위를 세세하게 살핀 소소자는 다시 이동을 했다. 정상을 오 장 남겨둔 곳까지 다다랐는데 눈에 띄는 것이 없었다. 어둠을 담요처럼 뒤집어쓴 산정은 개미새끼 한 마리 움직이지 않았다. 흔한 산새 소리조차 나지 않는 고요는 철판처럼 그의 어깨를 짓눌렀다.

나무와 풀 뒤에 숨어 있던 소소자는 다시 걸음을 옮겼다. 막 두 발자국을 옮기는데 우측에서 투둑! 하는 소리가 들렸다. 나뭇잎에 매달려 있던 이슬이 풀에 떨어지는 소리인지 모른다는 생각을 하며 고개를 돌렸다. 시커먼 무언가가 눈앞으로 날아왔다.

"헙!"

소소자는 헛바람을 뱉으며 뒤로 허리를 꺾었다.

팍!

칼날 같은 무언가가 코끝을 스치며 시큰한 아픔을 전해주었다. 소소자는 정체를 알 수 없는 것이 날아온 곳을 보았다. 휘영청 뜬 달을 등에 져서 빛이 얼굴에 닿지는 않았지만 누구인지 똑똑히 알 수 있었다.

"나 소저!"

그에게 다시 공격을 하려고 부적을 쳐든 사람은 틀림없이 나인현이었다.

"나 소저! 왜……?"

나인현은 물음을 던질 시간조차 주지 않고 손에 든 부적을 날렸다.

"젠장!"

소소자는 옆의 나무를 차고 우측으로 몸을 날렸다. 부적이 발바닥을 아슬아슬하게 스치고 지나갔다. 땅에 내려선 소소자는 급히 앞으로 고개를 숙였다. 뒤쪽에서 느껴지는 예기 때문이었다.

사악!

머리칼 잘리는 소리가 목 떨어지는 소리처럼 섬뜩하게 들렸다. 뒤쪽에 또 한 명의 적이 있는 줄 알았는데 아니었다. 처음 날아왔던 부적이 회전해서 돌아온 것이었고 두 번째 것도 그의 어깨를 스치고 나인현의 손 안으로 빨려 들어갔다.

"나 소저! 대체 왜 이러는 것이오?"

나인현은 그를 쏘아보며 냉랭하게 대꾸했다.

"야황님 근처에 오는 녀석들은 모두 죽인다."

소소자는 망치로 뒤통수를 맞은 듯한 기분을 느꼈다. 야황이라면 당과를 지칭하는 것일 텐데 나인현이 왜 그녀를 감싸는지 이해할 수 없었다. 아니, 그전에 나인현은 자신조차 알아보지 못하고 있었다.

'당과가 나 소저에게 무슨 짓을 한 것일까?

나인현은 깊게 생각할 기회를 주지 않았다. 부적을 든 양손을 가슴 앞으로 교차시키는 것으로 보아 금방이라도 공격을 할 것 같았다. 잔뜩 긴장하고 피할 준비를 하는데 날카로운 목소리가 들렸다.

"언니! 멈춰요!"

소소자는 소리가 들린 쪽으로 고개를 돌렸다. 나인현의 삼 장 우측에 왜소한 체구의 인영이 서 있었다. 왕청일의 별장에서 본 적이 있는 왕족쌍이었다. 그녀는 삼 장을 단숨에 날아 소소자와 나인현 사이에 내려섰다.

"비켜! 왜 적을 감싸는 것이냐?"

"그는 적이 아니에요."

"이 근처로 오는 것은 무엇이든 죽여야 한다. 그것이 야황님을 안전하게 보호하는 길이야."

"언니는 기억하지 못하겠지만 저 사람은 야황님의 적이 아니에요."

나인현은 소소자를 힐끔 보고 말했다.

"난 한 번도 저 사람을 본 적이 없는데?"

그녀의 모습으로 보아 술을 먹은 것 같지 않으니 당과에게 무슨 일을 당한 것이 틀림없었다.

'심령을 제압당했을지도 모르겠군. 당과라면 그런 능력 정도는 충분할 테니까.'

"어쨌든 저 사람은 적이 아니라 친구예요. 그러니 이만 공격을 멈추세요."

왕족쌍의 만류에도 불구하고 나인현은 물러설 기미를 보이지 않았다.

"너 외에는 누구도 야황님 근처에 접근하지 못한다!"

"알았어요. 저 사람이 이 이상 다가오지 않으면 되는 거죠?"

나인현은 미간에 굵은 주름을 만들었다. 왕족쌍은 나인현을 진정시키는 손짓을 했다.

"생각하기 괴로울 테니까 그냥 제 말대로 하세요. 저 사람이 더 이상 접근하지 못하게 제가 막을게요. 그러니 공격은 그만두세요."

나인현은 고개를 끄덕이는 것으로 대답을 대신했다. 하지만 여전히 부적을 넣지는 않았다. 여차하면 그대로 날릴 태세였다.

"대체 어떻게 된 거냐?"

소소자의 물음에 왕족쌍이 한숨을 쉬었다.

"설명하려면 길어요. 그런데 왜 혼자 오신 거예요? 주 숙부님은요?"

"근처에서 당과를 찾고 있다. 당과는 어디 있지?"

"우리가 여기 있는 것은 어떻게 아셨어요?"

"그게 중요한 게 아니잖아!"

왕족쌍은 산꼭대기를 가리켰다.

"야황님은 저 위에 있어요."

산정을 보았지만 조금 더 높이 뜬 달만이 덩그러니 놓여 있었다.

"그런데 왜 당과는 안 오는 거지? 무슨 일이 있는 거냐?"

"일이 복잡하게 됐어요."

"복잡하게 되다니?"

"야황님이 이상하게 변해 버렸어요."

"그게 무슨 말이냐? 좀 더 알기 쉽게 설명해 봐."

왕족쌍은 할 얘기를 머리 속에서 정리하는 듯 잠시의 사이를 두고 입을 열었다.

"야황님과 함께 엘릭서를 찾으러 갔었는데, 엘릭서를 가진 적이 너무 강해서 실패했어요. 결국 야황님은 이곳에 사는 마족과 마수의 힘을 얻기로 했죠."

"피를 빨아서?"

"네. 그런데 그게 부작용을 일으켰어요."

"어떤 식으로?"

"외형이 변하기 시작했어요. 이 산에 있는 마족과 마수 세 종류의 피를 빨았는데, 그것들의 성질이 외형으로 나타났다 사라지기를 반복하고 있어요. 아마 지금도 변화를 계속하고 있을 거예요."

소소자는 어이가 없어서 아무 말도 하지 못했다. 당과가 그런 무모한 짓을 하다니…….

"인간도 아니고 마족이나 마수의 피를 흡수하면 그런 부작용이 일어날 수도 있다는 가능성을 생각하지도 못했다는 말이냐?"

왕족쌍은 고개를 저었다.

"전혀 생각하지 않은 건 아니에요. 더 강한 힘을 가지지 않으면 그들에게서 엘릭서를 빼앗을 수 없기 때문에 무리한 선택을 할 수밖에 없었어요."

소소자는 가슴속에서 무언가 울컥 솟아나는 것을 느꼈다. 그토록 오만하고 비정한 당과도 결국 자신처럼 절박함을 가진 존재라는 것, 그것이 알 수 없는 답답함을 이끌어냈다.

"그래서……."

그는 목이 막혀 굵은 침을 삼킨 후 다시 입을 열었다.

"그래서 당과는 괴물로 변해 버린 것이냐?"

"아직 몰라요. 전에 헬 하운드라는 마수의 피를 마셨을 때도 비슷한 경험을 했는데 그때는 정상으로 돌아왔거든요. 물론 이번에는 종류가 더 많지만."

"당과의 기운이 구슬에서 사라진 이유가 이것이었군."

그의 중얼거림 뒤로 왕족쌍의 물음이 따랐다.

"중원에서는 두 분이 오신 건가요?"

"네 바보 같은 오라비도 같이 왔다."

왕족쌍의 얼굴에 놀람이 서렸다.

"족발이가요?"

"그래. 지금쯤 하늘 어디에서 널 찾고 있겠지."

"하늘이라니요?"

"그건 나중에 알게 될 테고 일단 주적자를 불러야겠다. 나 소저를 제압한 후에 당과를 찾아야 하니까."

그가 휘파람을 불기 위해 손가락을 입에 넣을 때였다.

콰앙!

산 위쪽에서 갑자기 무언가 부서지는 소리가 들렸다. 황급히 시선을 돌리는 소소자의 머리 위로 나뭇조각이 후드득 떨어졌다. 거대한 바위가 굴러 떨어지는 듯 나무들이 산산조각으로 부서지고 있었다.

소소자는 덮쳐 오는 것이 무엇인지 확인하기도 전에 왕족쌍을 향해 몸을 날렸다.

"피해!"

그가 왕족쌍의 허리를 낚아채는 순간 시커먼 무언가가 그들을 덮쳤다. 소소자는 왕족쌍과 함께 땅을 굴러 겨우 피할 수 있었다. 서둘러 일어서는데 긴 포효가 울렸다.

"크어어엉—!"

그것은 인간의 밑바닥에 있는 공포까지 끄집어내는 것 같았다.

"저게 뭐야?"

재빨리 일어서던 주적자는 다시 엉덩방아를 찧을 뻔했다. 그들의 앞에 나타난 괴물은 형용하기 힘든 모습을 가지고 있었다. 사람 주먹만큼 크고 동그란 눈은 붉은 물감을 부어놓은 것 같았고 툭 튀어나온 주둥이 사이로 이빨이 튀어나와 있었다.

온몸은 두 자가 넘는 붉은 털로 뒤덮였는데 고슴도치의 그것처럼 빳빳했다. 검고 긴 손톱과 발톱은 날카로운 검을 보는 듯했다. 곰보다 더 큰 덩치의 괴물은 반쯤 일어서서 소소자를 향해 으르렁거림을 토해냈다.

"더 이상하게 변해 버렸군요."

왕족쌍의 중얼거림에 소소자는 화들짝 놀라 물었다.

"호… 혹시 너, 저것이 당과라고 말하는 것이냐?"

"아니면 누구겠어요? 아까는 그나마 이성이라도 있었는데 이제는……."

그녀는 말을 흐리고 두려운 눈으로 당과를 보았다. 이상한 괴물로 변해 버린 당과는 몸을 잔뜩 웅크리고 있더니 한 발자국 앞으로 다가왔다. 힘을 준 것 같지도 않은데 발 밑에 깔린 돌이 가루로 부서져 버렸다. 엄청난 힘이었다.

"크르르—!"

목젖을 잘게 떤 당과는 몸을 더욱 낮게 숙였다. 금방이라도 덮칠 기세였다. 소소자는 바닥에서 네 개의 돌멩이를 주웠다. 그가 막 허리를 펴는데 당과가 땅을 박찼다.

중간을 가로막은 두 그루의 나무를 부수고 오는데도 엄청나게 빠른 속도였다. 소소자는 돌멩이를 날린 후 왕족쌍의 허리를 껴안고 몸을 날렸다. 돌멩이는 당과의 미간에 정확히 틀어박혔지만 어떤 충격도 주지 못했다.

빠른 반응 덕분에 당과의 공격을 피했다고 생각했는데 갑자기 옆구리가 파열되는 고통이 찾아왔다. 소소자는 낮은 비명과 함께 땅으로 곤두박질쳤다.

왕족쌍의 무사함을 확인한 그는 옆구리를 살폈다. 살이 한 뭉텅이 떨어져 나가 피가 콸콸 쏟아지고 있었다. 소소자는 금방이라도 터져 나올 것 같은 내장을 안으로 밀어 넣고 옷으로 상처를 싸맸다.

"젠장, 분명 피했는데 왜 맞은 거지?"

상처의 형태로 보아 손톱에 당한 것 같은데, 팔이 닿을 정도의 거리는 아니었다.

"저쪽으로 피해 있어!"

그는 잔뜩 긴장한 왕족쌍을 밀치고 당과를 보았다. 그녀는 손톱 끝에 묻은 피를 핥은 후 더욱 탐욕스럽게 소소자를 보았다. 붉은 털과 눈 때문에 한 무더기의 불꽃을 보는 듯했다.

그는 눈길을 돌려 주적자가 있을 법한 방향을 보았다. 이 정도 소동이면 소리를 듣고 곧 달려올 것이다.

'주적자가 오면 어떻게든 해결되겠지.'

생각을 하며 당과를 보는데 시커먼 무언가가 날아왔다. 제자리에 있던 당과가 공격한 것이다. 소소자는 황급히 왼쪽으로 몸을 비틀었다. 하지만 너무 빨라 완전히 피할 수는 없었다. 자욱한 피가 얼굴을 따뜻하게 만들었다. 그는 잠시 후에 찾아온 고통을 추스를 사이도 없이 땅을 굴렀다.

어깨를 핥고 지나간 것이 다시 옆머리를 노린 것이다. 머리통을 날려 버릴 뻔한 위기를 넘기고 일어선 소소자는 자신을 공격한 것이 무엇인지 똑똑히 확인할 수 있었다. 그것은 분명 당과의 팔이었다. 그녀의 팔이 늘어나 그를 공격한 것이다.

"아황님……."

어느새 가까이 온 나인현이 당과를 불렀다. 그녀는 당과를 전혀 경계하지 않았다.

"위험해요!"

소소자의 경고와 함께 당과의 팔이 나인현을 향해 휘둘러졌다. 중간에 있는 나무 여섯 그루가 부서진 후 나인현의 머리가 놓여졌다. 늦었다는 것을 알면서도 소소자는 몸을 날렸다.

퍼억!

둔탁한 소리와 함께 회색 파편이 여기저기 흩날렸다. 부서진 것은 다행스럽게도 나인현의 머리가 아닌 바위였다. 본능이 나인현을 살린 것이다. 하지만 두 번이나 그렇게 운이 좋을 리 없었다.

당과가 다시 머리 위로 팔을 들어 올릴 때 소소자는 나인현을 낚아챌 수 있었다. 막 두 번의 도약을 하는데 목으로 나인현의 손이 날아왔다. 너무 가까운 거리였기에 무공을 모르는 나인현의 손길이라도 완전히 피할 수는 없었다.

서걱!

섬뜩한 소리와 함께 피가 치솟았다. 소소자는 나인현을 내동댕이치고 뒤로 훌쩍 물러섰다.

"이게 무슨 짓이오?"

"야황님께 가까이 가지 말라고 말했잖아."

그녀는 표독스럽게 말을 하고 당과를 향해 다가갔다. 죽을 뻔했던 사실을 벌써 잊은 듯 그녀는 여전히 당과에게 무조건적인 충성을 바치고 있었다.

"야황님, 괜찮으세요?"

쉬아아악—!

당과의 팔이 밤 공기를 가르며 늘어났다. 앞에 가로막는 나무가 없었기 때문에 속도가 전보다 훨씬 빨랐다. 소소자도 몸만 움찔했을 뿐 움직이지 못했다. 머리가 터져 하얀 뇌수가 사방으로 흩뿌려지는 모습이 눈앞에 그려졌다.

그런데 갑자기 소소자의 눈앞으로 뭔가가 스쳐 가더니 나인현이 옆으로 쭈욱 밀려났다. 그녀를 스친 당과의 팔은 뒤쪽에 있는 아름드리 나무를 박살 내버렸다.

소소자는 튀어나오는 나무 파편을 쳐내고 나인현을 보았다. 그녀는 어느새 나타난 주적자의 품에 축 늘어져 있었다. 혈도를 짚인 모양이다. 주적자는 나인현을 바위 뒤에 내려놓고 돌아섰다.

"저 괴물은 뭐냐?"

주적자의 물음에 소소자는 잠시 망설이다 대답했다.

"당과다."

제73장

그들만의 싸움

제73장 그들만의 싸움

주적자는 그의 말을 이해하지 못한 것 같았다.

"무슨 소리야? 이곳에도 당과라는 이름의 마수가 있다는 말이냐?"

소소자는 긴 한숨을 쉬었다.

"그게 아니라 저 괴물이 바로 당과가 변한 모습이다."

주적자는 어이없는 얼굴로 당과를 보았다. 아직도 그의 말을 완전히 받아들이지 못한 표정이었다.

"너, 제정신으로 하는 소리냐? 저 괴물이 당과라니?"

"나도 믿기 힘들지만 사실이다."

"헛소리하지 마! 당과가 왜 저런 모습으로 변해?"

주적자의 말에 대한 반론은 왕족쌍에게서 나왔다.

"소 의원님의 말은 사실이에요. 야황님은 마족과 마수의 피를 빨아 저렇게 이상한 모습으로 변해 버렸어요. 이성조차 상실해 버린 괴물로…….”

“아니야! 그럴 리가 없어! 당과가 왜 그런 짓을… 똑똑한 당과가 그런 짓을 할 리가 없잖아!”

왕족쌍은 금방이라도 덮칠 듯한 기세의 당과를 힐끔 보고 말했다.

“힘을 얻기 위한 최선의 방법이었어요. 주 숙부님께서 믿고 싶지 않더라도 어쩔 수 없어요. 저 괴물은… 야황님이에요.”

주적자의 얼굴은 휴지처럼 구겨졌다.

“아니야… 당과가 저렇게 변했다는 것은 말도 안 돼.”

이렇게 중얼거리기는 했지만 주적자의 얼굴로 보아 사실을 받아들이는 것 같았다.

“크와앙—!”

당과가 커다란 포효를 터뜨리며 주적자에게 달려들었다.

“그만둬, 당과!”

주적자의 외침에 당과는 흠칫 놀라며 멈췄다. 어쩌면 그녀의 기억 저편에 각인된 주적자의 강렬한 영상이 효과를 발휘한 것인지도 모른다. 하지만 그런 기대는 이내 당과의 난폭함에 묻혀 버렸다.

잠시 멈췄던 당과는 더 사나운 기세로 달려들었다.

“물러나!”

주적자는 소리를 지르며 양팔을 앞으로 쭉 뻗었다. 그의 양쪽 손에서 황금색의 빛무리가 뻗어 나와 당과의 가슴을 때렸다.

퍼억!

둔탁한 소리와 함께 달려들던 당과가 뒤로 주르륵 밀려났다. 그녀는 네 개의 나무를 부러뜨린 후에야 겨우 멈췄다. 상당히 센 주적자의 공격에도 그녀는 타격을 받지 않은 듯했다.

쿵! 쿵!

양쪽 발을 번갈아 구른 당과는 허리를 낮게 숙였다. 소소자는 주적자와 당과를 번갈아 보았다. 딱딱한 표정의 주적자와 난폭한 괴물이 되어 살기를 뿜어내는 당과.

중원의 황금도에서보다 더 아픈 싸움이었다. 차라리 당과가 그때의 모습 그대로였다면 주적자로서도 훨씬 편하게 상대할 수 있을 텐데.

땅의 흔들림이 가라앉고 바람조차 없는 산속은 순식간에 침묵으로 빠져들었다. 잔뜩 웅크린 당과는 낮은 으르렁거림조차 뱉어내지 않았다.

초조한 표정으로 싸움을 지켜보던 화백이 앞으로 나섰다. 소소자는 싸움에 끼어들려는 그녀를 막았다.

"이번에는 그냥 보고만 있어."

"왜요?"

"이건… 그들만의 싸움이니까."

화백은 한참 동안 복잡한 시선을 주적자와 당과에게 보내더니 이내 한숨과 함께 뒤로 물러섰다.

"어떻게 된 거예요?"

뒤쪽에서 들린 소리에 소소자는 고개를 돌렸다. 어느새 발키리아가 내려와 장내를 주시하고 있었다. 뒤이어 체르샤와 토이들이 내려섰다.

"저게 뭐죠? 저렇게 생긴 마수는 본 적이 없는데."

체르샤가 놀란 얼굴을 하고 물었다. 소소자는 당과와 주적자를 한눈에 두고 말했다.

"당과야."

"네? 저 괴물이 흡혈야황이라구요?"

"그래."

소소자는 자신이 아는 한도에서 간략하게 설명했다. 설명을 들은 제로나는 어두운 얼굴로 당과를 보며 말했다.

"정말 무모한 짓을 했군. 신과 마의 세계에도 엄격한 규칙이 있다는 것을 모른다는 말인가? 상대의 힘을 흡수하려면 적당한 주술과 절차를 거쳐야 하거늘……."

"당과는 이 세계의 존재가 아니니까."

왕족발이 머뭇머뭇 다가오며 물었다.

"족쌍이는 어디 있죠?"

소소자가 대답하기 전에 왕족쌍의 목소리가 들렸다.

"나 여기 있어."

멀찌감치 떨어져 있던 그녀가 나타나자 왕족발이 버럭 소리를 질렀다.

"이 계집애야! 그렇게 떠나면 어떻게 하겠다는 거야! 너 때문에 내가……!"

"아가리 닥치고 있어. 지금 그걸 따질 때가 아니니까."

왕족쌍은 왕족발의 말을 막은 후 소소자에게 물었다.

"아황님을 죽일 건가요?"

"그건 내가 결정할 문제가 아니야."

당과에 대해 얘기할 사람은 주적자뿐이었다. 장내는 어둠과 긴장이 어우러져 더욱 깊은 침묵을 끌어냈다. 모두들 주적자와 당과를 번갈아 가며 쳐다보았다. 이제 싸움은 온전히 둘만의 몫이 되었다.

어느 순간!

달빛을 가르며 당과가 솟구쳤다. 육중한 몸은 깃털처럼 가볍게 떠올라 바람보다 빠르게 주적자를 덮쳤다. 원래 당과가 가지고 있는 능력은 쓰지 않고 오직 육체만을 이용하고 있었다. 하지만 약하다는 생각은 들지 않았다. 아니, 오히려 중원에 있을 때보다 더 위압적으로 느껴졌다.

단지 외형이 괴물처럼 변해서가 아니었다. 주위에 있는 장애물들을 거의 가루로 만들다시피 하며 돌진하는 당과는 그 자체로 엄청난 힘을 느끼게 했다. 흡사 광풍을 몰고 오는 존재 같았다.

주적자는 가슴 앞에서 팔을 교차시켜 원을 그린 후 온몸으로 돌진하는 당과를 향해 밀었다. 부챗살처럼 펴진 황금 빛이 당과의 가슴팍에 작렬했다.

콰앙!

만 근의 화약이 폭발하는 듯한 소리와 함께 자욱한 먼지가 피어 올랐다. 공격을 한 주적자조차 너무 큰 위력에 놀란 듯했다.

"당과!"

주적자가 그녀의 이름을 부르며 앞으로 나가려 할 때였다. 자욱한 먼지가 반으로 갈라지며 당과가 튀어나왔다. 사나운 기세의 그녀는 타격을 전혀 받지 않은 것 같았다.

"크엉!"

순식간에 간격을 좁힌 당과의 손이 주적자의 머리를 향해 떨어졌다. 뒤로 황급히 물러서는 주적자의 코에 피가 솟구쳤다. 맞지 않았는데 단지 바람 때문에 충격을 받은 것이다. 주적자는 다시 달려드는 당과를 향해 양팔을 쭉 뻗었다.

금색과 초록색이 섞인 팔뚝 굵기의 빛이 당과의 왼쪽 어깨를 강타했다. 모래 부대를 친 듯한 소리와 함께 당과가 오른쪽으로 빙글 돌더니 땅에 곤두박질쳤다.

그녀의 몸에 걸린 나무와 바위들이 부서지며 파편을 어지럽게 날렸다. 주적자는 코에 흐르는 피보다 당과가 더 걱정스러운 듯 그녀의 모습만 뚫어지게 쳐다보았다. 다행히 주적자의 걱정은 오래가지 않았다.

당과는 벌떡 일어서서 주적자를 향해 변하지 않는 적의를 뿜어냈다.

"정말 단단하군. 주적자의 저 공격이면 십 인치 철판도 종이처럼 뚫릴 텐데."

제로나의 목소리에는 감탄이 묻어 나왔다. 소소자는 그녀 곁으로 가서 낮은 소리로 물었다.

"어떻게 당과를 막을 방법이 없겠소?"

그녀는 고개를 저었다.

"저런 형태의 마수는 경험해 보지 못해서……."

"당과는 마수가 아니오."

"마수가 아니면 뭔데?"

소소자는 선뜻 대답하지 못했다. 그에게 이제껏 당과는 흡혈야황이었고 다른 것은 생각해 보지 않았다. 요괴나 마귀와는 다른, 당과는 흡혈야황일 뿐이었다.

"어쨌든 마수는 아니오."

같은 말을 되풀이한 소소자는 당과를 보았다. 그녀는 여전히 씩씩거리며 주적자를 보고 있었다. 지금으로써는 주적자가 당과를 죽이지 않고는 싸움이 끝날 것 같지 않았다.

'끝없는 싸움이 되겠군.'

주적자가 당과를 죽일 리가 없기 때문이었다. 많은 세월을 그녀에 대한 증오로 보낸 그도 그녀의 죽음을 원하지 않았다. 그녀가 자신을 인간으로 돌려줄 수 있기 때문은 아니었다. 주적자가, 당과를 그토록 사랑하는 주적자가 가슴 아파하는 모습을 보고 싶지 않은 것이다.

숨을 고른 당과가 다시 공격을 시작했다. 그녀는 마치 지칠 줄 모르는 기계처럼 주적자를 몰아붙였다. 주적자는 계속 공격을 하면서도 물러설 수밖에 없었다.

사방은 순식간에 초토화가 되어버렸다. 당과가 한번 지나간 자리는 풀 한 포기 박혀 있지 못했다. 휘두르는 팔과 다리의 힘이 엄청나서 바람만으로 나무와 바위가 가루처럼 부서질 정도였다.

"죽이려고 해도 쉽게 죽이지 못하겠군."

제로나는 싸우면서 멀어진 둘을 보며 중얼거렸다.

"당과가 그 정도로 강하오?"

"지금 주적자는 힘의 칠십 퍼센트 정도를 쓰고 있는 것 같은데 부상조차 입히지 못하고 있잖아. 흡혈아황은 자신이 피를 빤 마족과 마수의 힘을 거의 흡수하고 있는 것 같아. 지금도 점점 강해지고 있으니까."

확실히 당과는 처음보다 파괴적으로 주적자를 몰아붙이고 있었다. 당과가 더 이상 주적자의 힘에 날아가지 않는 것으로 보아 강해진 건 분명했다.

"당과, 그만둬! 자꾸 이러면 내가 진짜로 상대할 수밖에 없어!"

주적자가 소리를 질렀지만 말을 알아들을 당과가 아니었다. 그녀는 빨리 주적자를 죽이지 못하면 자신이 죽을 것처럼 쉴 새 없이 공격했다. 그들이 거친 곳에는 넓고 깊은 길이 만들어졌다.

"크어엉!"

당과의 야수 같은 울부짖음이 들렸다. 그것은 포효가 아닌 비명이었다. 주적자의 공격에 뒤로 훌훌 날아간 당과는 나무와 바위를 부수며 근 십 장을 밀려난 후에야 겨우 멈췄다. 미동도 하지 않는 모습이 그대로 죽은 것 같았다.

"당과!"

주적자는 황급히 그녀가 쓰러진 곳으로 다가갔다. 얼굴과 어깨 사이에 선 주적자는 무릎을 굽혀 당과의 경동맥으로 손을 가져갔다. 외모가 전혀 다르게 변했는데 주적자에게는 여전히 당과로 보이는 모양이다.

주적자의 손이 털을 헤집을 때 갑자기 당과의 팔이 움직였다. 먹이를 채는 독수리처럼 빠른 그녀의 손은 주적자를 여지없이 가격했다. '퍽!' 하는 둔탁한 소리와 함께 주적자가 비명도 없이 허공을 갈랐다.

당과는 지체없이 내동댕이쳐진 주적자를 향해 쇄도했다. 일어나서 쫓아가는 속도라고는 믿기지 않을 정도로 빨랐다.

"위험해!"

소소자는 소리를 지르며 땅을 박찼지만 당과는 이미 주적자의 지척에 다다라 있었다. 같이 몸을 띄운 화백도 당과를 막지 못했다. 그녀의 날카로운 손톱이 주적자의 목에 틀어박히려 할 때였다.

갑자기 주적자의 몸에서 태양보다 밝은 황금 빛이 치솟았다. 소소자는 눈에 바늘이 들어간 듯한 고통을 느끼며 고개를 돌렸다.

"크아앙!"

당과의 비명이 들리고 잠시 후 눈을 감은 소소자에게 어둠이 찾아왔다. 실눈을 뜨고 고개를 돌리자 옅은 빛이 눈에 들어왔다. 그 신비한 빛은 밧줄처럼 당과를 친친 감고 있었고 그 앞에 주적자가 뺨에서 피를 흘리며 서 있었다.

"황금의 밧줄!"

코로나가 놀람에 찬 음성을 토해냈다.

"황금의 밧줄? 그게 뭐요?"

소소자의 물음에 그녀는 당과에게서 시선을 떼지 않고 대답했다.

"빛의 신 카오리님의 세 가지 힘 중 하나예요. 하지만 주 보표님이 황금의 밧줄을 쓸 능력이 되리라고는 상상조차 하지 못했어요. 인간으로서는 발휘할 수 없는 능력이니까요. 물론 주 보표님은……."

그녀는 말을 멈췄다. 아마 주적자가 흡혈귀라는 말을 하고 싶었을 것이다.

"어쨌든 진정이 된 것 같군."

제로나의 말대로 당과는 황금의 밧줄에 감긴 채 더 이상 움직이지 않았다. 주적자는 쓰러진 당과의 목을 어루만지더니 안도의 한숨을 쉬었다. 다행히 죽지 않은 모양이다.

소소자는 주적자에게로 달려갔다.

"왜 진작 황금의 밧줄인가 하는 것을 쓰지 않은 거냐?"

주적자는 당과를 묶은 밧줄을 가리키며 말했다.

"이게 황금의 밧줄이라는 건가? 엉겁결에 어떤 힘을 쓰기는 했는데 이런 것이 튀어나올 줄은 몰랐군. 어쨌든 다행이야, 당과를 죽이지 않아서."

"그래, 다행이지."

소소자는 당과 앞에 쭈그리고 앉았다.

"그런데 당과를 어떻게 제정신으로 돌려놓지? 이 상태라면 보통의 마수와 전혀 다를 것이 없잖아."

주적자의 얼굴은 금세 침울해졌다. 예전과 같은 것이 하나도 없는 당과는 묘한 슬픔을 안겨주기에 충분했다. 주적자는 뒤로 다가오는 발키리아에게 고개도 돌리지 않고 물었다.

"당과를 제정신으로 돌려놓을 방법이 없겠소?"

잠시의 사이를 두고 코로나가 대답했다.

"지금으로써는 방법이 없어요. 저런 식으로 힘을 늘린 마족이나 마신은 존재하지 않았으니까요."

"결국 스스로 정신이 들기를 기다리는 수밖에 없겠구려."

주적자의 목소리에는 힘이 없었다. 달빛에 반사된 그의 얼굴은 너무도 딱딱해서 석상을 보는 듯했다.

"당과는 예전의 모습으로 돌아올 거다. 그녀가 흡혈야황이라는 것을 잊지 마."

소소자의 확신없는 위로에 주적자는 고개를 끄덕였다.

"그래, 누구보다 강한 당과니까 예전의 자신으로 돌아오겠지."

주적자는 희망 섞인 말을 뱉은 후 당과를 물끄러미 내려다보았다. 그의 가라앉은 눈에는 표현할 수 없는 아픔이 들어 있었다. 이런 모험을 할 수밖에 없었던 당과의 절박함이 가슴에 파고드는 것이리라.

주적자는 한참 동안 그렇게 당과를 보다가 코로나에게 물었다.

"당과는 언제쯤 깨어나는 것이오?"

"사오 프앵쯤 후에 깨어날 거예요. 하지만 저런 상태라면 깨어나도 달라질 것이 없을 것 같군요."

그녀의 말이 맞았다. 난폭한 괴물로 변해 버린 당과는 그들에게 아무 도움도 되지 않았다.

"차라리 이 자리에서 죽이는 것이 그녀에게도 도움이……."

제로나의 말을 주적자가 단호하게 잘랐다.

"안 돼! 이렇게 당과를 죽일 수는 없어!"

"그럼 어떻게 하겠다는 거야? 이대로 놔둘 수도 없잖아. 그렇다고 풀어주면 세상에 해악을 끼칠 뿐이야."

주적자는 그녀의 말에 아무 대꾸도 하지 못했다. 그저 '당과를 죽일 수는 없어' 라는 어린애 칭얼거림 같은 말만 되풀이할 뿐이었다.

"당과가 널 인간으로 만들어줄 수 있어서 죽이지 못하겠다는 거야? 설마 지금 상태로 그것을 바라는 것은 아니겠지?"

"……."

"결국 네 감정 때문이라는 건데……."

그녀는 고개를 저으며 말을 이었다.

"지금 상태라면 그녀의 삶은 죽음만 못할 거야. 잘 생각해 봐."

냉혹한 주문이었지만 제로나가 상황을 적절히 판단한 것인지도 모른다. 저 상태의 당과라면 살아가는 의미가 없었다. 이성을 잃고 괴물로 변한 당과가 할 수 있는 일이 생명을 빼앗는 것 외에 뭐가 있겠는가? 그녀가 잠깐이라도 이성을 차린다면 죽여주기를 바랄 것이다.

주적자는 입을 반쯤 벌리고 있는 당과를 내려다보다가 입가에 흐른 침을 소매로 닦아주었다. 애써 증오만을 키워온 주적자였는데, 당과의 저런 모습은 숨겨둔 사랑을 끄집어내게 만들었다.

'처음부터 저랬어야 했는지도 모르지. 사랑하는 이와 함께라면 영원한 생명도 꼭 나쁜 것만은 아닐지도…….'

소소자는 불현듯 호미령에 대한 그리움이 치솟았다.

'잘 살고 있겠지?'

그렇게 믿는 수밖에 없었다. 그가 사람으로 되돌아간다면 모르지만 그러기 전에는 호미령을 만날 수가 없을 테니까.

"깨어나나 봐요!"

왕족발의 외침에 소소자는 화들짝 놀라 당과를 보았다. 당과의 눈꺼풀이 바르르 떨리더니 천천히 열렸다. 소소자는 반쯤 떠진 그녀의 눈을 보고 '혹시' 하는 마음을 가졌다. 피를 머금은 듯 붉던 눈이 흑백의 뚜렷한 대조를 보였기 때문이다. 그들은 말없이 깨어난 당과를 주목했다.

바로 정신을 차리지 못하고 몇 번 눈을 깜빡이던 당과는 흠칫 몸을 떨더니 주적자를 보았다.

"주적자, 네가 왜 여기 있는 거지?"

소소자는 안도의 한숨을 쉬었다. 외양은 전처럼 되지 않았지만 정신만은 돌아온 모양이다.

"다행이군."

중얼거리는 주적자도 안심을 한 모양이다. 당과는 일어서려고 몸을 뒤척이다 뒤늦게 결박당한 것을 알아챘다. 자신의 몸이 이상한 괴물로 변한 것도.

"뭐야? 이게 어떻게 된 거지? 내 모습이… 내 모습이 왜 이렇게 됐어?"

점점 흥분하는 그녀의 어깨를 주적자가 눌렀다.

"진정해."

"말해 줘. 왜 내가 이렇게 됐지?"

누구도 쉽게 대답하지 못했다. 금방이라도 발작할 것 같던 당과의 얼굴이 묘하게 일그러졌다.

"혹시… 내가 마수와 마족의 피를 빨아서……."

잔뜩 들렸던 당과의 뒤통수가 땅으로 떨어졌다.

"그렇군. 내가 스스로 무덤을 팠군."

그녀의 입가가 뒤틀렸다. 아마 자신을 향한 조소일 것이다.

"난 단지 힘을 얻고 싶었을 뿐이데 이렇게 변해 버리다니……."

주적자는 당과의 어깨를 다독였다.

"걱정 마, 제 모습으로 돌아갈 테니까."

"어떻게? 네가 날 원래대로 되돌려줄 거야?"

주적자는 빈말로라도 약속하지 못했다.

"결국 이렇게 되었군. 인간이 되려 했는데 이상한 괴물로 변해 버렸어."

그녀는 체념한 듯 눈을 감았다. 주적자는 한숨을 쉬며 손을 내밀었다. 그러자 당과를 감고 있던 황금의 밧줄이 서서히 그의 손으로 흡수되었다.

결박이 풀렸는데도 당과는 전신의 털만 부들부들 떨고 있을 뿐 움직이지 않았다.

"당과……."

주적자의 부름에 그녀는 신음 같은 목소리를 토해냈다.

"가."

"……."

"난 죽었다고 생각해. 당과… 아니, 흡혈야황은 죽었어."

"넌 아직 여기 살아 있어."

갑자기 당과가 벌떡 일어섰다.

"이건 내가 아니야! 그러니 제발 가버려! 이런 나와 같이 있어서 뭘 어쩌겠다는 거야! 널 인간으로 만들어주길 기대하는 거야? 불행하게도 이젠 그 능력도 없어졌어! 난 그냥 괴물일 뿐이야! 추악한 괴물!"

몸을 돌리려는 당과의 팔을 주적자가 잡았다.

"이대로 인간이 되기를 포기할 거냐?"

'인간'이란 말에 당과의 몸이 움찔 떨렸다.

"네가 육백 년이나 바라던 일을 이처럼 쉽게 포기할 거냐구."

"하지만 난 이미……."

"네가 여기 온 이유를 잊었나? 아직 엘릭서가 남아 있잖아."

그녀는 자신의 몸을 내려다보았다.

"하지만 난 이미 이렇게 엉망으로 변해 버렸는걸. 이걸 돌이킬 수 있을까?"

주적자는 자신보다 한 자는 더 큰 당과의 어깨에 손을 올려놓았다.

"약속은 할 수 없다, 최선을 다할 뿐."

주적자를 내려다보던 당과의 눈이 반짝이더니 이내 물이 주르륵 흘러내렸다.

"괜찮아. 잘될 거야."

위로의 말에 당과는 털썩 무릎을 꿇었다. 어깨를 들썩이는 그녀의 모습이 코끝을 찡하게 만들었다. 주적자는 그런 당과의 얼굴을 가슴에 안았다. 털까지 수북하게 나서 거대하게 보이는 당과가 작은 아이처럼 느껴졌다.

비로소 당과가 일행이 되는 순간이었다. 비록 그녀를 증오하던 소소자였지만 달리 반감은 들지 않았다. 아름다운 외모와 자신을 잃어버린 당과를 미워하기에는 그의 마음이 너무 여렸다.

코로나가 커다란 소리로 주의를 환기시켰다.

"이제 당과도 찾았으니 빨리 떠나죠!"

"떠나기 전에 한 가지 알아볼 것이 있소."

주적자는 한쪽에 숨겨두었던 나인현을 안고 왔다.

"당과, 나 소저를 제정신으로 돌려놓을 수 있나?"

그녀는 고개를 저었다.

"내 능력은 모두 사라져 버렸어."

"시도해 보지도 않고 어떻게 알 수 있지?"

당과는 자신의 아랫배를 어루만지며 말했다.

"언제나 이곳에 힘을 느낄 수 있었어. 하지만 지금은 모두 어디론가 사라져 버렸지. 지금 내게 남은 것은 주체할 수 없는 육체의 힘뿐이야."

주적자는 난감한 표정을 지었다.

"그럼 나 소저는 이대로 동행을 해야 하는 건가?"

"어쩔 수 없잖아. 나중에 당과가 제 능력을 찾아서 되돌려놓는 수밖에."

소소자는 말을 하고 큰 소리로 손뼉을 쳤다.

"이제 가자구! 어서 엘릭서를 찾아서 각자 바라는 것을 이뤄야지!"

*　　　*　　　*

쩌엉!

크리스토스워드를 휘두른 프로켈은 오히려 뒤로 물러섰다. 검을 놓치지 않기 위해 안간힘을 써야 할 정도의 반탄력은 아득한 절망감을 가져다 주었다.

정면으로 가슴을 가격당한 베리알은 무표정한 얼굴로 다가오고 있었다.

"이제는… 상처도 나지 않는군."

숨찬 소리를 뱉어낸 프로켈은 문득 손을 내려다보았다. 탱탱하던 그의 피부는 어느새 늙은이의 그것 같은 주름이 잡혀 있었다. 소맷자락이 떨어져 나간 팔은 파란 힘줄이 툭툭 불거져서 뼈에 가죽만 씌워놓은 모습이었다.

"이게 뭐야?"

그는 자신의 얼굴을 더듬었다. 손끝에 걸린 움푹한 느낌이 소름을 돋게 만들었다. 거울을 보지 않아도 얼굴 전체가 주름으로 덮였다는 것을 알 수 있었다. 베리알과 싸우는 며칠 동안 늙은이로 변해 버린 것이다.

"이럴 리가 없어. 나는 늙지 않는 마신이야."

불신 섞인 중얼거림을 내뱉은 프로켈은 다가오는 베리알을 향해 크리스토스워드를 휘둘렀다. 하얀 얼음 기운이 부챗살처럼 퍼져 베리알을 강타했다. 하지만 그의 공격은 베리알을 물러서게조차 하지 못했다.

베리알이 강해진 때문만은 아니었다. 베리알과 싸우는 동안 그가 턱없이 약해진 것이다. 극히 미미한 양의 힘이 계속 빠져나간 탓에 미처 느끼지 못했는데 이제는 확연히 알 수 있었다. 인간의 늙은이처럼 변해 버린 것이 그 증거였다.

"단탈리안이 날 강하게 만들어 베리알과 싸우게 만든 이유를 이제야 알겠군."

단순히 싸움으로 베리알을 단련시키기 위해서가 아니었다. 한 번씩 부딪칠 때마다 그의 힘이 베리알에게 서서히 넘어가게 만든 것이다.

"교활한 놈! 단탈리안! 어디 있느냐, 단탈리안!"

공허하게 울리는 그의 목소리에 대한 대답은 베리알의 공격으로 돌아왔다. 처음에는 육탄으로만 공격하던 베리알이었는데 이제는 감당할 수 없을 정도의 마법까지 펼쳤다. 쭉 뻗은 그의 양손에서는 검은 기운이 일직선으로 뻗어 나왔다.

크리스토스워드를 휘둘러 대항해 봤지만 역부족이었다. 뼛속까지 아리게 하는 충격과 함께 몸이 뒤로 날아갔다. 회색의 벽이 앞으로 쭈욱 밀리더니 등에 부서질 것 같은 고통이 찾아왔다. 예전 같으면 바늘에 찔린 정도의 아픔조차 느끼지 않았을 것이다.

"젠장!"

그는 욕설을 뱉으며 힘겹게 일어섰다. 다리가 후들거려 중심을 잡기조차 힘들었다. 그를 초죽음까지 몰아붙인 베리알은 여전히 천천히 그를 압박했다. 서두르지 않는 그의 얼굴은 석고를 씌워놓은 것처럼 표정이 없었다.

살기조차 풍기지 않아 더 위압적으로 느껴졌다. 프로켈은 벽에 딱 붙어서 다가오는 베리알을 보고만 있었다. 도망갈 곳도 싸울 의지도 상실한 상태에서 그가 할 수 있는 행동은 아무것도 없었다. 그를 이곳에 집어넣은 단탈리안을 향해 구원의 외침을 터뜨리는 것밖에는.

"단탈리안! 날 이대로 죽일 셈이냐! 단탈리안! 제발 날 살려줘! 난 이렇게 죽을 수 없어! 차라리 날 이전처럼 가둬라!"

그가 아무리 애걸을 해도 단탈리안은 나타날 기미를 보이지 않았다.

"단탈리안! 베리알은 아직 루시퍼님의 몸이 될 준비가 안 됐다! 당과나 주적자라는 놈이 찾아오면 막아줄 마신이 필요하잖아! 그런데도 날 죽게 내버려 둘 생각이냐?"

그래도 대답이 없자 그는 다시 소리쳤다.

"난 거의 모든 힘을 베리알에게 줬다! 더 이상 내 힘을 흡수해 봤자 별 도움도 되지 않을 거야!"

외침의 메아리가 사라지고 난 사이로 베리알의 발자국 소리가 들렸다. 눈으로 보는 것보다 다가오는 소리가 더욱 그의 가슴을 조였다. 프로켈은 주춤주춤 옆 걸음을 치며 베리알에게서 조금이라도 더 멀어지려 애썼다.

초라한 모습이었지만 조금이라도 삶을 연장하려는 몸짓은 그런 것을 잊게 만들었다.

"단탈리안! 네가 시키는 것은 무엇이든 할 테니 제발 이 방을 나가게 해줘!"

"정말이냐?"

기대하지 않았던 단탈리안의 대답에 프로켈은 우뚝 걸음을 멈췄다. 그는 단탈리안이 다시 가버릴까 봐 서둘러 말했다.

"정말이다! 시키는 대로 할 테니 제발……!"

"조금 무리한 요구를 해도 받아들일 수 있겠군."

이 상황보다 더 나쁜 것이 어디 있겠는가?

"무, 물론이다! 네 시종이 되라고 해도 될 수 있다!"

'내 힘이 돌아올 때까지만' 이라는 생각이 뇌리를 스쳤다. 잠시의 사이를 두고 단탈리안의 목소리가 들렸다.

"그럼 페이드 카우리츠 주술도 받을 수 있겠군."

"페, 페이드 카우리츠라구? 너, 설마 그 주술을 알고 있다는 말이냐?"

"모른다면 이런 얘기조차 꺼내지 않겠지."

"안 돼! 페이드 카우리츠만은 절대 용납할 수 없어!"

"그럼 할 수 없군, 그냥 거기서 베리알님의 손에 죽는 수밖에."

점차 멀어지는 단탈리안의 발자국 소리가 들리는 듯했다. 그는 서둘러 입을 열었다.

"잠깐!"

"왜? 생각이 바뀌었느냐?"

"다, 단탈리안, 정말 나에게 페이드 카우리츠 주술을 걸 생각이냐?"

"물어보나마나 한 질문을 하는구나."

"하지만 페이드 카우리츠는 신뿐 아니라 마신들 세계에서도 금지된 주술이다. 그것을 잊지는 않았겠지?"

"루시퍼님이 부활할 수만 있다면 난 무슨 짓이든 할 수 있다."

'그래, 그렇겠지.'

프로켈은 아득한 절망감을 느꼈다. 단탈리안의 요구를 들어주지 않으면 여기서 죽을 수밖에 없었다.

'페이드 카우리츠 주술을 받을 수는 없어!'

그렇게 생각을 했지만 마음이 움직이는 것만은 막을 수 없었다.

"빨리 결정해라."

프로켈은 힘없이 고개를 떨궜다.

"좋아, 네 요구대로 하겠다."

단탈리안의 목소리는 그의 허락이 떨어지고 나서도 한참 후에야 들렸다.

"정말이냐?"

"그래! 그러니 빨리 베리알이나 물러나게 해!"

베리알은 그의 사 피트 앞에 다가와 서서히 손을 들어 올리고 있었다. 저 손에서 검은 기운이 뿜어져 나오면 그의 목숨은 끝장이었다. 쭉 펴진 베리알의 손가락이 서서히 오무려졌다. 저 손가락이 퉁겨지면 검은 기운이 쏟아질 것이다.

"단탈리안!"

그의 외침에 놀란 듯 베리알이 움찔 떨었다. 베리알은 편 팔을 안으로 오므리더니 품에서 종이 한 장과 작은 상자를 꺼냈다.

"그것이 페이드 카우리츠 주술을 펼칠 수 있는 주문과 약이다."

"빌어먹을 자식! 처음부터 이럴 속셈으로 몰아붙였구나!"

"후후후, 너같이 힘만 센 바보를 다루는 방법은 간단하거든."

프로켈은 분노로 말조차 꺼내지 못했다. 지금 당장 단탈리안의 요구를 거절하고 싶었지만 그의 인내는 자신이 생각하기에도 놀라웠다.

'그래, 일단 살아나야만 기회를 잡을 수 있어.'

하지만 페이드 카우리츠 주술을 받으면 산목숨이 아니었다. 육신만 움직일 뿐 정신은 소멸되는 것이다. 신이나 마신이 가지고 있는 정신의 힘을 육체로 끌어 모아 엄청난 힘을 가진 꼭두각시 인형을 만드는 주술이 페이드 카우리츠였다.

페이드 카우리츠 주술이 제대로 펼쳐지면 그는 영원히 단탈리안의 노예가 될 수밖에 없었다. 그에게 유일한 희망은 페이드 카우리츠가 불완전해서 제대로 펼쳐지지 않는 것이었다.

신과 마신의 세계에서조차 금지된 주술, 페이드 카우리츠는 오래전에 없어졌다고 들었다. 단탈리안이 어떻게 찾아냈는지는 모르지만 불완전할 가능성도 있었다. 그런 것을 생각하지 않았다면 이런 바보 같은 제의를 승낙할 프로켈이 아니었다.

"빨리 받아라."

프로켈은 베리알의 손에서 종이와 상자를 건네받았다. 방심하는 사이 공격할까 생각도 해봤지만 지금 상태로 베리알을 이기는 것은 불가능했다. 반으로 접어진 종이를 펴자 빽빽하게 들어찬, 뜻을 알 수 없는 주문을 볼 수 있었다.

"상자의 약을 먹고 주문을 외워라."

상자를 여는 프로켈의 손이 잘게 떨렸다. 안에는 손톱 크기의 검은색 알약이 들어 있었다.

"어서 해라."

단탈리안의 재촉에 프로켈은 알약을 집어 들었다. 손끝을 바늘로 찌르는 듯한 느낌이 전해졌다. 막상 페이드 카우리츠 주술을 받으려고 하니 소름이 뒤쪽 목을 타고 전신으로 퍼졌다.

"겁나나?"

프로켈은 알약에서 시선을 떼지 않고 물었다.

"페이드 카우리츠 주술은 정말 완벽한 거냐?"

"후후후, 네가 기대하는 일이 일어날지도 모르니 시험해 보아라."

언제나처럼 단탈리안은 그의 속마음을 꿰뚫어 보고 있었다. 프로켈은 아랫입술을 지그시 깨물고 손을 입으로 가져갔다. 알약이 점점 가까워지는 것이 입술에 느껴졌다.

'어차피 던져진 돌이다.'

그는 재빨리 약을 입 안에 털어 넣었다. 처음 피부를 따갑게 하던 느낌과는 달리 시원한 박하 향이 입 안에 퍼졌다. 알약을 삼키려 했는데 어느새 녹아서 식도를 타고 넘어가 버렸다.

"빨리 주문을 외워라."

단탈리안의 재촉에 프로켈은 종이에 써진 글자를 읽었다.

"알브래라 타르노, 사르타 포케노논, 케르고 케르샤 알타파라 쿠르브……."

주문은 종이의 한 면을 꽉 채울 정도로 길었다. 그가 외우는 주문 위로 단탈리안의 주문이 겹쳐졌다. 두 개의 주문은 묘한 리듬을 타고 일정하게 허공을 채웠다.

종이에 쓰여진 주문을 반쯤 외웠을까? 프로켈은 몸이 점점 공중으로 뜨는 듯한 기분을 느꼈다. 이처럼 자신의 의지가 아닌 공중 부양은 기분이 좋을 법한데 땀구멍마다 고리를 걸어 잡아당기는 것처럼 이상하게 느껴졌다. 그렇다고 고통스러운 것도 아니어서 기분이 묘했다.

잠시 후 프로켈은 실제로 떠오르는 자신을 발견할 수 있었다. 바닥이 점점 멀어지고 있는 것이다. 그런데 멀어지는 것은 바닥만이 아니었다. 바닥을 딛고 있는 그의 발과의 사이도 벌어지고 있었다.

이어서 무릎과 허리, 가슴이 점차 눈에 들어왔다. 그는 비로소 정신이 육체를 이탈하고 있다는 것을 알았다.

'안 돼! 날 내버려 둬!'

그의 생각은 말이 되어 나오지 못했다. 프로켈은 이윽고 뭔가 주문을 외우고 있는 자신을 온전히 내려다보았다. 정신이 육체를 완전히 이탈한 것이다. 다시 들어가려 아무리 발버둥 쳐도 뜻대로 되지 않았다.

'결국 페이드 카우리츠의 제물이 되는 것인가?

프로켈은 완전한 절망을 느끼며 위를 보았다. 시커먼 천장이 눈앞에 다가오더니 그 안으로 쑥 빨려 들어갔다. 그러자 세상이 갑자기 하얗게 탈색되었다. 세상 색깔 그대로 그의 머리도 점점 비어갔다. 이제 그의 영혼은 바람의 정령조차 되지 못하고 완전히 소멸할 것이다.

더없이 강해질 육체만 세상에 남긴 채…….

제74장

푸트 사타나치아의 습격

제74장 푸트 사타나치아의 습격

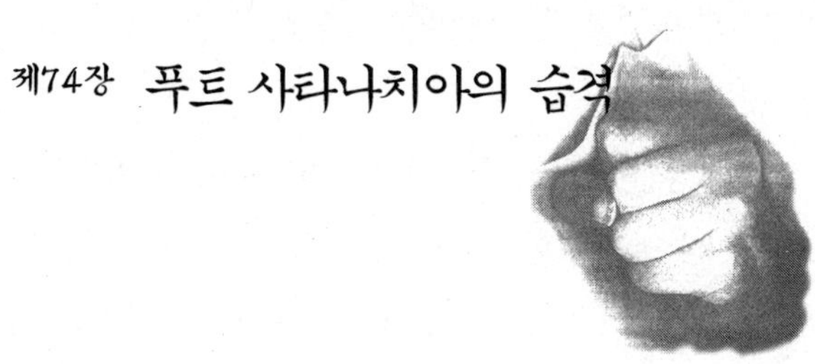

"크윽!"

단탈리안은 신음을 터뜨리며 작은 방의 문을 열었다. 금방이라도 팔다리가 멈춰 먼지로 변해 버릴 것 같았다. 그는 기다시피 베리알에게 다가갔다.

"어서 이쪽으로……."

단탈리안의 부족한 정신력 탓에 베리알은 꼼짝도 하지 않았다. 허위허위 베리알에게 다가간 단탈리안은 허리를 붙잡고 겨우 몸을 일으켰다.

툭!

손가락만한 살점이 바닥에 힘없이 떨어졌다. 조금만 더 지나면 몸이 붕괴될 것이다. 단탈리안은 있는 힘껏 몸을 끌어 올려 베리알의 가슴에 자신의 가슴을 댔다.

"우루카 우루카, 샤리라사 파르타, 첼리니 첼리샤 카라카오 텔리온……."

자꾸 정신이 흐려져서 주문을 외우기조차 힘들었다. 한참 주문을 외우자 가슴에 따뜻한 기운이 전해졌다. 베리알 가슴에 잠시 넣어두었던 엘릭서가 다시 자신의 가슴으로 넘어오는 느낌이었다.

힘이 빠졌던 육체가 차츰 정상을 되찾았다. 완전히 엘릭서를 차지한 단탈리안은 긴 한숨과 함께 베리알에게서 떨어졌다. 조금 남은 엘릭서의 기운으로 버틴다는 것은 커다란 모험이었지만, 베리알이 프로켈의 힘을 온전히 받기 위해서는 어쩔 수 없었다.

"다행히 그것도 오늘로써 끝난 거지."

그는 입가에 기분 좋은 웃음을 머금었다. 영혼도 없이 쭈글쭈글 늙어버린 프로켈의 모습이 그를 기쁘게 했다.

"그토록 잘난 척하더니 꼴 좋구나, 프로켈."

마치 듣고 있는 것처럼 말을 한 단탈리안은 지하 대전으로 통하는 문을 열었다. 오래전부터 기다린 듯 리베살이 그곳에 서 있었다.

"무슨 일이냐?"

"주적자와 발키리아의 위치를 알아냈습니다."

"그래? 녀석들이 스스로 모습을 드러낸 것이냐?"

"지금 이곳으로 오고 있는 중입니다."

"엘릭서가 어지간히 탐나는 모양이군, 스스로 무덤으로 들어오다니. 주적자와 발키리아뿐이냐?"

"인간 몇과 알 수 없는 마수도 하나 있다고 합니다."

"알 수 없는 마수? 바람의 정령조차 모르는 마수란 말이냐?"

"처음 보는 종류라고 합니다."

단탈리안은 그 마수라는 존재가 상당히 신경 쓰였다. 루시퍼의 부활이 다가오고 있으니 변수는 없을수록 좋았다. 그는 프로켈을 힐끔 돌아보았다.

"그리 걱정할 것 없겠지, 내게는 최강의 인형이 있으니까."

그는 중얼거린 후 물었다.

"당과라는 흡혈귀는 찾았느냐?"

"어디 갔는지 전혀 알 수가 없습니다."

"바람의 정령도 찾지 못한다는 말이냐?"

"그렇습니다. 마치 이 세상에서 사라져 버린 것 같습니다."

단탈리안은 기분이 나빴지만 곧 잊어버렸다. 어차피 당과 따위는 신경 쓸 가치도 없었다. 엘릭서를 노렸다는 사실만 잊어버린다면 무시해도 좋을 존재였다.

"그들은 어디쯤 왔느냐?"

"반나절쯤 후면 도착할 것입니다."

그는 프로켈을 보았다. 정신의 힘을 육체에 완전히 불어넣으려면 하루 정도의 시간이 필요했다.

"앞으로 하루만 녀석들을 막아라."

"저희들만으로도 충분히 녀석들을 없앨 수 있습니다."

십이호위면 차고 넘치는 전력이었지만 조심해서 나쁠 것은 없었다.

"그래도 신중을 기해라."

"알겠습니다."

리베살은 짧게 고개를 숙이고 대전을 가로질렀다. 단탈리안은 리베살의 모습이 사라지자 뻣뻣하게 서 있는 프로켈을 안았다.

"따라오시지요."

그가 걸음을 옮기자 베리알은 말 잘 듣는 아이처럼 졸졸 따라왔다.

"이틀 후에 루시퍼님이 부활하시면 세상은 내 것이나 마찬가지다. 하하하하……!"

그의 웃음은 오랫동안 지하를 맴돌았다.

*　　　*　　　*

"우리들은 남으라구요?"

"그래, 너희 남매와 체르샤, 토이틀은 같이 올 필요 없다."

"왜요?"

왕족쌍의 반문에 대한 대답은 소소자에게서 나왔다.

"같이 가도 아무 도움이 되지 않을 테니까. 그리고 엘릭서를 얻는다 해도 너희들은 쓸 일도 없잖아."

왕족발을 뺀 셋이 이구동성으로 소리쳤다.

"그렇지 않아요!"

"너희들이 그곳에서 볼일이 있다는 말이냐?"

토이틀은 자신과 체르샤를 가리키며 말했다.

"우린 엘릭서를 꼭 봐야 합니다. 그것이 무엇인지, 어떻게 생겼는지, 전설로 전해지는 것 같은 효능이 있는지 확인해야죠. 엘릭서는 우리의 평생 꿈입니다."

주적자가 뭐라고 말하기도 전에 왕족쌍이 나섰다.

"저도 이곳에 온 목적을 이루기 위해서는 꼭 가야 해요."

"그 당치도 않은 꿈은 깨!"

왕족발의 말에 왕족쌍이 핏대까지 세우며 대들었다.

"그럴 수 없어! 난 무슨 일이 있어도 힘을 얻어서 아버지한테 복수할 거야!"

"철딱서니라고는 병아리 눈물만큼도 없는 녀석아! 여기서 그토록 고생을 했으면서도 그런 소리가 나오냐?"

"고생을 했으니까 뭔가 얻어가야 할 것 아니야!"

주적자는 그들의 다툼 사이로 끼어들었다.

"둘 다 그만 해. 어쨌든 너희 넷은 데려갈 수 없다."

"주 숙부!"

"주 보표님!"

그는 손을 들어 그들의 말을 제지했다.

"힘도 없는 그곳에 너희들을 데려가는 것은 우리에게 짐이 될 뿐이야. 너희들을 돌볼 정도로 한가하지 않으리라는 것은 알고 있겠지?"

"주 숙부, 절 돌볼 필요는 없어요."

"그래도 신경이 쓰여. 괜히 방해하지 말고 안전한 곳에 있어라. 타고 갈 트로이가도 부족하니 말이야. 이 얘기는 여기서 끝내."

주적자는 그들에게 반박할 기회도 주지 않고 몸을 돌렸다. 더 이상 그 문제에 대해 왈가왈부하고 싶지 않다는 의지였다.

"여기 있어. 일 끝내고 바로 돌아올 테니까."

소소자는 말을 하고 주적자 곁에 있는 트로이가에 올라탔다. 혈도가 풀려 깨어난 나인현이 소소자의 뒤에 앉았고 당과가 트로이가 하나를 차지했다. 당과가 워낙 컸기 때문에 트로이가가 왜소하게 보일 정도였다. 하지만 날아가는 데는 지장이 없을 것이다. 화백은 주적자의 뒤에 타서 그의 허리를 꽉 껴안았다. 마치 당과에게 보여주려는 것 같았다.

"주 숙부, 정말 우리를 여기 두고 가실 거예요?"

"이미 얘기는 끝났다."

주적자는 말을 하고 하늘로 날아올랐다. 그의 뒤를 당과와 소소자가 바짝 따랐고 발키리아가 호위를 하듯 둘러쌌다. 남은 넷은 금세 개미처럼 작아졌다.

"두고 오려니까 왠지 불쌍한데."

"데려가면 위험할 뿐이야."

주적자는 대꾸를 하고 당과를 보았다. 그녀는 긴 털을 날리며 전면만 묵묵히 보고 있었다. 괴물처럼 변해 버린 그녀의 심정이 어떠리라는 것쯤은 충분히 짐작할 수 있었다. 아마도 그가 흡혈귀로 변했을 때의 기분과 흡사할 것이다.

"미안해."

주적자는 들릴 듯 말듯 말을 뱉은 당과에게 시선을 고정시켰다. 당과는 여전히 빈 허공만을 보며 말했다.

"너도 지금의 나처럼 이런 기분을 느꼈겠지?"

빠르게 바람 속을 뚫고 나가는데도 그녀의 목소리는 똑똑히 들렸다.

"이미 지난 일이야. 앞으로의 일만 생각해."

그녀는 한참 동안 허공을 응시하다 입을 열었다.

"난 사람이 될 수 있을까?"

주적자는 '물론이지' 라고 대답하지 못했다. 확신없이 말할 수도 있지만 그것이 위로가 되지 못한다는 것은 누구보다 그가 잘 알고 있었기 때문이었다.

그들을 침묵 속에서 전장을 향해 나아갔다. 이제 하루가 지나기 전에 그들의 운명이 결정될 것이다.

죽음이냐, 인간으로의 회귀냐가…….

*　*　*

왕족발은 황급히 왕족쌍의 앞을 막았다.

"너, 지금 무슨 소리를 하는 거야?"

"여기까지 왔는데 빈손으로 돌아갈 수는 없어."

"그래서 주 보표가 싸우는 곳으로 가겠다구?"

"당연하지."

그는 어이없는 표정으로 물었다.

"너, 여기서 거기가 얼마나 먼 줄 알아? 날아가니까 반나절이지 걸어가면 꼬박 사 일은 걸릴 거다. 싸움이 끝난 다음에야 도착할 거라구."

"흥! 내가 아무 생각 없이 간다고 했을 것 같아?"

그녀는 품에서 부적을 꺼냈다.

"나도 이곳까지 오면서 허송세월을 보낸 것은 아니야."

"설마 나 소저한테 술법을 배운 것은 아니겠지?"

"왜 아니야. 축지술(縮地術)을 사용하면 나는 것 못지 않게 빨리 갈 수 있다구."

왕족발은 한참 동안 왕족쌍을 바라보다가 단호하게 말했다.

"안 돼! 넌 그곳에 갈 수 없어!"

"가고 가지 않고는 내가 결정해."

"내가 널 보내줄 것 같으냐?"

"날 막겠다는 말이야?"

그는 자신의 의지를 나타내 듯 힘있게 고개를 끄덕였다.

"물론이지. 이곳까지 와서 천신만고 끝에 만났는데 다시 위험한 곳으로 보낼 수는 없어."

"누가 너한테 내 걱정 해달랬어?"

"어쨌든 싸우는 곳에 갈 생각은 하지도 마!"

왕족쌍은 콧방귀를 뀌었다.

"흥! 네 허락 따위는 필요없어."

"그래?"

왕족발은 곁에 있는 나뭇가지를 꺾어 쥔 후 왕족쌍 앞에 버티고 섰다.

"가고 싶으면 가봐. 다리몽둥이를 분질러서라도 널 다시 중원으로 데려갈 테니까."

"날 중원에서 떠날 때의 약한 계집으로 보지 마. 너쯤은 쉽게 제압할 수 있어."

왕족발은 속으로 뜨끔했다. 예전에도 왕족쌍을 쉽게 제압하지 못했는데 술법까지 익혔으니 어쩌면 그보다 훨씬 강할지도 모른다. 하지만 그는 물러서지 않았다. 그곳은 지금까지 경험했던 것보다 훨씬 큰 위험이 도사리고 있을 테니까. 주적자가 데리고 가지 않은 이유도 그것 때문이니 왕족쌍을 순순히 보낼 수는 없었다.

"정말 비키지 않을 거야?"

"포기해. 넌 절대 그곳으로 못 가."

그녀는 왕족발을 내려다보다 한숨과 함께 부적을 품에 집어넣었다. '포기하는 건가?' 라고 생각했는데 품을 빠져나온 그녀의 손에는 다른 부적이 들려 있었다.

"똥인지 된장인지 꼭 맛을 봐야 아는 녀석이라니까."

"너, 정말 나하고 싸울 생각이냐?"

"네 녀석이 순순히 비키지 않는다면 그렇게 되겠지."

왕족발은 몽둥이를 가슴 앞에 세웠다.

"좋아, 어디 누가 이기나 한번 해보자."

"그렇게 비장한 표정 지을 것 없어, 금방 끝날 테니까."

왕족쌍은 부적을 든 양손을 가슴 앞에 교차시키고 주문을 외우기 시작했다.

"강하도아(江河渡我) 풍우송아(風雨送我), 뇌정순아(雷霆順我) 팔괘준아(八卦遵我), 구궁둔아(九宮遁我) 음양종아(陰陽從我)……."

왕족발은 주문이 끝나기 전에 땅을 박찼다. 주문이 완성되면 어떤 위험이 닥칠지 모르기 때문에 최대한 서둘러 공격하는 것이 좋았다. 하지만 불행히도 주문은 그의 생각보다 훨씬 빨리 끝나고 부적이 허공을 갈랐다.

가슴을 향해 날아오는 부적은 쏜살처럼 빨랐다. 왕족발은 가쁜 숨을 뱉으며 황급히 허리를 젖혔다. 부적은 그의 앞자락 끈을 끊고 뒤로 날아갔다.

"이년아! 정말 날 죽일 생각이냐!"

"그 정도도 못 피하면 바보지."

"실수로라도!"

왕족쌍의 그의 뒤쪽을 가리켰다.

"아직 완전히 끝난 게 아니야."

뒤로 고개를 돌리며 허공을 선회하고 다시 공격해 오는 부적이 보였다. 왕족발은 날아오는 부적을 향해 몽둥이를 휘둘렀다. 그런데 갑자기 부적이 허공에서 멈추더니 바닥으로 힘없이 떨어졌다.

"싸움 중에 상대한테 한눈을 팔다니."

왕족발은 아차! 하며 돌아섰지만 견정혈이 왕족쌍의 손에 짚인 후였다. 순식간에 몸이 뻣뻣하게 굳었다. 술법에 너무 신경 쓰다가 왕족쌍의 무공을 잊은 것이 실수였다.

"이 계집애야! 빨리 풀어!"

"중원에 있을 때보다 더 멍청해졌군. 그냥 풀어줄 거면 왜 혈도를 짚었겠냐?"

"너… 너……!"

왕족발은 너무 화가 나서 말을 잇지 못했다.

"넌 그냥 거기 있어. 우리 셋만 갈 테니까."

"날 이대로 두고 가겠다는 거냐?"

"걱정 마. 한두 시진 후면 자연히 풀릴 테니까."

그녀는 처음 사용하려던 부적을 다시 꺼내 체르샤와 토이틀에게 각각 한 장씩 내밀었다.

"이 축지부(縮地符)를 가슴에다 붙여요."

그들은 왕족쌍의 말대로 가슴에 부적을 달았다.

"요령은 평소 달리기를 하는 것과 다르지 않아요. 하지만 워낙 빠르기 때문에 조심해야 해요. 장애물에 충돌하면 생명을 장담할 수 없으니까요. 할 수 있겠어요?"

그녀의 물음은 토이틀을 향한 것이었다. 체르샤야 흡혈귀이기 때문에 몸을 조종하는 능력이 뛰어나고 어딘가에 부딪쳐도 별 탈이 없겠지만 토이틀은 자칫 죽을 수도 있었다.

체르샤는 불안한 표정으로 가슴의 부적을 만지작거리다 물었다.

"얼마나 빠르죠?"

"당신들이 타고 온 트로이가라는 말만큼은 될 거예요."

토이틀의 얼굴이 하얗게 질렸다.

"그렇게 빠르단 말이오?"

"그 정도는 돼야 싸움이 끝나기 전에 도착하죠."

"하지만……."

토이틀은 자신없는 표정을 지었다. 평범한 인간이 그 정도 빠른 속도에서 몸을 조종한다는 것은 쉽지 않았다. 토이틀이 망설이자 왕족쌍은 하는 수 없다는 듯이 부적을 떼어냈다.

"그럼 당신은 여기 있어요. 나와 체르샤만 갈 테니까."

그녀는 가려는 듯이 몸을 돌렸다.

"족쌍아!"

"왜?"

"정말 날 이대로 내버려 둘 생각은 아니겠지?"

"아니, 그럴 생각이야."

왕족발은 가슴속에서 불끈 솟아나는 화를 내리누르며 최대한 부드러운 목소리로 말했다.

"우리 타협하자."

"타협이라니?"

"날 풀어줘. 그럼 같이 갈 테니까."

"안 간다며?"

"이 계집애야! 네가 위험하니까 그런 거지!"

왕족쌍은 잠시 생각하는 표정을 짓더니 고개를 끄덕였다.

"좋아, 날 막지 않는다면 굳이 네 혈도를 짚어둘 필요는 없지."

그녀는 왕족발의 어깨에 손을 짚고 말했다.

"행여 허튼짓할 생각은 말아. 꼼짝없이 굶어 죽고 싶지 않다면 말이야."

"알았으니까 빨리 혈도나 풀어!"

그녀가 어깨 몇 군데를 두드리자 뻣뻣했던 몸이 서서히 풀렸다. 왕족발은 몸을 움직여 부드럽게 한 후 진지한 눈길로 왕족쌍을 보았다.

"좋아, 약속대로 널 막지는 않겠다. 하지만 한 가지, 그곳에 가더라도 절대 싸움에는 끼지 마. 주 보표 일행의 싸움이 끝날 때까지 숨어 있어야 해."

"그들이 위기에 빠지면 나서야지."

"내 말 들어! 너 때문에 여기까지 왔는데 그런 요구 정도는 들어줄 수 있잖아!"

그의 진심이 통했을까? 왕족쌍은 마지못해 고개를 끄덕였다.

"알았으니 빨리 출발하자구."

그는 왕족쌍이 내민 부적을 받아 가슴에 붙였다.

"저만 여기 남아 있어야 하는 겁니까?"

토이틀이 금방이라도 울 듯한 표정으로 물었다.

"내가 데리고 가지."

왕족발은 토이틀을 들어서 옆구리에 끼었다.

"꼼짝하지 말고 있어."

왕족쌍이 나란히 선 왕족발과 체르샤의 앞에 섰다.

"세 부적은 연결되어 있으니 날 따라오게 될 거야. 행여 나무에 부딪치는 꼴사나운 일은 벌이지 마."

그녀는 결계를 맺은 후 주문을 외우기 시작했다.

"산유산상(山有山上) 수해유해(水海有海), 중차오룡(中搓五龍) 즐타아

음굉(櫛咤阿蔭轟), 태상노군(太上老君) 급급여율령(急急如律令), 율령칙음굉(律令敕蔭轟)!"

주문이 끝나는 순간 몸이 앞으로 확 쏠렸다. 왕족발은 깜짝 놀라 황급히 중심을 잡았다.

"자신의 힘으로 달린다고 생각해! 그렇지 않으면 엉뚱한 방향으로 튕겨져 버릴지도 모르니까!"

왕족쌍의 외침에 왕족발은 땅을 힘껏 디뎠다. 그러자 신기하게 몸의 균형이 돌아왔다. 그는 경공을 펼치듯 몸을 날렸다. 나무와 바위들이 한 색깔로 섞여 곁을 휙휙 지나갔다. 준마보다 열 배는 빠른 속력이었다.

곁을 힐끔 보자 체르샤가 용케 처지지 않고 따라왔다. 그는 바람처럼 달리는 왕족쌍을 보았다. 아버지에게 배신당한 왕족쌍의 심정을 조금쯤은 이해할 수 있었다.

물론 자신이라면 아버지에 대한 복수 같은 것은 꿈도 꾸지 않겠지만 원한을 잊지 않는 왕족쌍이라면 그럴 만했다. 여자라고 홀대받았던 서운함까지 겹겹이 쌓였을 것이다.

'무사히 데려가야 할 텐데…….'

가벼운 몸과는 달리 마음은 무겁게 가라앉았다.

*　　　*　　　*

"한 시진 후쯤이면 도착할 수 있을 거야."

말을 하는 당과의 표정에는 결연한 의지가 깃들어 있었다. 하긴 언제까지 낙담하고 있을 그녀가 아니었다. 자신을 잃지 않고 앞으로 나아가는 것이 그녀다운 모습이었다.

"그런데 주적자, 넌 좀 변한 것 같아."

"뭐가?"

"강해졌어, 중원을 떠나올 때보다 훨씬 더."

주적자는 빙그레 웃음을 지었다.

"운 좋게 기연을 얻었지."

"기연?"

주적자는 발키리아를 만난 후부터 빛의 신 카오리에게 힘을 받은 때까지의 얘기를 간략하게 해주었다. 얘기를 다 들은 당과의 입가가 위로 올라갔다. 웃음일 것이다.

"불행 때문에 찾아온 행운이군."

말을 하는 그녀의 눈이 유난히 깊게 느껴졌다. 어쩌면 그녀는 주적자를 흡혈귀로 만든 것에 죄책감을 가지고 있는지도 모른다. 물론 주적자도 그에 상응하는 원망을 품고 있었지만 괴물로 변해 버린 당과를 보는 순간 그런 감정은 모두 사라지고 없었다.

"우리는 인간으로 돌아올 수 있을 거다. 그리고……."

주적자는 굵은 침과 함께 다음 말을 삼켰다.

'남은 시간을 같이 보낼 수 있겠지' 라는 말을 하고 싶었는데 그 순간 허리를 잡고 있는 화백의 손길이 느껴진 것이다. 만약 그가 하고 싶은 말을 한다면 화백의 기분이 어떨까 하는 생각은 오래 할 필요도 없었다.

마치 자신이 두 여자를 양쪽에 두고 저울질하는 사내 같았다. 주적자는 피식 웃음을 터뜨렸다.

'쓸데없는 생각을 하고 있군.'

이 문제는 일이 끝난 후에야 고민할 문제였다. 그는 당과를 일별한 후 전면으로 시선을 돌렸다. 하늘 저쪽에 까만 점이 하나 나타났다. 새라고 생각했는데 크기가 너무 작았다.

'뭐지?'

주적자는 눈을 가늘게 뜨고 시야를 모았다. 까만 점은 계속 숫자를 늘려 나갔다. 그는 점이 오백 장 가까이 다가오고 나서야 정체가 메뚜기라는 것을 알았다. 수천 수만 마리의 메뚜기가 그들을 향해 날아오고 있었다.

"저게 뭐지?"

뒤늦게 발견한 당과가 놀란 얼굴로 물었다. 그녀의 시야에는 아직 정체가 확인되지 않은 모양이다.

"메뚜기야. 엄청난 수인걸."

주적자는 트로이가를 멈췄다. 그러자 일행들도 모두 그의 곁에 나란히 자리했다.

"그냥 지나가는 메뚜기일까?"

중원에서도 가끔 메뚜기 떼에 의한 재앙이 있으니 이곳이라고 이상할 것은 없었다. 다만 하필 이곳에 나타난 것이 마음에 걸렸다.

"아바돈이 나타난 것일지도 몰라요."

걱정스러운 코로나의 말에 주적자가 물었다.

"아바돈이라면 전에 우리가 만났던 흉측하게 생긴 그 마족을 말하는 것이오?"

"그래요. 아바돈은 메뚜기를 조종할 수 있죠. 특히 이 계절에는 엄청난 수의 메뚜기를 부릴 수 있기 때문에 매우 위험해요."

우웅!

메뚜기는 날갯짓 소리가 들릴 정도로 가까이 다가왔다.

"일단 움직여 보면 우리를 노리는 것인지 알 수 있겠지."

주적자 일행은 좌측으로 방향을 이동했다. 그러자 메뚜기 떼가 눈에 띄게 방향을 바꿔 그들을 쫓아왔다. 이제는 저 곤충들이 적이라는 것을 확실히 알 수 있었다.

"저 녀석들을 어떻게 상대하지? 한 마리씩 상대할 수는 없잖아."

당과가 난감한 표정으로 말했다. 발키리아의 시선이 주적자에게 모아졌다.

"어때요? 메뚜기 떼를 막을 수 있겠어요?"

"글쎄, 내 힘이 어느 정도인지 나조차 가늠할 수 없으니 장담은 못하겠군."

"그럼 지금 시험해 보는 것도 좋겠군요."

"어떻게 저 메뚜기 떼를 없앤다는 거지?"

당과의 물음에 제로나가 말했다.

"그건 지금부터 주적자가 보여줘야지."

주적자는 어깨를 으쓱하고 앞으로 나아가자 당과가 따라왔다. 아무래도 걱정스러운 모양이다.

"염려 말고 물러나 있어."

미소를 보낸 주적자는 트로이가의 머리 위로 올라섰다.

"도와주지 않아도 되겠어요?"

화백도 불안한 모양이다.

"떨어지지 않게 조심해."

주적자는 양팔을 벌리고 전신의 감각을 최고치로 끌어올렸다. 그러자 세상의 빛이 그에게로 모여드는 듯한 기분이 들었다.

우우웅—!

메뚜기 떼는 그를 가루로 만들어 버릴 듯한 기세로 날아들었다. 수만 마리의 메뚜기가 마치 하나의 거대한 괴물처럼 보였다.

메뚜기는 공포스런 날갯짓 소리를 내며 오십 장 앞까지 다가왔다. 맨 앞에서 날아오는 메뚜기의 동그란 눈이 똑똑히 보였다.

주적자는 온몸을 돌고 있는 빛의 기운을 서서히 밖으로 밀어내다 어느 순간 분광뇌풍검법을 펼치듯 폭발적으로 토해냈다. 갑자기 그의 주위가 하얗게 탈색되었다. 눈을 멀게 만들어 버릴 것 같은 환한 빛이 넓게 퍼지며 메뚜기 떼에게로 뻗어 나갔다.

좌우로 이백 장이 넘게 퍼져 있던 메뚜기 떼를 하얀빛이 한 마리도 남김없이 삼켜 버렸다.

푸스스스—!

빛에 닿은 메뚜기들은 그대로 먼지처럼 부서져 갔다. 고운 흙으로 만든 것들이 바람을 맞아 흩어지는 것 같았다. 주적자의 몸에서 뿜어져 나온 빛은 순식간에 메뚜기 떼를 전멸시켜 버렸다.

빛이 사라지고 난 후 그처럼 많던 메뚜기는 단 한 마리도 보이지 않았다.

"후—!"

주적자는 긴 숨을 토해냈다. 봄날 따뜻한 햇빛 아래에 있는 것 같은 나른함이 찾아왔다. 많은 힘을 한꺼번에 쏟은 탓에 느끼는 피곤함이었다.

그는 트로이가의 머리에서 내려와 등에 앉아 뒤를 돌아보았다. 그를 보는 이들의 눈은 더 이상 커질 수 없을 정도로 커져 있었다.

"이 정도일 줄이야! 정말 놀랍군."

한참 후에 제로나가 뱉은 말이었다.

"언제까지 이러고 있을 거야? 빨리 가야지."

말을 하고 고개를 돌리는 그에게 무언가가 빠르게 날아왔다.

"이놈! 내 사랑스런 자식들을 죽이다니!"

흉측하게 생긴 녀석은 다름 아닌 아바돈이었다. 삼지창을 쭉 뻗어 온몸으로 덮쳐 오는 아바돈은 분노에 가득 차 있었다. 보통 사람이 보았다는 그 자리에서 심장 마비를 일으킬 만큼 공포스러운 모습이었다.

하지만 주적자에게는 아무 감흥도 주지 못했다. 단지 인간과 다르게 생긴 적일 뿐이었다. 그가 막 검을 뽑으려 할 때 뺨에 부드러운 털이 스치며 당과의 팔이 앞으로 길게 늘어졌다. 강인한 그녀의 손은 그대로 아바돈의 머리를 움켜쥐었다. 제법 큰 머리였는데 당과의 손에 들어가자 조약돌처럼 보였다.

버석!

녀석의 머리는 썩은 호박처럼 간단하게 부서져 버렸다. 당과의 손가락 사이로 초록색 액체가 주르륵 흘러내렸다. 손톱에 걸려 달랑달랑 매달려 있던 몸통이 무게를 이기지 못하고 추락했다.

점점 멀어지던 아바돈의 시체는 점점 분해되더니 이내 먼지가 되어 허공으로 흩어졌다.

"녀석도 결국 바람의 정령이 되어버렸군."

제로나는 중얼거리고 주적자를 보았다.

"몸은 어때?"

"조금 피곤할 뿐이야."

"그렇겠지. 쉬지 않아도 되겠어?"

그는 가야 할 방향으로 고개를 돌렸다.

"우리에게는 쉴 시간이 없어."

"그리고 이번처럼 싸움을 쉽게 끝낼 수도 없겠지."

주적자는 제로나를 향해 작은 웃음을 던졌다.

"하지만 결국 우리가 이길 거야."

제로나의 얼굴에도 보기 힘든 웃음이 번졌다.

*　　　*　　　*

"뭐야?"

단탈리안의 외침에 리베살이 움찔 몸을 떨었다.

"아바돈과 사마엘에 이어 루키푸게 로포칼레까지 녀석들에게 당했다고?"

"네. 주적자와 발키리아는 상상을 초월할 정도로 강했습니다. 특히 주적자가 내뿜는 빛은 십이호위가 당해낼 수 없을 정도로 막강한 힘을 가졌습니다."

"빛? 방금 빛이라고 했느냐?"

"네. 황금색에 가까운 빛은 빗줄이나 창 같은 모양으로 공격을 하는데 무엇으로도 막을 수가 없었습니다."

단탈리안은 둔기로 뒤통수를 맞은 듯한 기분을 느꼈다.

"설마 그 흡혈귀가 빛의 신 카오리의 힘을 얻었다는 말인가?"

그는 곧 고개를 저었다.

"아니, 그럴 리가 없어. 카오리가 인간도 아닌 흡혈귀에게 자신의 힘을 줄 리가 없어."

삼천 년 전 카오리가 가장 사랑하는 인간 아들이 흡혈귀에게 피를 빨려 죽임을 당한 후 흡혈귀는 그가 가장 증오하는 종족이 되었다. 아무리 세월이 흘렀다 해도 카오리가 그것을 잊을 리 없었다. 망각이란 인간에게만 허용된 축복이기 때문이다.

"하지만 자유자재로 빛의 힘을 사용할 수 있는 신은 카오리뿐이거늘……."

만약 카오리의 힘을 주적자가 받았다면 상대하기가 결코 쉽지 않았다. 그는 투명한 크리스털 관 속에 든 프로켈을 보았다. 프로켈의 외모는 아름다운 예전의 모습 그대로 돌아와 있었다. 영혼이 사라졌다고 생각하니 더욱 아름답게 보였다.

"남은 십이호위가 페이드 카우리츠 주술이 완성될 때까지만 버티면 된다."

주적자는 고개를 숙이고 서 있는 리베살에게 말했다.

"어떻게든 발키리아와 주적자를 막아라. 반나절이다! 그 안에 녀석들을 이곳으로 들어오게 해서는 안 돼!"

* * *

넓은 들판이 나오자 왕족쌍은 조금 더 속도를 높였다. 두 시진 이상을 달린 탓에 숨이 턱에 차 올랐지만 싸움이 끝나기 전에 당도해야 했기 때문에 쉴 시간이 없었다.

"족쌍아! 조금… 쉬어 가자!"

뒤쪽에서 왕족발이 힘겹게 외쳤다.

"조금만 참아!"

"젠장! 한 시진 전에도 조금만 참으라고 했잖아! 대체 얼마나 더 가야 하는 거야!"

왕족쌍이 입을 열기도 전에 토이틀이 대답했다.

"이제껏 온 만큼… 더 가야 해요!"

왕족발에게 매달려 가는데도 힘든 듯 말이 토막토막 끊어졌다.

"뭐야? 제길, 난 더 이상 못 가! 당장 멈춰!"

왕족발의 말에도 그녀는 주술을 풀지 않았다. 이제껏 고생한 것을 물거품으로 만들 수는 없었다. 갑자기 왕족발의 비명이 들렸다.

"으아악—!"

그녀는 황급히 뒤를 돌아보았다. 왕족발이 균형을 잡지 못한 채 달려오고 있었다. 저대로 중심을 잃으면 큰 부상을 당할 수밖에 없었다. 왕족쌍은 하는 수 없이 주술을 풀었다. 갑자기 속력이 줄자 왕족발과 체르사가 꼴사납게 바닥을 뒹굴었다. 셋은 한 무더기로 엉켜 한참을 굴러가다 멈췄다.

체르샤는 서둘러 일어섰고 왕족발과 토이틀은 하늘을 보며 가쁜 숨을 토해냈다.

"저 계집애가… 날 죽이려고 작정을 했군."

왕족쌍도 한동안 숨을 고르다 입을 열었다.

"사내자식이 나도 참는 걸 못 참고 엄살을 부리네."

사실 그녀는 술법을 마음대로 조종하는 입장이기 때문에 왕족발이나 체르샤보다 덜 힘들었다. 하지만 그것을 알 리 없는 왕족발은 혼자 투덜거릴 뿐이었다.

왕족쌍은 가슴에 있는 부적을 떼어내고 새 부적을 꺼냈다. 축지술을 쓰고 멈추면 썼던 부적은 쓸모가 없었다. 왕족쌍이 누워 있는 왕족발의 가슴에 부적을 붙여주고 체르샤에게 부적을 내밀 때였다.

까악—! 까악—!

어디선가 까마귀 한 마리가 나타나 그들의 머리 위를 선회하기 시작했다. 보통의 것보다 족히 배는 큰 까마귀는 눈이 새빨개서 왠지 기분이 나빴다. 그녀는 체르샤에게 부적을 건네주고 왕족발을 재촉했다.

"자, 빨리 가자구."

"야, 좀 더 쉬었다 가자."

"시간없어! 우리가 아무리 빨리 가도 날아가는 주 숙부 일행만큼 빠르겠냐? 부지런히 서두르는 수밖에 없어!"

왕족발은 그녀의 성화에 못 이겨 뭉그적거리며 일어섰다.

"그럼 출발한다."

주문을 외우려고 하는데 어디선가 까마귀들이 극성스럽게 울어댔다. 두리번거리던 왕족쌍은 왼쪽에서 시선을 멈췄다. 백 장 저쪽에 자리한 숲에서 수백 마리의 까마귀들이 나무 위에 앉아 듣기 싫은 울음을 토해내고 있었다.

"저것들이 왜 저 지랄을 하는 거야?"

왕족발의 투덜거림은 곧 불안을 안은 토이틀의 목소리에 묻혀 버렸다.

"혹시 푸트 사타나치아가 나타난 것일지도 몰라요."

"푸트… 뭐라구?"

"루시퍼를 호위하는 십이마족의 하나로 일명 까마귀의 여제로 불리죠."

왕족발이 대수롭지 않게 말했다.

"그깟 까마귀들이 뭐가 무섭다고."

"진짜 무서운 것은 까마귀가 아니라 푸트 사타나치아죠. 전설에 의

하면 염소머리를 가진 여성의 마족인데 잔인하기 이를 데 없다고 전해져요. 루시퍼의 십이호위에 들 정도면 강한 것은 말할 것도 없구요."

왕족쌍은 기분 나쁜 소름이 등골을 타고 흐르는 것을 느끼며 고개를 들었다. 커다란 까마귀는 아직도 그들의 머리 위를 빙빙 돌고 있었다.

"빨리 이 자리를 떠나는 것이 좋겠어."

그녀는 주문을 외우기 시작했다. 하지만 채 두 소절을 넘기기도 전에 갑자기 까마귀가 그녀를 향해 덮쳐 왔다. 화들짝 놀란 왕족쌍은 뒤로 물러서며 까마귀를 향해 손을 저었다. 하지만 까마귀는 마치 일류고수처럼 그녀의 공격을 손쉽게 피해 허공으로 날아갔다.

까마귀는 이 장 위에서 마치 놀리듯이 원을 그렸다. 왕족쌍이 주문을 외우자 같은 일이 반복되었다. 까마귀는 마치 그녀가 무엇을 하려는 것인지 아는 듯했다.

'정말 푸트 사타나치아라는 마족이 나타난 걸까?'

그녀는 문득 푸트 사타나치아를 보았던 기억을 떠올렸다. 그 거대한 지하 대전에서 빠져나올 때 바로 아래를 지나간 마족 중 하나였다.

"족발아, 저 까마귀 좀 막아줘."

그녀는 호위를 부탁하고 다시 주문을 외웠다.

까아악—!

뾰족한 외침과 함께 까마귀가 덮쳐 왔지만 왕족발의 도에 깃털 몇 개만 떨구고 다시 위로 솟구쳤다. 왕족쌍은 주문을 외우며 힐끔 돌아보았다. 까마귀를 쫓은 왕족발은 어느새 토이틀을 옆구리에 끼고 있었다. 체르샤도 긴장한 표정으로 출발할 준비를 한 상태였다.

그녀는 마지막 주문을 힘차게 외웠다. 그러자 셋의 몸이 동시에 앞으로 튕겨져 나갔다. 그들은 바람처럼 빠른 속도로 벌판을 가로질렀다. 이 정도 속도면 설사 나는 새라도 따라오기 힘들 것이다.

파란 풀들과 듬성듬성 선 바위들이 한 색깔로 섞여 뒤쪽으로 내달렸다. 벌판은 곧 끝이 났다. 멀리 보이는 숲은 다행히 나무가 빽빽하게 들어차 있지는 않았다. 더 이상 보이지 않는 까마귀가 그녀의 마음을 적이 안심시켰다.

그녀가 막 숲 안으로 들어가려 할 때 눈앞이 하얗게 변했다. 마치 하얀 벽이 허공에 갑자기 나타난 것 같았다. 왕족쌍은 깜짝 놀라며 급히 몸을 세웠다.

"으악!"

뒤쪽에서 왕족발과 체르샤의 비명이 동시에 울리더니 그녀의 곁을 지나 숲이 시작되는 나무에 거칠게 부딪쳤다. 하얀 벽은 어느새 사라지고 보이지 않았다.

"이게 어떻게 된 거지?"

그녀는 어리둥절한 눈으로 주위를 둘러보았다. 변함없이 조용한 세상을 쪼개려는 듯한 왕족발의 고함이 들렸다.

"이 계집애야! 날 죽이려고 작정을 했냐!"

"분명히 하얀 벽이 나타났었는데."

"하얀 벽을 무슨 얼어죽을 하얀 벽! 날 골탕먹이려고 일부러 그런 거지?"

왕족쌍은 한숨과 함께 고개를 저었다.

"저 녀석 머리에는 대체 뭐가 들어 있는지. 내가 왜……."

그녀는 말을 하다 말고 왕족발을 향해 황급히 소리쳤다.

"피해!"

하지만 어리둥절한 얼굴의 왕족발은 조금도 움직이지 않았고 숲 속에서 튀어나온 검은 줄이 여지없이 그를 감아버렸다.

"어어! 이게 뭐야?"

왕족발은 뒤늦게 발버둥을 쳤지만 줄은 살을 파고들 것처럼 꽉 조여졌다. 묶인 것은 체르사와 토이틀도 마찬가지였다. 상당한 무력을 가진 왕족발과 체르사였지만 검은 끈을 조금도 헐겁게 하지 못했다. 몸부림을 치면 칠수록 점점 조여들 뿐이었다.

"어떤 놈이야! 빨리 풀지 못해!"

왕족발이 고래고래 고함을 질렀지만 그런다고 사라질 끈이 아니었다. 왕족쌍은 무극부 두 장을 꺼내 양손에 쥐고 숲으로 다가갔다. 아무래도 푸트 사타나치아가 나타난 모양이다.

'내가 그 마족을 이길 수 있을까?'

솔직히 자신이 없었다. 아무리 무공과 술법을 익혔다고는 하지만 상대는 당과조차 쩔쩔매던 마족이었다. 어깨에 힘을 잔뜩 준 그녀는 숲과 점점 가까워졌다.

계속 고함을 질러대는 왕족발의 목소리가 신경을 거슬리게 했다.

"조용히 좀 해, 이 멍청아!"

그 때문에 시선이 흔들린 시간은 그야말로 찰나였다. 하지만 검은 끈은 그 좁은 틈을 놓치지 않았다.

취리리릭―!

눈앞까지 다가온 끈은 마치 뱀의 혓바닥 같은 소리를 내며 공격해 들어왔다. 그녀는 황급히 뒤로 물러섰지만 피하기는 너무 늦어버렸다. 뗀 발이 채 땅에 닿기도 전에 그녀는 검은 끈에 묶여 허공으로 떠올랐다.

벗어나려 애를 쓰면 쓸수록 끈이 조여들어 고통만 증가시킬 뿐이었다. 양팔이 묶였으니 부적을 날릴 수도 없었다.

"이건 너무 쉽잖아. 좀 더 오랫동안 즐길 수 있을 줄 알았는데 말이야."

왕족쌍은 목소리가 들린 숲으로 시선을 옮겼다. 아름드리 나무 사이에서 나타난 것은 분명 푸트 사타나치아였다. 특이한 모습 때문에 똑똑히 기억하고 있었다. 푸트 사타나치아가 걸을 때마다 드러낸 유방이 위아래로 흔들렸다. 염소의 탈을 쓴 여인 같았다.

"오랜만에 야들야들한 인간의 고기를 먹을 수 있겠군."

입맛까지 다시며 내뱉는 말은 소름을 돋게 만들었다.

"이 괴물아! 빨리 이 줄 풀지 못해!"

상황 파악도 못하고 고함만 질러대는 왕족발이었다.

"인간치고는 배짱이 좋은 녀석이군."

푸트 사타나치아가 왕족발에게 다가갔다. 염소의 얼굴이라 표정을 정확히 읽을 수는 없었지만 살기만은 분명하게 느낄 수 있었다.

푸트 사타나치아가 여섯 자 가까이 다가갔을 때 갑자기 왕족발의 몸이 허공으로 솟구쳤다.

"죽어버려, 이 괴물아!"

소리를 지른 왕족발은 머리로 푸트 사타나치아를 들이받으려 했다. 하지만 그의 의도는 커다란 손에 의해 무위로 끝나 버렸다. 왕족발의 머리를 손에 쥔 그녀의 입가에 웃음이 번졌다. 염소가 짓는 웃음은 너무 낯설어서 공포스럽기까지 했다.

"스스로 먹이가 되겠다고 뛰어드는군."

"이거 놔, 못생긴 염소대가리야!"

"이렇게 죽음을 재촉하는 녀석은 처음 보는군."

푸트 사타나치아의 손에 힘이 들어가자 손톱이 왕족발의 머리 속으로 점점 파고들어 갔다.

"크윽!"

비명을 지르는 그의 머리에서 피가 배어 나오기 시작했다.

"그만둬!"

왕족쌍의 외침은 아무 소용이 없었다. 무의미한 그녀의 목소리는 왕족발의 고통 속으로 빨려 들어가는 것 같았다.

"제발 부탁이야! 그를 살려줘!"

그녀는 세상에 나온 후 가장 애절한 목소리로 애원했다. 하지만 푸트 사타나치아의 마음을 움직이지는 못했다. 손톱이 왕족발의 머리에 파고드는 소리가 들렸다. 마치 귓가에서 천둥이 치는 것 같았다.

왕족쌍은 초점없는 시선으로 왕족발이 죽어가는 모습을 보았다. 이제 그의 입에서는 신음조차 나오지 않았다. 어쩌면 이미 죽어버렸는지도 모른다.

'나 때문에… 나 때문에…….'

쓸모없는 자책을 하는 그녀의 귀에 털썩! 하는 소리가 들렸다. 시야를 모으자 머리에서 피를 흘리며 쓰러진 왕족발이 보였다.

제75장

삶 위의 인생

제75장 삶 위의 인생

"이렇게 죽다니… 저 바보 같은 녀석이 이렇게……."

그녀는 더 이상 왕족발을 볼 수 없었다. 물에 잠긴 세상이 마구 섞여 뿌연 모습만이 허공에 맴돌았다.

"녀석들의 고기 맛을 볼 수 없는 것이 아쉽기는 하지만 단탈리안님의 명령이니 따를 수밖에."

푸트 사타나치아의 중얼거림 뒤로 낮은 신음 소리가 들렸다. 어떻게 변한다 해도 알아들을 수 있는 목소리였다. 왕족쌍은 세차게 고개를 저었다. 눈앞을 가리고 있던 눈물이 좌우로 퍼지며 세상이 조금 더 선명하게 보였다.

그녀의 눈에 꿈틀거리는 왕족발의 모습이 잡혔다. 정신을 못 차리고 허우적댔지만 살아 있는 것만은 분명했다.

"왕족발!"

왕족쌍의 부름에 그는 비틀거리며 몸을 일으켰다. 반쯤 일어서던 왕족발은 어지러운지 다시 자리에 주저앉았다.

"괜찮아?"

그녀의 물음에 왕족발은 머리를 세차게 저었다.

"골에 구멍이 생긴 것 같지는 않군."

"운이 좋은 녀석들이군, 조금이나마 목숨을 연장하게 됐으니."

푸트 사타나치아는 숲을 향해 손을 흔들었다. 그러자 나무 사이에서 네 명의 여인들이 나타났다. 하나같이 아름다운 외모를 가진 그녀들은 속이 훤히 비치는 망사 옷을 입고 있었다.

"이들을 모두 칠십이마신전으로 데려가라."

"네."

여인들은 일제히 대답한 후 일행들을 하나씩 옆구리에 끼었다. 왕족쌍을 안은 유난히 파란 눈의 여인은 마치 시체처럼 표정이 없었다.

"서둘러라!"

푸트 사타나치아의 재촉에 여인들이 땅을 박찼다. 그녀들은 사람이 아닌 듯 허공을 빠르게 날아갔다.

'왜 우리를 살려두는 것일까?'

그녀의 의문은 체르사의 중얼거림에 의해서 풀렸다.

"아무래도 우리를 인질로 삼으려는 것 같군."

그것이 유일한 가능성이었다.

'우리가 주 숙부를 곤경에 빠뜨리지 말아야 할 텐데.'

그녀의 희망은 이뤄질 것 같지 않았다. 그들이 저들의 손에서 도망치지 않는 이상…….

*　　*　　*

주변에 있는 나무들이 일제히 불꽃을 내뿜기 시작했다. 뒤로 피할 사이도 없이 사방은 온통 불바다로 변해 버렸다.

"불꽃의 마족 우코바치예요!"

제로나의 외침 뒤로 음산한 목소리가 사방에서 울려 퍼졌다.

"지옥의 불꽃 속으로 온 것을 환영한다! 이곳에서 마음껏 타올라라! 너희들의 뼈까지 태워줄 테니까! 크하하하―!"

목소리는 어디에서 울리는지 종잡을 수 없었다. 화백이 가장 뜨거움을 많이 느끼는지 자꾸 주적자의 품으로 파고들었다.

"네 힘은 빛이니 이 불을 끌 수는 없겠군."

당과의 말에 주적자는 웃음을 지었다.

"불로써 불을 끄는 방법도 있잖아."

그는 화백을 살며시 밀어냈다.

"잠깐 바닥에 엎드려 있어."

그녀는 불안한 눈길을 던지다 이내 주적자의 말에 따랐다.

"모두 땅과 친해지는 것이 좋을 거야."

그 말이 떨어지자 일행들 모두 바닥에 배를 깔았다. 주적자는 양팔을 벌리고 힘을 끌어 모았다. 그의 몸 주위로 차츰 빛이 모여드는 것이 느껴졌다.

주적자는 그 속에 차가움을 담아 회전시켰다. 그의 삼 장 주변에 한겨울 같은 냉기가 감돌았다.

우웅―!

그가 내뿜은 힘이 소용돌이를 치며 점점 세력을 넓혀갔다. 그리고 어느 순간 빛이 폭발한 듯 황금색의 장막이 사방으로 퍼져 나갔다.

화르르륵—

빛에 닿은 불꽃이 더욱 거세게 타올랐다. 화로에 바람을 넣은 것과 비슷했다. 하지만 너무 센 바람은 불을 꺼뜨리기 마련이었고 주적자가 뿜어낸 빛이 바로 그런 것이었다.

사방에서 타오르던 불꽃이 사라지는 데는 눈 깜빡할 시간조차 걸리지 않았다. 주적자는 긴 숨을 토해내고 주위를 둘러보았다. 검은 숯으로 변한 나무에서 조금씩 연기가 피어 오르고 있었다. 그는 잔연 사이에 서 있는 우코바치를 발견할 수 있었다.

돼지처럼 생긴 커다란 머리에 바싹 마른 인간의 몸, 소의 꼬리를 가진 마족이었다.

"거기 있었군."

놀람에 찬 시선을 하고 있던 우코바치는 깜짝 놀라며 뒤로 물러섰다.

"어떻게 빛의 힘으로 불을 끌 수 있단 말인가?"

소소자가 옷의 먼지를 털며 일어섰다.

"정말 웃기게 생긴 녀석이군. 불꽃 속에 저런 모습을 감추고 있을지 누가 알았겠어?"

우코바치의 얼굴이 흉하게 일그러졌다. 외모에 상당한 열등감을 가지고 있는 모양이다.

"흡혈귀 따위가 감히 날 조롱하다니!"

"이 동네에서는 흡혈귀가 발톱의 때에도 못 미치는 모양이군. 만나는 놈마다 저 소리를 해대는 것을 보면 말이야. 내가 보기엔 마족이나 마신이라고 불리는 놈들이 더 우습더구만."

"이런 발칙한 놈!"

우코바치의 입이 쩍 벌어지며 불덩이가 날아왔다. 소소자를 박살 내려는 듯 사납게 날아오던 불덩이는 보기 힘들 정도의 가는 실에 막혀 더 이상 전진하지 못했다. 화백은 그동안 싸우지 못한 것에 불만을 느낀 듯 불덩이를 멀리 날려 버린 후 우코바치를 향해 손을 휘둘렀다.

취리릭—!

누에의 그것처럼 가는 실이 허공을 수놓았다. 우코바치는 서둘러 불덩이를 토해냈지만 이미 주적자에 의해 제압된 힘은 제 위력을 발휘하지 못했다.

퍼엉!

불덩이를 박살 낸 실은 그대로 우코바치의 전신을 꿰뚫어 버렸다. 낮은 비명을 토해낸 우코바치는 넘어지지 않으려고 안간힘을 썼다.

"내가… 이따위 것에 쓰러질 것 같으냐?"

"물론."

차갑게 말한 화백이 손을 휘저었다. 그러자 수백 가닥의 실이 사방으로 흩어지며 우코바치를 산산조각 내버렸다. 허공에 날린 살점들은 다른 마족들처럼 이내 먼지가 되어 흩어져 버렸다.

"이제 십이호위 중 남은 것은 셋뿐이군."

코로나가 제로나의 말을 이었다.

"푸트 사타나치아와 리베살, 네비로스가 남았죠."

"가장 까다로운 녀석들이 살아 있군."

"그렇다고 해도 별로 문제될 것은 없을 것 같은데요."

코로나는 '그렇죠?' 라는 표정을 지으며 주적자를 보았다. 주적자는 어깨를 으쓱하고 당과에게 시선을 옮겼다.

"그 지하 대전이 어디 있지?"

당과는 바로 건너편에 있는 산을 가리켰다.

"저곳이야. 정상 가까운 곳에 있는 거대한 떡갈나무가 지하 대전으로 들어가는 통로야."

주적자는 당과의 손가락 끝으로 시선을 모았다. 그러자 주변의 나무보다 유난히 큰 떡갈나무를 볼 수 있었다.

"저곳이 우리의 싸움을 끝낼 곳이군."

그의 중얼거림은 곧 새로운 목소리에 묻혀 버렸다.

"하지만 당분간 이곳을 떠나지는 못할 것이다."

주적자는 고개를 돌려 목소리의 주인공을 찾았다. 참으로 이상하게 생긴 녀석이었다. 해바라기 얼굴에 몸은 나무통으로 되어 있고 팔과 다리의 생김새도 각각 달라 우스꽝스럽기까지 했다.

"리베살!"

코로나가 자신의 이름을 말하자 녀석은 씨익 웃음을 지었다.

"발키리아, 소문으로 듣던 것보다 더욱 예쁘군."

"너한테 그런 칭찬 듣고 싶지 않아."

"그렇게 쌀쌀맞게 대하지 말라구. 나도 사귀어보면 좋은 마족이니까."

주적자는 차가운 말로 리베살의 너스레를 끊었다.

"시간이 없으니 빨리 끝내는 것이 좋겠군."

그가 다가가려 하자 리베살이 황급히 손을 들어 제지했다.

"그곳에서 움직이면 후회하게 될 거야."

"무슨 수작을 부리려는 거지?"

리베살은 대답 대신 몸통 안으로 손을 집어넣어 무언가를 꺼냈다.

몸 안에서 나오기에는 너무 긴 그것은 분명 왕족발의 도였다. 주적자는 몸이 싸늘하게 굳는 것 같은 느낌을 받았다.

"이 물건의 주인이 누군지는 알고 있겠지?"

주적자는 한참 동안 리베살을 노려보다 물었다.

"그들을 인질로 잡은 것이냐?"

"그런 셈이지."

코로나가 앞으로 나섰다.

"그들을 이용해 우리를 잡을 생각을 하다니. 너도 어리석구나. 우리가 순순히 잡혀줄 것 같으냐?"

"난 너희들을 잡을 생각이 없어."

"뭐야? 그럼 왜 그들을 인질로 잡은 거지?"

리베살은 서산에 거의 닿은 태양을 보며 말했다.

"사 프앵만 그 자리에 있어주면 돼. 그러면 너희 일행은 무사히 풀려날 거야."

결국 시간을 벌기 위한 수작이었다. 발키리아의 얼굴이 불안함으로 뒤덮였다. 리베살이 요구한 사 프앵의 시간은, 어쩌면 루시퍼의 부활에 걸리는 시간인지도 모른다. 코로나가 참지 못하고 물었다.

"사 프앵 후에 루시퍼가 부활하는 것이냐?"

리베살은 미소를 머금었다.

"글쎄."

그의 확실치 않는 대답에 발키리아가 앞으로 나섰다. 리베살은 양손을 들어 그녀들의 움직임을 제지했다.

"루시퍼님의 부활은 아니다."

발키리아가 우뚝 멈췄다.

"그럼 뭐지?"

"대답은 해줄 만큼 해줬다고 생각하는데?"

발키리아는 초조하게 서로를 바라보다 주적자에게 시선을 던졌다. 어떻게 해보라는 뜻이었는데 인질들이 잡혀 있으니 섣불리 움직일 수가 없었다.

'일단 그들이 어디에 잡혀 있는지를 알아내는 것이 급선무야.'

생각을 정리한 주적자는 리베살에게 물었다.

"네가 그들을 죽이지 않았다는 것을 어떻게 믿지?"

"그들은 아직 살아 있어."

"증거를 대. 증거가 없으면 우리는 그들이 죽었다고 믿는 수밖에 없으니까."

주적자는 시위하듯 한 걸음을 내디뎠다. 리베살이 이번에도 팔을 들어 제지했다.

"좋아, 그들을 보여주지."

리베살은 머리 위쪽에서 손으로 원을 그렸다. 잠시 후 리베살 뒤쪽 하늘에서 검은 점이 나타났다. 다섯 개의 점은 빠르게 확대되어 이윽고 사람 모습으로 바뀌었다.

네 명의 여인이 왕족발 남매와 체르샤, 토이틀을 안은 모습이었고 하나는 염소머리를 한 마족이었다.

"푸트 사타나치아로군요."

코로나가 낮은 소리로 나타난 마족의 정체를 알려주었다. 날아온 여인들은 주적자에게서 삼십 장 정도 떨어진 곳에 내려섰다.

"주 숙부!"

왕족쌍이 애타는 목소리로 주적자를 불렀다.

"너희들이 그곳에서 사 프앵 동안 움직이지 않으면 저들을 오래 볼 수 있을 거야."

리베살은 느긋한 표정으로 팔짱까지 끼었다. 녀석의 면상을 날려주고 싶었지만 잠깐의 화풀이와 넷의 목숨을 바꿀 수는 없었다. 저들의 손에서 어떻게든 인질을 구해야 하는데 방법이 떠오르지 않았다.

'사 프앵을 기다려야 할까?'

그럴 수는 없었다. 리베살이 거짓말을 했을지도 모르기 때문이다. 고민을 하는 그에게 리베살의 목소리가 파고들었다.

"발키리아, 우리 앞에서 마법을 쓸 생각은 하지 마. 누군가 마법력을 끌어올리는 순간 감지할 수 있으니까."

주적자는 애타는 심정으로 인질과 자신의 거리를 가늠했다. 구십 장 정도면 빛의 창으로 어떻게든 해볼 수 있는 거리였다. 문제는 힘을 끌어올릴 때 리베살이 눈치를 챌 수도 있다는 것이었다.

'시도는 해봐야지.'

주적자는 최대한 천천히 힘을 모았다. 하지만 몸이 채 따뜻해지기도 전에 리베살의 고함이 터졌다.

"허튼짓하지 말랬잖아! 네 일행들이 죽는 꼴을 보고 싶어!"

'젠장!'

그는 속으로 욕설을 뱉으며 힘을 가라앉혔다. 도저히 방법이 떠오르지 않았다.

'결국 사 프앵 동안 기다릴 수밖에 없는가?'

주적자와는 달리 발키리아는 그 시간을 기다릴 수 없는 모양이다.

"저들이 죽는 것은 어쩔 수 없지."

그녀들은 조금의 거리낌도 없이 리베살을 향해 다가갔다.

"멈춰라! 정말 네 친구가 죽어도 좋단 말이냐?"

"최소한 루시퍼의 부활보다는 그 편이 나으니까."

리베살의 얼굴이 보기 흉하게 일그러졌다. 발키리아가 가까이 다가간 만큼 리베살은 물러섰다. 녀석은 어떻게 해야 할지 쉽게 결정을 내리지 못했다. 만약 인질을 죽여 버리면 시간 벌기는 그것으로 끝이었다.

주적자도 조마조마한 심정으로 보고만 있었다. 그도 발키리아를 막아야 할지 말아야 할지 결정을 못 내린 것이다.

갑자기 리베살의 고개가 뒤쪽으로 돌아갔다.

"죽여 버려!"

말이 떨어짐과 동시에 자욱한 피무리가 치솟았다.

"안 돼!"

고함을 지르며 달려가려던 주적자는 우뚝 멈췄다. 살점을 사방으로 날리며 죽은 것은 왕족발 등이 아니라 그들을 잡고 있던 여인들이었다. 리베살은 혼자 살아남은 푸트 사타나치아를 향해 소리쳤다.

"어서 녀석들을 죽여!"

푸트 사타나치아가 움직이기도 전에 땅에서 실이 튀어나와 자욱한 먼지를 만들어냈다. 거미줄 같은 실은 그대로 푸트 사타나치아를 공격했다.

주적자는 화백을 돌아봤다. 역시 실의 주인은 그녀였다. 화백은 발바닥으로 실을 뽑아 땅속으로 이동시킨 후 일행들을 구한 것이다.

짜라라락!

화백의 실과 푸트 사타나치아가 온몸으로 내뿜는 검은 끈이 허공에서 어지럽게 얽혔다. 주적자는 리베살을 향해 몸을 날리며 당과에게 소리쳤다.

"어서 저들을 구해줘!"

그는 당과가 왕족발 남매에게 가는 것을 확인하고 리베살을 향해 빛의 창을 쏘았다. 땀구멍만큼이나 많은 수의 황금빛 창이 허공을 갈랐다. 리베살이 방어의 몸짓을 해보았지만 빛의 창을 막지도, 피하지도 못했다.

꽈앙!

리베살은 몸의 생김새대로 나무통처럼 부서졌다. 피와 뼈도 없는 녀석의 잔해는 이내 먼지로 변해 사라져 버렸다. 주적자는 어지러운 소리가 들리는 쪽으로 고개를 돌렸다. 화백과 열심히 싸우고 있는 푸트 사타나치아 곁으로 빠르게 다가가는 당과가 보였다.

검은 끈을 사방으로 쏘아내며 고군분투하는 푸트 사타나치아는 당과가 접근하고 있음에도 아무런 방어를 할 수가 없었다.

"꺼져!"

단지 앙칼진 한마디를 뱉어냈지만 그것으로 당과를 물러서게 할 수는 없었다. 당과의 무지막지한 손은 푸트 사타나치아의 얼굴에 틀어박혔다. 멀리 떨어져 있는데도 수박 깨지는 듯한 소리가 들릴 정도였다.

머리를 잃은 푸트 사타나치아는 팔을 몇 번 휘젓더니 자신의 무기인 검은 끈을 감고 힘없이 쓰러졌다. 곧 이어 일어난 죽음의 증거를 뒤로 하고 주적자는 몸을 돌렸다. 그의 눈에 지하 대전으로 통하는 떡갈나무가 유난히 크게 보였다.

"빨리 가! 곧 루시퍼가 부활할지도 몰라!"

발키리아가 소리를 지르며 날아갔다. 나머지 일행도 트로이가를 타고 뒤를 따랐다. 그들은 금세 거대한 떡갈나무 앞에 도착할 수 있었다.

당과가 떡갈나무를 쓰다듬으며 말했다.

"탈출할 때 문을 부쉈었는데 다시 만들었나 보군."

그녀는 주적자를 보았다.

"준비됐어?"

그는 대답 대신 고개를 끄덕였다. 당과는 나무에 어깨를 기대고 온몸을 앞으로 밀었다. 땅 밖으로 드러난 거대한 뿌리가 들썩이더니 믿을 수 없을 정도로 쉽게 넘어갔다. 주변에 있는 나무들까지 주저앉으며 굉음을 토해냈다.

자욱한 먼지와 이파리들이 분주히 허공을 날아다녔다. 주적자는 눈앞의 이물질들을 손으로 쳐내며 떡갈나무가 서 있던 자리로 갔다. 당과의 말대로 그곳에는 땅속으로 난 통로가 뚫려 있었다.

"내가 먼저 들어가지."

주적자는 지하로 내려가는 계단을 밟았다. 하지만 계단 세 개를 밟기 전에 뒤로 물러서야 했다. 엄청난 한기가 밀려든 때문이었다.

옆으로 회전하며 통로에서 벗어나는 순간 하얀 서리가 치솟았다. 마치 흰 용암이 땅속에서 뿜어져 나오는 것 같았다. 주적자는 뒤로 훌쩍 물러서 나타날 적을 기다렸다. 아마도 프로켈일 것이다.

'그런데 이렇게 강했었나?'

지금의 공격은 예전과는 비교할 수 없을 정도로 파괴적이었다. 만약 예전에 이런 공격을 펼쳤더라면 그는 지금 살아 있지도 못했을 것이다.

잠시 후 통로 안에서 발자국 소리가 새어 나왔다. 그리고 나타난 인물은 예상대로 프로켈이었다. 여전히 아름다운 얼굴에 얼음칼을 든 프로켈은 무표정한 얼굴로 주위를 둘러보았다. 시선이 두 번 왕복한 후에야 주적자에게 고정되었다.

프로켈은 말없이 얼음칼을 주적자의 미간에 겨누었다. 싸우자는 뜻을 한마디 말도 없이 극명하게 표현하고 있었다.

'녀석이 이상하게 변했군.'

주적자는 힘을 끌어 모으며 발키리아에게 말했다.

"내가 프로켈을 상대할 테니 나머지는 지하 대전으로 들어가시오."

그는 입구를 막고 있는 프로켈에게 빛의 창을 쏘아보냈다. 이제껏 어떤 마족도 그의 공격을 막지 못했다. 하지만 확실히 프로켈은 달랐다. 팔을 움찔 떨었을 뿐인데 얼음칼에서 하얀 막이 반원형으로 펴져 나와 빛의 창을 막았다.

카아앙―!

주적자는 쇠스랑을 철판에 대고 문지르는 듯한 소리를 들으며 뒤로 물러섰다. 프로켈도 충격을 받은 듯 이 장 가까이 뒷걸음질쳤지만 흔들리는 기색은 보이지 않았다. 어떤 방법에서인지 모르지만 프로켈이 강해진 것만은 분명했다.

한 번의 격돌로 상대의 실력을 가늠했고 입구까지 열었으니 만족스런 결과였다.

"어서 들어가시오!"

주적자의 외침에 발키리아가 가장 먼저 움직였다.

"조심해라."

그 말을 남기고 소소자가 어둠 속으로 사라졌다. 그들과는 달리 당과와 화백은 쉽게 걸음을 떼지 못했다.

"내 걱정은 말고 어서 들어가!"

그의 외침에 화백이 애원하듯 말했다.

"프로켈을 없애고 함께 들어가요!"

"안에 어떤 위험이 있을지 모르니 너희들이 발키리아를 도와줘! 프로켈은 나 혼자 감당할 수 있으니까!"

쓰와앙—!

살갗을 얼음으로 만들 것 같은 냉기가 밀려들었다. 주적자는 가슴 앞에서 빛의 방패를 펼쳐 앞으로 밀었다. 두 개의 기운이 충돌하며 예리한 파편이 사방으로 튀었다. 눈먼 파편들이 당과와 화백을 향해 쏟아졌다. 그녀들이 서둘러 피하기는 했지만 상처가 생기는 것만은 어쩔 수 없었다.

"어서 안으로 들어가!"

당과는 잠시 주적자를 보다가 말없이 땅속으로 들어갔다. 마지막에 보인 그녀의 눈빛이 주적자의 마음에 각인처럼 틀어박혔다.

'무사해야 해.'

당과의 눈빛이 전한 말이었다.

"주 가가… 조심하세요."

화백은 그의 얼굴도 보지 못한 채 어둠으로 스며들었다. 그녀가 떨군 눈물 한 방울이 땅에 선명한 자국을 남겼다. 주적자는 비로소 홀가분한 마음으로 프로켈을 마주 보았다.

"자, 본격적으로 시작해 볼까?"

네비로스가 만들어낸 좀비들은 계단 밑에서 끝없이 밀려들었다. 근처 도시에서 죽은 사람이나 마수들을 모두 끌어 모아 좀비로 만든 것 같았다. 특별히 강한 녀석들은 없었지만 단단한 육체와 머리를 잘라도 움직이는 생명력은 그들을 지치게 했다.

"내가 앞쪽에 서지!"

당과의 말에 제로나는 검을 휘둘러 해골 좀비의 머리를 박살 낸 후 뒤로 물러섰다. 그 자리를 차지한 머리 없는 좀비 위로 당과가 떨어졌다.

퍼석!

재수없는 좀비는 거의 가루가 되다시피 부서졌다. 아무리 끈질긴 생명력을 가졌더라도 저 상태라면 움직일 수 없을 것이다.

털을 한껏 곤두세우고 양팔로 계단을 막은 당과는 아래로 내달리기 시작했다. 계단을 꽉 메운 좀비들이 당과의 힘에 밀려 짚단처럼 쓰러졌다. 간혹 그녀에게 검을 휘두르는 좀비도 있었지만 작은 상처조차 입히지 못했다.

좀비가 쌓이고 쌓인 끝에 계단이 완전히 막혀 버렸다. 당과는 엉켜서 꿈틀거리는 좀비들 사이로 손을 집어넣었다.

우두둑! 우두둑!

그녀의 팔이 한번씩 움직일 때마다 뼈가 부서지는 소리와 함께 공간이 생겨났다. 당과는 마치 땅굴을 파듯 좀비들을 부수며 안으로 들어갔다.

썩은 살점과 뼈마디를 머리에 얹은 그들은 이윽고 계단을 빠져나와 지하 대전에 다다랐다.

"세상에……."

소소자는 아연실색할 수밖에 없었다. 엄청나게 넓은 지하 대전 안에 좀비들이 발 디딜 틈조차 없이 우글거렸다. 땅뿐만 아니라 공중에도 좀비들이 날아다니고 있었다. 당과는 가장 먼저 달려드는 좀비를 쳐내며 소리쳤다.

"루시퍼의 부활이 준비되고 있는 곳은 어디지?"

주위를 둘러보던 코로나가 손가락질을 했다.

"저곳이에요!"

그녀가 가리킨 곳에는 머리에 작은 뿔 두 개가 나 있고 등에 세 쌍의 날개를 단 마신상이 자리해 있었다.

"저것이 루시퍼야?"

"네. 아마 저 안에서 루시퍼의 부활이 진행되고 있을 거예요."

다른 마신상이 양각된 곳의 문은 활짝 열려 있는 데 반해 루시퍼의 방만 굳게 닫혀 있었다.

"정말 지겨운 녀석들이군."

당과는 투덜거리며 쉴 새 없이 팔을 휘둘렀다. 좀비들은 그녀의 팔에 스치기만 해도 산산조각으로 부서졌다. 공중으로 날아오른 발키리아는 검과 마법을 동시에 쓰며 나아가려고 안간힘을 썼다.

하지만 수많은 좀비는 좀처럼 길을 내주지 않았다. 좀비들의 잔해를 밟으며 전진하는 길은 지루할 정도로 더뎠다. 당과가 부수고 발키리아가 밀어내고 나인현이 부적을 날려도 좀비의 수는 줄어들 기미를 보이지 않았다.

"이렇게 가다가는 하루가 지나도 뚫을 수 없겠는걸!"

당과의 외침이 절망처럼 그들의 어깨 위로 떨어졌다.

단탈리안은 초조한 심정으로 벽의 구멍을 보았다. 이계와 연결된 통로를 만든 지 반나절이 지났는데도 루시퍼의 흔적은 나타나지 않았다.

"뭐가 잘못된 걸까?"

그는 붉은 빛을 토해내는 자신의 가슴을 보았다. 그의 가슴에서 토해지는 붉은 빛은 엘릭서가 이계로 보내는 신호였다. 이 신호는 이계에 떠돌고 있는 루시퍼의 정신을 돌아오게 하는 이정표였다.

"어디에 계시든 돌아올 시간이 지났는데……."

그의 중얼거림이 끝나자마자 어둠만을 품고 있던 구멍에서 하얀 빛이 일렁였다.

"루시퍼님!"

―단탈리안, 드디어 네가 날 찾았구나.

"그렇습니다. 루시퍼님께서 들어가실 육체도 준비해 놓았습니다!"

단탈리안의 목소리는 환희에 젖어 잘게 떨렸다.

―후후후… 과연 나의 총사답구나.

"황공하옵니다!"

허리를 깊게 숙인 단탈리안은 관 위에 누워 있는 베리알에게 다가갔다. 죽은 듯이 누워 있는 베리알은 더없이 깨끗한 몸이었다. 베리알이 샤를롯트를 죽인 순간 인성은 완전히 사라져 버린 것이다.

이제 단탈리안의 가슴속에 있는 엘릭서를 베리알에게 옮기기만 하면 되었다.

―저것이 내가 들어갈 육체냐?

"그렇습니다! 다윗의 별이 새겨진 가장 완벽한 인간의 몸입니다."

하얀 빛이 더욱 환하게 밝아졌다.

―좋아, 어서 엘릭서를 넣어라.

단탈리안은 가슴속으로 손을 집어넣었다. 밖의 소란이 점점 안쪽으로 다가왔다. 하지만 주적자와 발키리아가 루시퍼의 부활을 막을 수는 없었다.

엘릭서를 빼낼 때의 고통조차 감미로운 환희로 다가왔다.

"제 영혼을 부디 보살펴 주십시오."

단탈리안은 말을 하고 엘릭서를 베리알의 가슴에 넣었다. 엘릭서는 살에 닿자마자 모래에 떨궈진 물처럼 안으로 스며들었다. 그는 점점 힘이 빠지는 것을 느끼며 이계와의 통로를 보았다.

하얀 빛이 점점 커지더니 이내 눈을 뜰 수 없을 정도로 밝아졌다. 단탈리안은 반대 편으로 고개를 돌렸다.

콰앙!

갑자기 들려온 굉음은 루시퍼의 부활 때문이 아니었다. 무언가 입구를 거세게 때리는 소리였다. 문이 금방이라도 무너질 것처럼 흔들렸다.

'저 문은 힘으로 절대 열 수 없어!'

그의 확고한 믿음은 다시 전해진 충격에 무너졌다. 문에 균열이 생기기 시작한 것이다. 저런 힘을 낼 만한 자는 빛의 신 카오리의 힘을 받은 주적자뿐이었다.

'프로켈조차 녀석을 막지 못한 모양이군.'

그는 이계의 통로로 시선을 옮겼다. 하얀 빛이 안구를 후벼 파는 듯한 고통을 안겨줬지만 고개를 돌리지 않았다.

"루시퍼님! 어서 오십시오! 어서!"

세상이 온통 하얗게 변한 가운데 기어코 문이 부서졌다. 크고 작은 파편이 날아들더니 어느 순간 강한 충격이 전해졌다. 약해진 그의 육체로는 감당할 수 없는 무거운 조각이 떨어진 모양이다.

정신은 금세 아득해졌지만 마음은 편안했다. 루시퍼의 부활이 이뤄졌으니 그는 다시 살아날 것이다. 천년암흑왕국의 이인자로서 말이다.

문을 부수자 튀어나온 빛은 눈을 뜰 수 없을 정도로 강렬했다. 손으로 그늘을 만들고 실눈을 떠도 주위를 확인할 수 없었다. 주적자도 이런데 다른 이들은 말할 것도 없었다. 제로나의 다급한 외침이 들렸다.

"루시퍼의 부활이 이뤄지고 있어!"

"어떻게 막아야 하지?"

"안을 향해 공격하는 수밖에 없어!"

"하지만 아무것도 보이지 않잖아!"

"그냥 빛의 힘을 쏴!"

주적자는 자신이 가지고 있는 힘을 모조리 끌어올렸다. 지하 대전이라도 통째로 무너뜨릴 것 같은 힘이 느껴졌다. 그런데 순간적으로 하나의 이름이 뇌리를 스쳤다.

엘릭서!

이대로 공격을 하면 엘릭서는 산산조각이 나버릴 것이 분명했다.

"빨리 공격해!"

제로나가 재촉했지만 주적자로서는 망설일 수밖에 없었다.

"내가 공격하면 엘릭서가 부서져 버리잖아!"

"이 멍청아! 루시퍼가 부활하면 어차피 엘릭서는 손에 넣지 못해!"

그녀의 말에도 불구하고 엘릭서라는 이름이 자꾸 그의 손목을 잡아끌었다.

"주적자! 빨리……!"

제로나의 외침이 중간에서 끊겼다. 세상을 하얗게 물들였던 빛이 사라진 것이다. 그들은 얼굴을 가리고 있던 손을 내리고 방 안을 보았다.

그곳!

한 사내가 고개를 숙이고 서 있었다. 머리에 달린 두 개의 뿔, 세 쌍의 날개, 아름다운 몸. 방위에 양각되어 있는 모습과 똑같았다.

"루시퍼가… 루시퍼가 부활해 버렸어……."

코로나의 중얼거림을 뚫고 루시퍼의 웃음이 흘러나왔다.

"후후후… 내 부활을 막기 위해 온 녀석들이냐?"

루시퍼가 고개를 들자 그들은 약속이나 한 듯 뒤로 물러섰다. 보이지 않는 무언가가 그들을 밀친 것 같았다. 그것은 루시퍼에게서 뿜어져 나오는 기운이었다. 절로 다른 생물의 무릎을 꿇게 만드는 힘!

주적자는 큰 숨을 들이쉬고 물러선 만큼 나아갔다. 움직이는 것에 용기가 필요하다는 걸 처음 알았다. 루시퍼의 미간에 엷은 주름이 잡혔다.

"넌 흡혈귀구나. 그런데 카오리의 힘을 얻었군. 카오리가 흡혈귀에게 힘을 주다니……."

주적자는 자꾸 움츠러들려는 가슴을 쭉 펴며 말했다.

"엘릭서는 어디 있나?"

루시퍼는 한참 동안 주적자를 보았다. 온통 검은색의 눈은 주적자를 빨아들이는 것 같았다.

"엘릭서를 원하나?"

"어디 있지?"

루시퍼는 자신의 가슴을 가리켰다.

"이 안에. 꺼내갈 자신이 있느냐?"

솔직히 자신은 없었다. 루시퍼는 보는 것만으로도 숨이 막히게 할 정도로 강했다. 아무리 그가 카오리의 힘을 받았다고는 하지만 지금 느껴지는 루시퍼의 힘에 비하면 어림없었다. 그가 이렇게 당당한 척 서 있을 수 있는 것은 누구에게도 굽히지 않는 그의 의지 때문이었다.

"솔직히 자신은 없다."

주적자의 늦은 대답에 루시퍼는 흥미로운 표정을 지었다.

"그런데 왜 아직 그곳에 서 있는 거냐?"

"엘릭서를 포기할 수는 없으니까."

"자신도 없으면서 엘릭서를 얻기 위해 덤비겠다는 것이냐?"

주적자는 대답 대신 고개를 끄덕였다.

"솔직한 녀석이군. 무엇 때문에 엘릭서를 얻으려 하는 것이냐? 너 정도의 강함이면 엘릭서의 힘을 흡수한다고 해도 더 이상 강해지지 않을 텐데."

"강해지기 위해서가 아니다."

"그럼?"

주적자는 큰 숨을 들이키고 말했다.

"인간이 되기 위해서지."

루시퍼는 주적자의 말을 이해하지 못하는 것 같았다.

"지금 인간이 되기 위해서라고 말한 것이냐? 그 하잘것없는 인간이 되기 위해 엘릭서가 필요하다고?"

"네게는 하잘것없는 인간일지 모르지만 지금 내게는 무엇보다 절실하다."

"후후후……."

처음 낮게 시작한 루시퍼의 웃음은 이내 대전을 무너뜨릴 듯 크게 퍼졌다. 무엇이 그리 재미있는지 루시퍼는 쉽사리 웃음을 그치지 않았다.

"내 밑으로 들어오면 마신의 자리를 주마."

오랜 웃음 끝에 나온 제안은 의외였다.

"어떠냐? 오래 살아야 백 년인 인간보다는 영원히 살며 무한한 권력을 누릴 수 있는 마신이 훨씬 매력적이지 않느냐?"

발키리아가 불안한 시선으로 주적자를 보았다. 혹시 승낙할지도 모른다는 걱정을 하는 모양인데 기우에 불과했다.

"내가 바라는 것은 인간이지 마신 따위가 아니야."

루시퍼의 눈가에 잔경련이 스치고 지나갔다. 화를 내는 그만의 표정인 것 같았다.

"축복을 내려준다는데 거절을 하다니. 정말 이해할 수 없는 녀석이군."

"네가 이해할 필요는 없다."

주적자는 말을 뱉고 검을 빼 들었다. 검을 사용한다고 특별히 강해질 것 같지 않았지만 마음은 훨씬 든든했다. 그의 우측으로 당과가 섰다.

"녀석의 가슴을 가르고 엘릭서를 꺼내는 데는 네 검보다 내 손톱이 더 좋을 것 같군."

화백도 당과에게 지지 않겠다는 듯 좌측에 자리했다.

"내가 루시퍼를 묶을 테니 그사이에 엘릭서를 꺼내세요."

발키리아도 빠지지 않았다.

"우리도 들러리가 될 수는 없지."

나인현은 말없이 당과 곁에 섰다. 당과는 나인현을 보며 말했다.

"만약 내가 죽으면 나인현은 제정신을 차리게 될 거야."

"네가 되돌려줘, 네 능력으로."

주적자의 말에 당과는 작게 고개를 끄덕였다.

"젠장! 힘도 없는 나는 기회 있을 때 똥침이나 놔줘야겠군."

소소자는 투덜거리며 멀찌감치 물러섰다. 그들을 쭉 훑어본 루시퍼의 한쪽 입가가 살짝 올라갔다. 기분 나쁜 심경을 드러낸 뒤틀린 웃음이었다.

"마왕에게 당하는 죽음이 얼마나 무서운지 똑똑히 보여주마."

사르륵—

루시퍼의 날개가 비단 스치는 듯한 소리를 내며 넓게 펴졌다. 박쥐와 까마귀, 비둘기의 날개 세 쌍은 위아래로 천천히 움직였다.

날갯짓을 하는 루시퍼의 몸이 차츰 커지기 시작했다. 원래 주적자의 체구만했던 루시퍼는 그보다 두 배, 세 배 커지더니 이윽고 오 장 크기의 거인으로 변했다.

사막에서 싸웠던 부쿠브 카키슈보다 작았지만 풍겨오는 위압감은 비교할 수 없을 정도로 거대했다. 루시퍼가 가슴 앞에서 손을 마주 대자 손바닥 사이에서 검은 기운이 뭉클뭉클 일어났다.

마치 검은 안개 같은 그것은 소용돌이처럼 회전하며 점점 커지고 있었다. 저 기운이 무엇인지 알 수 없지만 완성될 때까지 기다릴 이유가 없었다.

주적자는 늘어뜨린 검에 빛의 힘을 모았다. 너무 많은 힘이 응축되어 부서지지 않을까 걱정했는데 무명묵검은 잘 버텨주었다. 흑색 검신을 뚫고 뿜어져 나오는 황금색이 우웅— 하는 검명을 만들어냈다.

그가 공격할 준비를 하자 모두들 긴장한 표정으로 촉각을 곤두세웠다.

"하앗—!"

사기를 돋우는 기합과 함께 주적자가 땅을 박찼다. 아래에서 위로 그어 올려진 검에서 황색과 흑색이 어우러진 빛이 루시퍼의 아랫배를 향해 쏘아져 나갔다. 그와 동시에 나인현이 주문과 함께 부적을 날렸고 발키리아는 빛의 화살을 쏘아댔다.

화백의 실은 육탄으로 돌진하는 당과를 보호하듯 루시퍼의 오른쪽 다리를 휘감았다. 수백 번 연습한 것 같은 완벽한 합공이었다.

"어둠의 힘에 대항할 자는 아무도 없다!"

천둥 같은 루시퍼의 외침과 함께 둥글게 뭉쳐 있던 검은 안개가 사방으로 갈라졌다. 그 안개 화살은 주적자의 공격을 쳐냈고 나인현의 부적을 먹었으며 발키리아의 화살 또한 삼켜 버렸다. 당과는 힘없이 끊어진 화백의 실과 함께 바닥을 나뒹굴어야 했다.

누구의 공격도 루시퍼에게 적중하지 못했다. 그들의 공격을 물리친 안개 화살은 루시퍼의 모아진 손 근처에서 다시 둥글게 뭉쳤다.

한 번의 격돌은 힘의 차이를 극명하게 보여주었다. 흔들림조차 없는 루시퍼의 모습과는 반대로 그들은 크고 작은 충격을 받았다. 주적자가 받은 충격이 내장의 흔들림 정도였다면 가장 큰 피해를 입은 나인현은 피를 게워내고 있었다.

너무 큰 힘의 차이는 그들에게서 승리의 가능성을 앗아가 버렸다. 겨우 중심을 잡은 그들은 쉽게 루시퍼를 공격하지 못했다.

"루시퍼, 이 정도로 강한가?"

제로나의 독백에서 아득한 절망감이 느껴졌다. 그녀의 절망감은 전염병처럼 퍼져 일행의 어깨 위로 내려앉았다. 하지만 모두가 절망감에 빠져 허우적거리지는 않았다.

"녀석이 단숨에 우리를 죽이지 못했다는 건 그만큼 가능성이 있다는 뜻이야."

주적자는 말을 하며 검을 고쳐 쥐었다. 당과가 허리를 숙이며 그의 말을 받았다.

"이건 목숨을 건 싸움이니 당연히 죽을 때까지 싸워야지."

그들의 투지는 동료들의 어깨에 얹어진 절망감을 털어내기 시작했다.

"여기서 루시퍼를 막지 못하면 어차피 우리는 살아남지 못해."

"언니 말이 맞아요. 하루쯤 더 산다고 무슨 의미가 있겠어요?"

트로나는 고개를 끄덕이는 것으로 두 자매의 말에 동의했다.

"주 가가, 제가 죽으면 당신 가슴에 묻어주세요."

화백의 말이 그들의 결의에 마침표를 찍었다. 이제 그들에게 남은 것은 싸움뿐이었다. 죽음을 딛고 올라선 그들에게 두려움이나 망설임이 있을 리 없었다.

"죽음이 소원이라면 내가 자비를 베풀어주지."

루시퍼의 손바닥 사이가 더 벌어지며 검은 안개의 소용돌이도 커졌다. 주적자는 사나운 기세로 회전하는 검은 안개를 무시하고 몸을 날렸다.

빛의 힘은 무명묵검을 쪼갤 정도로 충만해 있었다. 비스듬히 그어 올리는 검에서 빛의 화살이 어지럽게 쏟아져 나왔다. 분광뇌풍검법이 빛의 힘을 받아 펼쳐진 것이다.

빛의 화살은 직선과 곡선이 어울리며 루시퍼에게 퍼부어졌다. 한여름 밤을 수놓는 개똥벌레 같았다. 하지만 주적자의 공격은 루시퍼에게 작은 상처도 주지 못했다. 검은 안개의 화살을 뚫고 하나가 적중하기는 했지만 빛은 연기가 되어 사라져 버렸다.

발키리아, 화백, 나인현 모두 루시퍼에게 상처를 입히기는커녕 고통만 안았을 뿐이다. 그러나 주적자는 싸우는 것을 멈추지 않았다. 부딪친 충격으로 가슴이 갈라지는 것 같았지만 죽을 때까지 몰아붙이는 수밖에 없었다.

다시 분광뇌풍검법으로 빛의 화살을 쏘아보내는 그의 눈에 당과의 모습이 보였다. 그녀는 루시퍼를 향해 무작정 돌진하고 있었다. 무모한 행동은 그에 걸맞는 위기를 불러왔다.

안개 화살이 당과의 등에 적중한 것이다. 퍽! 하는 소리는 천둥이 치는 듯한 요란함 속에서도 똑똑히 들렸다.

"당과!"

그녀는 등에 받은 충격 때문에 앞으로 데굴데굴 굴러갔다. 루시퍼의 다리 근처까지 내동댕이쳐진 당과는 나아가던 힘으로 벌떡 일어서더니 주먹을 힘껏 날렸다.

철 기둥처럼 단단해 보이는 루시퍼의 다리가 그녀의 주먹질에 상처를 입을 리 없었다. 그런데 주적자의 생각은 여지없이 빗나갔다. 둔탁한 소리와 함께 루시퍼의 정강이에서 흑색의 피가 터져 나왔다.

"크윽!"

루시퍼는 신음을 토하며 당과를 걷어찼다. 그녀는 피하지 않고 날아오는 다리를 향해 양팔을 내밀었다. 당과의 손톱에 부딪친 루시퍼의 정강이는 종잇장처럼 찢어지며 묽은 피를 토해냈다.

당과를 멀리 차버리기는 했지만 루시퍼의 피해는 심각했다. 상처의 크기 때문이 아니었다. 루시퍼는 그들에게 결정적인 약점을 드러낸 것이다.

루시퍼 또한 자신의 약점을 몰랐는지 당황하는 기색이 역력했다.

"왜 이러는 거야! 완벽한 육체가 아니잖아! 단탈리안! 단탈리안!"

루시퍼는 계속 이름을 불러댔지만 대답하는 이가 없었다.

"녀석에게 상처를 주려면 직접적인 타격을 주는 수밖에 없어!"

제로나의 말이 맞다고 해도 쉬운 일은 아니었다. 약점을 발견한 그들이 새로운 힘을 얻어 공격을 했지만 루시퍼의 방어는 놀랍도록 철저했다.

두꺼운 철판을 향해 종이검을 휘두르는 것처럼 그들의 공격은 무력했다. 누구도 루시퍼가 쏘아내는 안개 화살을 뚫지 못했다.

순간 당황했던 루시퍼도 차츰 정신을 가다듬으면서 싸움은 거의 일방적으로 밀리기 시작했다. 루시퍼가 조종하는 안개 화살은 그들에게 공격할 틈조차 주지 않았다.

어떻게든 루시퍼 가까이 다가가려던 당과의 몸은 사지가 떨어져 나가지 않은 것이 신기할 정도로 만신창이가 되어버렸다.

정신을 잃은 나인현은 소소자에 의해 밖으로 나갔고 화백과 발키리아의 몸에도 적지 않은 혈흔이 보였다. 허벅지와 옆구리 살이 한 뭉텅이씩 떨어져 나간 주적자의 상처가 가장 가벼울 정도였다.

그의 몸 안에 내재된 빛의 힘은 상당 부분 고갈된 상태였다. 이 이상 시간을 끌다가는 제풀에 지쳐 쓰러질 것이다.

'정말 목숨을 걸어야 할 때가 왔군.'

주적자는 안개의 화살을 가까스로 쳐낸 후 당과에게 다가갔다.

"내가 신호를 하면 루시퍼에게로 무조건 달려."

그는 당과의 대답도 듣지 않고 화백에게로 이동했다.

"당과가 루시퍼에게로 갈 때 그녀를 어떻게든 보호해."

주적자는 뒤로 튕겨지는 제로나를 받아 들며 속삭였다.

"내가 루시퍼를 묶을 테니까 당신들은 어떻게든 녀석의 가슴을 갈라서 엘릭서를 꺼내."

제로나는 고통스러운 표정을 지으며 물었다.

"무슨 생각을 하고 있는 거야?"

서로에게 들리지 않을 정도로 명령을 전달했기 때문에 제로나가 이해하지 못하는 것은 당연했다. 작전을 세운 주적자조차 성공할 자신은 없었다. 솔직히 실패할 가능성이 훨씬 높았다.

만약 실패하면 그 순간 그들의 목숨은 사라지는 것이나 다름없었다.

안개 화살은 그들에게 얘기할 시간을 주지 않았다. 정신없이 쏟아지는 공격 때문에 힘을 모으는 것조차 힘들었다. 주적자는 한 번의 공격을 피한 후 다리를 어깨 넓이로 벌리고 섰다. 몸 구석구석에 흩어져 있는 미미한 힘까지 끌어올리기 위해서였다.

피류류륭―!

안개 화살이 공간을 찢으며 날아왔다. 주적자는 맞을 것을 알면서도 피하지 않았다. 움직이면 또 자세를 잡아야 하고 결국 같은 일이 반복될 수밖에 없었다.

퍼억!

어깨에 느껴지는 고통은 정신을 아득하게 만들었다. 루시퍼의 공격은 고통을 최고점까지 끌어올리는 특별한 힘이 있었다. 주적자는 넘어지려는 신형을 가까스로 추스르고 계속 힘을 끌어 모았다.

따뜻한 기운이 뭉치며 점점 위쪽으로 옮겨졌다. 최고조로 끌어 올려진 빛의 힘이 배꼽 부근에 다다랐을 때 또 하나의 안개 화살이 날아왔다. 이번에는 어깨가 아닌 머리를 향해서였다.

이대로 머리가 날아가면 당장은 죽지 않겠지만 결국은 모두 죽게 될 것이다. 그렇다고 중도에 포기하기에는 시간이 없었다. 짧은 순간 수십 번의 갈등을 제로나가 해결해 주었다.

그녀의 검이 날아오는 안개 화살을 쳐내는 순간 퍽! 하는 소리와 함께 무언가가 허공으로 치솟았다. 검이 부러진 줄 알았는데 날아간 것은 검을 쥔 그녀의 오른팔이었다.

제로나는 피가 나도록 아랫입술을 깨물며 비명을 삼켰다.

"무슨 계획인지 모르지만 빨리 해. 우린 이미 한계에 다다랐으니까."

그녀는 말을 하고 바닥에 떨어진 오른팔에서 검을 빼내 왼손에 쥐고 싸움을 계속했다.

주적자는 잠시 흐트러졌던 정신을 가다듬고 힘을 모았다. 빛의 힘이 마침내 가슴으로 완전히 모아졌다.

'제발 성공하기를…….'

그는 기도하는 심정으로 검을 가슴 앞에 세웠다. 가슴에 뭉쳐 있던 거대한 힘이 팔을 통해 검으로 모아졌다.

우웅—!

무명묵검은 금방이라도 부서질 듯 떨렸고 황금 빛은 똑바로 보지 못한 만큼 찬란하게 빛났다. 루시퍼조차 그 빛에 놀란 듯 공격을 멈추고 주적자를 보았다. 주적자는 세상을 양단할 듯 검을 내리그었다.

검끝을 떠난 황금의 빛줄이 루시퍼의 어깨를 향해 날아갔다. 깜짝 놀란 루시퍼는 안개 화살을 마구 쏘아댔다.

"당과! 지금이야!"

그의 신호가 떨어지자 당과는 무작정 루시퍼에게 쇄도했다.

쩌정!

황금의 빛줄과 안개 화살이 부딪치며 쇠가 찢어지는 듯한 굉음을 토해냈다. 몸이 산산조각으로 부서지는 듯한 고통 속에서도 주적자는 검을 놓지 않았다.

안개 화살을 뚫은 황금 빛줄은 루시퍼 주위를 맹렬하게 돌아 꽁꽁 묶어버렸다. 자연히 벌렸던 겨드랑이가 붙으면서 손바닥 사이도 좁아졌다. 그러자 한순간이나마 검은 안개가 흩어졌다.

"이따위 것으로 날 가둘 수 있을 것 같으냐!"

양팔에 힘을 주던 루시퍼의 균형이 갑자기 한쪽으로 기울었다. 당과가 녀석의 다리에 일격을 먹인 것이다. 그와 동시에 발키리아가 루시퍼의 가슴에 다다랐다.

"됐어!"

주적자는 검을 들어 올리는 그녀들을 보며 승리를 확신했다. 하지만 그의 환희는 너무도 짧게 끝나 버렸다. 갑자기 모여든 검은 안개가 발키리아의 검을 막아버린 것이다.

그녀들은 안개에 박힌 검을 움직이려 안간힘을 썼지만 꿈쩍도 하지 않았다. 금방이라도 쓰러질 것 같던 루시퍼가 갑자기 공중으로 떠올랐다.

날개까지 묶였는데도 하늘을 날 수 있는 모양이다.

"이런 버러지 같은 것들!"

루시퍼는 황금 빛줄에서 벗어나기 위해 안간힘을 썼다. 녀석의 엄청난 힘이 주적자에게 고스란히 전해졌다. 정신이 아득해질 정도로 힘을 끌어올렸지만 루시퍼의 힘을 오래 감당해 낼 수 있을 것 같지 않았다.

황금 빛줄은 갈수록 그 힘을 잃고 있었다. 주적자의 힘이 잠깐이라도 느슨해진다면 여지없이 끊어지고 말 것이다. 화백까지 가세해서 루시퍼를 묶었지만 상황은 나아지지 않았다.

"어서… 녀석의 가슴을……."

주적자가 쥐어 짜내서 재촉하지 않아도 발키리아의 노력은 처절할 정도였다. 검이 꼼짝도 하지 않자 화살촉까지 사용했음에도 검은 안개를 뚫지 못했다.

다리에 매달려 있던 당과는 머리까지 올라가 공격을 했지만 머리가 반이나 날아간 녀석의 힘은 조금도 줄어들지 않았다.

루시퍼의 생명은 철저히 가슴에 집중되어 있었다. 당과는 하는 수 없이 가슴으로 옮겨왔다. 그러나 그녀의 힘으로도 검은 안개를 뚫지 못했다. 하마터면 당과까지 잡혀 빠져나오지 못할 뻔했다.

검은 안개가 루시퍼를 철저히 보호하는 사이 황금 빛줄은 점점 힘을 잃어갔다.

찌익—! 찌익—!

황금 빛줄이 약해지면서 딱 붙은 루시퍼의 겨드랑이가 벌어지기 시작했다. 덩달아 녀석의 몸부림에 주적자도 끌려 다닐 수밖에 없었다. 가슴에 매달려 있던 발키리아와 당과의 움직임이 더욱 힘들어졌다.

떨어지지 않기 위해 안간힘을 쓰던 당과가 루시퍼의 어깨로 기어 올라갔다. 몸부림 때문에 매달려 있기조차 힘들 텐데 그녀는 용케 반이나 날아간 머리 쪽으로 옮겨갔다.

'그렇군! 상처를 통해 내부로 들어갈 생각이야!'

그가 부쿠브 카키슈와 싸울 때 썼던 방식이었다. 어쨌든 가슴으로만 들어가면 엘릭서를 얻을 수 있을 것이다. 주적자는 실낱같은 희망의 힘으로 버텼다. 당과가 루시퍼의 몸속으로 들어간 지 얼마 후.

퍼버버벅!

가죽 부대를 두드리는 소리와 함께 루시퍼의 어깨 근처 살들이 불쑥불쑥 튀어 올랐다. 당과가 뭔가를 두드리고 있는 것 같은데 상황을 알 수 없어 답답했다.

투둑!

기어코 루시퍼를 묶고 있던 화백의 실이 끊어졌다. 그 힘마저 사라지자 황금 밧줄은 더욱 헐렁해졌다. 화백이 황급히 실을 날려 묶었지만 이미 벌어진 틈을 다시 조이기는 역부족이었다.

퍼억!

루시퍼의 어깨가 벌어지며 당과가 모습을 드러냈다. 모두들 기대 어린 시선을 보냈지만 그녀의 손에는 아무것도 들려 있지 않았다.

"안쪽도 검은 안개로 꽉 막혀 있어서 도저히 뚫을 수가 없어."

그녀의 말은 그들에게 완전한 절망을 안겨주었다.

"아! 이대로 끝나는 것인가?"

허탈한 음성을 뱉은 제로나가 바닥으로 추락했다. 희망이 사라졌으니 더 이상 루시퍼에게 매달려 있을 이유가 없었다. 트로나도 코로나도 모두 허공으로 떠올랐다. 이제 그들을 기다리는 것은 죽음뿐이었다.

"크하하하! 너희들을 결코 곱게 죽이지 않을 것이다. 영원히 나올 수 없는 이계가 얼마나 고통스러운 곳인지 똑똑히 느끼게 해주마! 내가 느꼈던 고통을 너희들에게 그대로 돌려주리라!"

승리를 확신하는 루시퍼의 광소는 그들의 가슴을 헤집었다. 주적자도 더 이상 버틸 기운이 없었다.

'결국 내 여정은 이렇게 막을 내리는구나.'

그의 절망 속으로 당과의 목소리가 파고들었다.

"루시퍼가 이계란 곳에서 나왔나?"

대상없는 그녀의 물음에 제로나가 대답했다.

"그래, 녀석은 이제껏 그곳에 갇혀 있었지."

당과는 자신의 뒤쪽을 가리켰다.

"혹시 저곳이 루시퍼가 나온 입구?"

그녀가 가리킨 곳에는 짙은 어둠을 품은 커다란 구멍이 뚫려 있었다.

"그렇겠지."

"화백! 이쪽으로 와서 실을 빌려줘!"

"왜?"

"빨리! 시간이 없어!"

주적자는 비로소 당과가 무슨 생각을 하는지 알 수 있었다.

'그렇군. 저것이 이계와의 통로라면 다시 집어넣으면…….'

그는 거기서 생각을 멈췄다. 만약 이대로 루시퍼가 들어가면 엘릭서도 같이 사라져 버린다. 거기에 누군가 이계 안으로 들어가서 루시퍼를 잡아당기는 역할을 해야 했다.

"당과! 그만둬!"

소리를 지르는 바람에 하마터면 힘이 빠질 뻔했다. 그의 외침 때문에 비로소 모두들 당과의 의도를 알아챘다.

"안 돼! 무슨 짓을 하려는 것이냐!"

뒤늦게 눈치 챈 루시퍼가 몸부림을 쳤다. 황금 밧줄이 금방이라도 끊어질 것처럼 당겨졌다. 주적자는 당과를 말리고 싶었다. 그녀 혼자 어둠 속으로 들어가게 내버려 둘 수는 없었다.

하지만 루시퍼와 묶여 있는 그는 말조차 제대로 뱉지 못했다. 그저 당과가 움직이는 것을 안타까운 눈으로 쳐다볼 뿐이었다.

화백이 몸부림치는 루시퍼의 다리에 실을 감았다.

"이리 줘."

당과가 손을 내밀었지만 화백은 쉽게 건네주지 않았다. 그녀가 무슨 생각을 하고 있는지 짐작할 수 있었다.

"쓸데없이 시간 낭비하지 마. 여기에 남아서 주적자와 살아야 할 '여자' 는 너야. 괴물로 변해 버린 내가 아닌."

화백은 당과에게서 고개를 돌린 채 손을 내밀었다. 털로 덮인 당과의 손이 기어코 끈의 끝을 잡았다.

"혼자 할 수 있겠어요?"

코로나의 물음에 당과는 주적자를 보았다.

"저 '사람' 이 도와주겠지."

'당과…….'

그녀는 어색한 웃음을 지어 보이고 돌아섰다. 그리고 이계에 들어설 동안 한 번도 그를 보지 않았다. 그녀는 뒷모습만을 보인 채 영원히 나올 수 없는 어둠 속으로 뛰어들었다.

느슨하던 끈이 단숨에 팽팽하게 당겨지며 루시퍼의 몸이 움찔 떨렸다.

"그만둬! 너희들에게 세상의 반을 주겠다! 아니, 전부를 줄 테니 날 이계에 밀어넣지 마!"

루시퍼가 거센 몸부림을 치자 당과와 연결된 끈이 금방이라도 끊어질 것 같았다.

"주 보표님!"

코로나는 그의 이름을 부르는 것으로 애원을 대신했다. 주적자는 숨을 크게 쉬고 눈을 감았다. 눈앞에 스치는 당과의 영상은 처음 만났을 때 모습 그대로였다.

그는 루시퍼를 있는 힘껏 밀었다. 애원을 하는 녀석의 몸이 천천히 움직였다. 아무리 몸부림을 쳐도 묶인 상태에서 당과와 그의 힘을 당할 수는 없었다.

루시퍼는 천천히, 아주 천천히 이계의 입구로 다가갔다. 누군가가 조금 더 빨리 움직이라고 했지만 이것이 주적자가 낼 수 있는 최고의 속도였다.

당과를 잃은 슬픔의 힘이 겹쳐지지 않았다면 황금 밧줄은 벌써 끊어졌을 것이다.

"안 돼!"

그것이 마지막 절규였다. 발이 어둠 속에 놓인 순간 루시퍼는 무서운 속도로 빨려 들어갔다. 구멍이 루시퍼의 체구보다 작은데도 순식간에 삼켜 버렸다. 이계에 닿은 황금 밧줄은 굳이 회수하지 않았는데 저절로 풀려 주적자의 몸속으로 들어왔다.

주적자는 한참 동안 당과를 삼킨 어둠을 응시했다. 조금 시간이 지나면 그녀가 아무 일 없었다는 듯 저곳으로 나올 것 같았다.

"주적자."

제로나의 부름에도 그의 시선은 움직이지 않았다.

"저곳을 막아야 해."

그는 눈길을 돌리지 않고 물었다.

"그럼 당과는 어디로 나와?"

그녀의 대답은 한참 후에 들렸다.

"그녀는 나오지 못해."

주적자는 제로나를 보았다.

"왜?"

"이계는 그런 곳이야."

그는 다시 짙은 어둠을 보았다. 그 어둠이 자꾸 그를 끌어당겼다. 혼자 두려움에 떨고 있는 당과가 그를 부르고 있는 것인지도 모른다. 주적자의 몸이 앞으로 쏠리며 균형이 무너졌다. 하지만 반쯤 넘어진 그의 몸은 더 이상 앞으로 나가지 못했다.

"주 가가."

비로소 화백의 가슴이 등에 느껴졌다.

'당과, 넌 가고 난 남았구나.'

이제 삶은 온전히 그의 몫이 되었다. 어느 만큼의 세월을 살든 그가 결정해야 한다. 주적자가 지켜보는 가운데 발키리아는 이계의 입구를 막았다. 구멍이 메워졌는데도 그는 자리를 떠나지 않았다.

저곳이 갑자기 뚫리며 당과가 나올지도 모른다는 환상 같은 것은 없었다. 그냥 발길이 떨어지지 않을 뿐이었다. 멍한 시선을 보내고 있는 그에게 소소자의 목소리가 들렸다.

"가자."

그 짧은 말이 주적자를 돌아서게 만들었다. 간다는 것, 어딘가를 향해 움직인다는 것은 살아 있다는 것의 증거였다. 주적자는 막힌 구멍을 일별하고 걸음을 옮겼다.

지하 대전을 가로지른 주적자는 계단을 터벅터벅 올라갔다. 원을 그리며 나 있는 계단은 좀처럼 끝을 보여주지 않았다. 영원히 이대로 계단만을 올라가야 할 것 같았다. 당과가 이계에서 고통받고 있을 테니 당연히 그도 그래야 한다는 생각까지 들었다.

하지만 이곳은 현실이었고 끝나지 않는 계단은 없었다. 주적자는 태양 빛의 한가운데로 몸을 집어넣었다. 정육면체의 파편은 소독하듯 그의 몸을 구석구석 훑고 지나갔다.

왕족발과 왕족쌍이 그를 부르며 뛰어왔다. 햇살을 받은 녀석들의 얼굴이 유난히 생기발랄하게 보였다. 왕족쌍이 소소자의 품에 안긴 나인현의 안부를 물었다.

소소자는 괜찮다는 말로 그녀를 안심시켰다.

'당과가 아직 죽지 않았는데 나 소저가 제정신으로 돌아올까?'

아마 그렇게 될 것이다. 당과가 간 이계는 저승만큼이나 먼 곳일 테니까.

왕족발이 소소자에게 다가가 피범벅이 된 머리를 내밀었다. 치료해달라는 요구에 소소자는 '시간이 약이야!' 하며 녀석의 머리를 때렸다.

그들의 다툼 때문에 일어난 소란스러움이 가라앉을 때쯤 발키리아가 다가왔다. 임무를 마쳤으니 돌아가야 한다며 서운한 표정을 감추지 못했다. 쌀쌀한 표정을 지으려 애쓰는 제로나였지만 그녀의 진심을 읽을 수 있었다.

발키리아는 '좋은 일에 당신의 힘을 써주세요' 라는 말을 남기고 트로이가와 함께 떠났다.

체르사와 토이틀도 엘릭서를 보지 못한 아쉬움을 뒤로하고 제 갈 길을 갔다. 우연과 필연이 교차하며 인연을 맺은 이방인들이 모두 떠난 자리에는 중원으로 다시 돌아가야 할 다섯 명만이 남았다.

그들은 한참 동안 지하 대전으로 통하는 입구를 바라보고 있었다. 길고 긴 여정의 종착역을 보고 있는데 실감이 나지 않았다. 앞으로도 한참을 더 가야 뭔가가 나타날 것 같았다.

가장 먼저 돌아선 것은 소소자였다. 그는 '어디 가서 실컷 잠이나 자야겠다' 라는 말로 주적자를 재촉했다. '제발 내가 살아 있는 동안에는 깨지 마시오' 라는 왕족발의 말에 소소자의 주먹이 허공을 갈랐다.

"이놈아! 네 손자에 증손자에게까지 네 녀석의 바보스러움을 알려주고 말 테다!"

"그렇게 오래 살고 싶어요?"

"살아보지 않아서 모르지만, 어쨌든 앞으로 오십 년은 더 살아야지. 그게 원래의 내 천수니까."

주적자는 피식 웃음을 터뜨렸다.

'그래, 나도 일단은 천수를 누려볼까?'

그는 몸을 돌려 태양을 정면으로 보았다. 그가 가야 할 방향을 알려주는 이정표는 변함없이 빛나고 있었다. 한참 동안 태양을 바라보던 주적자는 큰 걸음을 내디뎠다.

"가자."

〈大尾〉

무한투 無限鬪

마치면서…

이번에도 역시 '대미'라는 글자는 날 허탈함에 빠뜨렸다. 아쉬움이 남지 않는 글이 어디 있겠는가마는 장장 아홉 권의 책을 썼음에도 담고 싶었던 이야기는 열에 다섯도 쓰지 못했으니 자괴감이 드는 것은 당연한 일인지 모른다.

그렇다고 '고칠 수 있는 부분은 지금이라도 고쳐야지' 하는 열정조차 생기지 않으니, 작가로서의 자질이 의심스럽기까지 하다.

그럼에도 '차라리 글 쓰기를 그만둘까?' 라는 생각은 추호도 들지 않으니 난 역시 사기꾼 체질인가 보다.

어찌 되었든 지난 일 년 삼 개월 간 나와 동고동락을 했던 친구가 떠났고 또 새로운 친구를 맞아들여야 할 때다. 이번에는 가장 써보고 싶었지만 능력이 안 돼서 쓰지 못했던 성장소설을 계획하고 있다.

'나무꾼 소년 성공기' 정도라고 할 수 있을 것이다. 사실 이 소설의 모티브는 TV 프로에서 얻었다. 전화를 걸어서 불우 이웃을 돕는 프로그램이었는데, 그날의 출연자는 어린 손자들과 함께 사는 할머니와 서로 돕고 사는 장애인이었다.

밤에 잠자는 할머니를 위해 이불을 덮어주는 착한 손자 이야기를 듣는 순간 뇌리에 스친 생각이 '너무 가난해서 이불이 하나뿐이라면 추운 겨울에는 어떻게 밤을 보낼까?' 였다.

거기서 시작한 스토리는 장애인 이야기까지 엮이면서 하나의 틀로 자리를 잡았다. 이야기를 진행시키는 동안 많이 바뀌어서 지금은 전혀 다른 방향으로 전개되어 버렸지만 성장소설을 쓰고 싶은 마음에는 변함이 없다.

다음 소설을 준비하면서 내가 가장 바라는 것은 전작의 오류를 밟지 않는 것이다. 그러기 위해서 부단한 노력을 할 것을 쓸데없이 혼자 다짐해 본다.

그동안 무한투를 읽어주신 독자 분들께 감사를 드리고 다음에는 더 좋은 모습을 보여드리고 싶다.

용인에서 류진 올림.